橱窗里的下午茶

Time For Tea

路惠捷◎著

陕西出版传媒集团
太白文艺出版社

图书在版编目（CIP）数据

橱窗里的下午茶 / 路惠捷 著.—西安：太白文艺出版社，2014.1
ISBN 978-7-5513-0656-0

Ⅰ.①橱… Ⅱ. ①路… Ⅲ. ①游记—作品集—中国—当代 Ⅳ.①I267.4

中国版本图书馆CIP数据核字（2013）第310322号

橱窗里的下午茶

作　　者　路惠捷
责任编辑　王　威　王超群
整体设计　高　薇
出版发行　陕西出版传媒集团
　　　　　太白文艺出版社
　　　　　（西安北大街147号 710003）
　　　　　E-mail:tbyx802@163.com
　　　　　　　　tbwyzbb@163.com
经　　销　新华书店
印　　刷　陕西金和印务有限公司
开　　本　787毫米×1092毫米　1/16
字　　数　300千字
印　　张　24
版　　次　2014年1月第1版第1次印刷
书　　号　ISBN 978-7-5513-0656-0
定　　价　39.00元

邮政编码　710000

作者与陈忠实合影

橱窗里的下午茶
钟明善题

序 借助一双敏锐的眼睛

陈忠实

阅读这部英伦三岛游记的书稿，初读不久便发生甚为浓厚的阅读兴趣，不单是我未去过英国自然会有新鲜乃至新奇的感觉，更重要的因由是我在文字里发现了一双敏锐的眼睛。这是一双刚刚由少年跨入成年人的眼睛，尚未脱尽稚气和天真，却更显现着尤为敏感的眼睛。

这双敏锐的眼睛所观察到的一个陌生国家生活世象的细微细密，似乎不是刻意为之，更显示着一种天生的敏感，不经意间便能捕捉到一般人常常容易疏略的细节。她在苏格兰风笛表演的围观人群中，发现并记录下“原本很矜持的行人，都会脚随着节奏左右摆动”。捕捉到受众的这种无意识的肢体动作，足以让读者感知其沉迷的心理状态，也让读者能感知风笛这种民间表演的独特魅力。这双敏锐的眼睛每触及异国异地的自然景色，都有新鲜的发现，且有独特的感受。随意举出作者对北桥的月亮的观感，便是只有在北桥才会出现的不同于别一方地域的月色，而且“有了月色的韵律”。能感受到“月色的韵律”，可以见得这双眼睛的敏锐不单是天然的生理机能，而是一种心灵感知。

这双敏锐的眼睛所触及的英伦三岛的自然景色，社会风情，诉诸文字，让我有如身临其境的逼真和生动，得益于不做夸张的描绘，尤注重准确，一种细微到丝丝缕缕的准确描写，美景就逼真生动了。这不仅让我感知到作者质朴的文风，更见出笔头不俗的文字功力。作者对“原本也没有太多特色的小镇”温德米尔的状写，却让读者的我感知到独特的特色：“已经长满了花苞的藤条顺着矮墙散落开来，露出石砖上的青苔……点点初绽的花朵将藤条装饰得春意盎然。”作为一个游人，对异地小镇石墙上的青苔也能揽入文字，可见那双眼睛的敏锐，又见出栩栩如生的景观，文字准确的表述得心应手。作者写人，也是文字出彩，看似并非刻意为之，却更显见其文字功力。且看作者对一家家庭旅馆店主的描写：“看起来很像是英国文学里的女巫”，“稀拉的白发耷拉下来，弯弯的鼻子，稀落的牙齿，裹在松垮袍子里的干瘪身躯……”。读到这里，即使作者不说“像是英国文学里的女巫”，我已经看见一个活灵活现的女巫了。我颇感佩的是，作者几笔简约的文字，有如速写画家手中的铅笔勾勒的线条，把一个女巫似的英国老太婆的肖像活脱脱地跃然纸上。我随意举出这两小段文字，一是状物写景，一是写人，文字简约而准确，效应逼真也生动，让我有如身临其境的感觉。其实，这本游记通篇都是这种文风，我说的不俗的文字功力，是这种文字阅读的突出的直感。

在这本游记中，多处读到作者对社会世象的议论，对人生诸多话题的态度，对常见的和刚刚出现的生活现象的思考，都有毫不含糊的自我判断，也都有明确的价值取向，没有人云亦云，没有虚词朦胧，而是简洁明快地直抒己见。这些见解让我看到一个具有独立思想的青年，也就有了个性化的光彩。关于追求幸福这个极为普遍的生活话题，作者议论说：“追求别人眼中的幸福，很难说是不是对自己的否定，否定自己的梦想，否定自己的能力，否定自己的情绪，否定自己的选择，最终否定了自己的人生。”读着这样的文字，我感知到的是作者对自己梦想的坚定不移的追求，对自己能力的自信，对自己情绪的守护，对自己选择的人生道路确信不疑。归结一点，即追求属于自己的人生。可以想见这种自己的人生，是绝不随波逐流的独立的人生，每一步都要也都会踏出自己声响的人生。在作者刚刚从少年进入青年这样的人生区段，能有如此明朗的关于人生的宣示，已经是颇见独立思维更见独立个性的声音了。其实，由关于人生话题的延伸，作者已经正面做出了人生的坚定选择：“一直都有两种人的存在，挑战生活的和顺应生活的；结果无非也就是三种，生活的主人、奴隶和背弃者。选择顺应生活也就注定了其成功是做高等级的奴隶，而挑战生活的风险却很难估量，主人和背弃者也就一念之间。”读着这些颇富人生哲理的文字，我感知到一种严峻的警示意味。如果不了解作者，很容易想到这是一个阅历丰富的人的人生体验归结。然而，我知道作者是涉世未深的小青年，能有如此深刻的关于人生的议论，就让我在惊诧之际，意识到她的思想的力度了。

这本英国游记的阅读，让我感知到作者颇为丰厚乃至渊博的知识储备。作者进入英伦三岛的许多偏远之地，在备细录记一景一物的同时，如数家珍地插叙这方地域的历史渊源，宗教习俗，乃至别具一格的民间传说，等等 。我以常理推想，作者不仅读书多，而且善于在民间捕获知识。作者走到爱丁堡，对这座古城的历史，曾经发生过的重大事件，都在现实景观的描写中予以插叙，圣十字架修道院的传说，让人感知到神秘的同时，也联想到中国不乏类似的传说。另如爱尔兰的“巨人之路”的神奇传说，作者叙述了这个传说之后，再以专业的知识解释“‘巨人之路’是由火山熔岩的多次溢出结晶而成”，显示着知识的宽泛。作者到北威尔士的卡那封城，对这座城市历史渊源的简略叙写，勾勒出一座古城延续至今的重大事变的脉络，传奇的却是真实的。散漫于这本游记中的英国各地的历史、现实和传说，让我感知到作者知识渊博的同时，也理解了记叙文字游刃有余的成因。

这部游记书稿里涉及许多流行话语，作者都阐述了自己的见解。诸如：活着的意义，有关成功与失败尤其是失败，关于自由，关于女性资本，等等。这些话题几乎是人人都回避不去的普遍性话题，而面对这些话题的人生姿态，却呈现着各个不同乃至相去甚远的差别，也就呈现着让小说家挖掘不尽的众生相。作者面对这些话题，不仅没有回避，而且是直接辩证。她所申辩的看法和观点，我信，也赞同。

读这部英国游记，借助一双敏锐的眼睛，仿佛走了一趟英国，甚至比我亲身前往看到的景致还要丰富，这不是虚词，是真实的阅读感受，我自知既没有如作者那样敏锐的眼睛，也没有对英伦三岛的常识性了解……尤为感慨的是，看到了一个独立个性的青年。

2012.11.23　夜

于咸宁

Contents 目录

二月/85

三月/125

六月/249

七月/261

八月/273

又一个九月/291

九月

英国伊始

从8月下旬接到英国爱丁堡大学的无条件录取读研通知，到按要求9月中旬正式开学，我便像急速旋转的陀螺，忙碌于签证材料，等待签证，收拾行李，预订机票等具体事宜的准备。终于顺利地于9月14号坐在了上海飞往伦敦的航班时，不禁感慨时间居然可以如此利用，整个签证过程居然如此迅速。比起美国使馆当面就能知道是否能通过签证结果而言，英国使馆却是在递交了签证材料后，要一直等得到护照的那一刻才能知道结果。虽然常常在论坛上看到很多同学都是痛苦地等着英国使馆的信息，天天上英国使馆网页看自己的护照有没有寄出，有的时候等待时间甚至长达两个多月，于之而言，我真是太幸运了，从递签申请到收到贴着签证的护照仅用了一个星期的时间。

但旅途却不是那么顺利，自上海登机后，随手关掉了手机，就等着飞机在大不列颠的伦敦落地。没想到刚要起飞的那一刻下起了大雨，似乎脚下的土地不愿意让我们离去，借着倾然而至的大雨诉说着不舍与期盼。重新打开手机打发等待的时间，可雨停之后，广播又传来航线繁忙的信息，又是一轮沉默的等待。眼睁睁地看着两部电影播完，手机的电量几乎耗尽，飞机终于缓缓向前挪动。本身将近十个小时的空中飞行时间又增加了四个多小时的等待时间。虽说走之前也听大家讲过，这个季节因为天气原因，上海机场航班普遍都会延误，但确实没有想到自己会遇上，而且会耽误这么久。

原本下午到伦敦的航班，到了晚上九点左右飞机才缓缓下降。透过舷窗，俯视下面灯火通明，一条蜿蜒伸展的剪影，莫不是泰晤士河的倩影。夜晚的伦敦还是让我觉得神秘而感动，一方面是它作为有悠久历史的国际化大都市在夜晚中呈现的气势，另一方面是我在飞机上实在待不住了，想到能赶快让双脚亲近地面，在地面自由行走，简直就是当时最大的奢望了。

一出舱门，大部分乘客都拥向客服，晚点了四个小时，机场几乎所有的转机航班都飞回了目的地。我还在琢磨着是不是晚上要在伦敦过夜，准备明天飞爱丁堡。幸运的是，晚上十一点半还有最后一班飞机去爱丁堡。换了新的登机牌，入了英国海关，坐到候机大厅，四处转悠打发着时间，就觉得眼前无数个

发光的小苹果在各个角落闪烁，突然明白为什么苹果在英国这么火。几乎只要是抱着电脑的人，手里不是 mac 就是 ipad，在美国的时候还没见过这么集中的苹果用户们。后来才发现，苹果在英国很是吃香，从教授到学生几乎都是人手清一色的缺角苹果，更不用说 iphone 的使用频率，微软高层确实该考虑他们在英国的市场了。听别人说，欧洲人很反感产品垄断，是不是因为这个原因，他们如此支持苹果，以此来反对微软垄断。再想到之前网上恶搞的鸭梨电脑，苹果是不是离垄断也不远了。

在陌生的国度里夜航，感觉不到半点困倦，一个多小时的飞行也不觉得那么漫长，特别是喝了些加奶红茶，吃了些巧克力点心后，英国的气息慢慢浸润着感觉。后来和朋友议论欧洲航空公司的服务和航餐，都觉得英航的正餐真是不敢恭维，但是各种各样的小甜点却是很受乘客喜爱。飞机降落到爱丁堡已经是十五号凌晨了，给父母发了短信报平安，便随着人流出了机场。

44号，我来了

排队等出租车，9月的爱丁堡夜里还是有些凉意，小风阵阵吹过，似乎在催促长长的队伍能很快移动起来。而当地出租车的样子还真特别也很可爱，圆圆的鼓鼓的，像老爷车一样的造型，大部分都刷着黑色的亮漆，也有的是花花绿绿的，比如画满英镑的，铺满青草的，出租车外形及喷涂也是很有趣的一道景观。

坐上车，给司机看了原先抄下来的地址，他问了我一些关于具体地址的相关情况，我从没去过那儿只好说抱歉。深夜的市区，车辆很少，偶尔看见一些加油站、便利店从车窗晃过，也有一排排的小屋。乍一看，和美国并没有太大的区别，也说不上来哪里不一样。后来在英国生活旅游中，我终于发现了不一样的地方。美国的房屋前是修剪的草坪，上面经常有散落的儿童玩具，或者摆着主人喜好的园艺装饰。英国的房屋前面草坪相对美国的修剪要短些，布置上差不多，但总是要多一道木栅栏或者石头堆砌成的矮矮围墙，将房屋和人行道隔开。

当车行到一条路灯明亮，道路也明显宽广许多的街道时，我猜想大概是到爱丁堡的市中心了。大块石砖垒起来的楼，七八层错落不等，却各有各的风格，但都有着历史的印痕和悠久的韵味。一楼的楼面，全部是玻璃的橱窗，也被灯光照得很有现代感，新旧相融。另一侧是打着银白色灯光的爱丁堡城堡，有着说不出来的奇妙。爱丁堡城堡在深夜里宁静而威严，却不是拒人于千里之外的威严，让人忍不住想去亲近。虽然真正参观它是在来年的一月了，可是每次从不同地方旅游回到爱丁堡的时候，看到城堡就有着强烈的亲切感，仿佛它在那里也是在等着我们的回来。后来我也知道了，这条街叫王子街。

从王子街右拐，上了桥。借着灯光，看到桥下一条条铁轨。桥的右侧依然是城堡，左侧的山头上也屹立着另一座像城堡的建筑，只不过要小很多，也含蓄很多。除了那座建筑上有着亮光，四周的一切都是深蓝，隐隐约约看到远方有一座山丘。不知道是不是因纬度的缘故，爱丁堡的深夜并没有纯色的黑，而是深蓝中夹杂着炫蓝。如果不是街道上空空荡荡，如果不是手机上显示此时都

深夜

快凌晨一点，真的不会觉得时间已晚。想到未来的室友，因为飞机的晚点，也不得不等我到深夜，觉得很不安。又想到马上就能见到今后的室友，找到我落脚的房间，又是一阵激动。

说起找宿舍，还是段有趣的经历。因为爱丁堡大学给我发出通知书的时间已经比申请宿舍的时间晚了许多，而学校能给我调到的宿舍却是在离我上课校区很远的地方。有一天上网偶尔发现，禹通过 QQ 群发了征室友的邮件。房子的位置很理想，租金也挺合适，而且我们还是一个专业的，应该离上课的地方也不会远，我便没有任何犹豫地给她回复了。虽然中间还出现了一些插曲，她都很棒地帮我协调处理妥当了。尽管另外的两个女生室友，我并没有联系过，但却对未来一年的生活有了美好的期待和向往。

过了桥，很快车就停到了路边。原来那个桥叫北桥，而我要去的地方在南桥。可惜南桥并没有真正的桥，就是两个建筑物之间架起了一道短短的路面。司机帮我搬下来两个箱子，又给我指了门牌号，然后道了句晚安就离开了。看着一个绿色门上有着凸起的 44 号，边上有一堆门牌的按钮。因为太晚了，按门铃会影响别人休息，所以我给禹打了电话。很快，听见门里面开锁的声音，禹站在了我面前。

她帮我把箱子抬上了一个旋转楼梯，推开中间那个半掩的门，带我到了房间。房间虽然不怎么宽，却很狭长，一张大床占满大半个房间，一个衣柜，一个床头柜，一个储蓄柜。我的英国留学生活从此开始了。

城，如迷宫

比起黑夜里爱丁堡的神秘，白日里的它却更像是个迷宫。

住习惯了西安方块式的街区，看习惯了美国宽大的街道，突然到了爱丁堡，还真有着说不出的新鲜。爱丁堡市区总体分为新城和老城，虽然同为世界文化遗产，但却很有差异。新城的街道宽敞，房屋整齐，而老城则是狭长的道路和高矮不一的建筑。爱丁堡大学主校区在老城这边，其余校区就散落在爱丁堡的各个角落。第一天，我拿着学校地图和爱丁堡地图，还是和预想的

一样，跑错了许多地方。如果说，只是弯弯曲曲的小道，还真不至于让我晕头转向。郁闷的是，很多建筑依坡而建，但并不随着坡度的起伏而修路，经常是看似相同的两条路，一条通向坡上，一条通向坡底，而在之间，除非绕回岔路口，绝没有其他小道相连。再加上各式各样的小岔路口，我不得不花了一些功夫去记住每一条路的指向。

而爱丁堡的主要景点却集中在一条街上。Royal 街的一头是爱丁堡城堡，过个十字路口直走换成 High 街的名字，走到头就是女王的行宫，原来是苏格兰玛丽女王的官邸，行宫旁边则是形似狮子的亚瑟山，再加上这一条街上集中了各类的博物馆和很有苏格兰特点的小店，一路走完，觉得很有意思。这一条路，也是常年熙熙攘攘，热闹非凡，待到我细细去玩还是过了一些时日。

最有意思的是，很容易就发现爱丁堡的建筑物上大都带有烟囱，而且是一排排整齐的烟囱。按理来说，现在的取暖或者做饭的设备是用不到烟囱的，但是在蓝天映衬下又是一道别致的景观，有趣而又迷人。不知道这些烟囱是另有他用，还是仅仅作为历史的装饰留了下来。再后来，到英国各地游玩，发现烟囱似乎是英国建筑的一大特色了。

而另一个绝对该提的英国特色是水龙头。凡是到过英国的人，一定对此印

象深刻！和我们常用的一个出水口，两侧冷热水调温度的水龙头不同，英国的水龙头是两个独立出水口，一个口为冷水，一个口为热水。他们自豪地称之为天使设计，但在现实生活中却不知害惨了多少不熟悉其功能的人。因为我在爱丁堡用到的水龙头都和国内的一样冷热水是一个出水口，直到我第一次出去旅游才惊喜地发现了这个设计。冷水特冷，热水特热，只能用手先接点凉水再接点热水洗脸，经常是前一秒还忍着冰水寒冷，后一秒因为没掌握好时间手又被热水烫着。当年丘吉尔在访问莫斯科的时候发现单出水口设计的水龙头很是惊喜，便在英国推广，现在仍有40%左右的英国人依旧使用天使设计的水龙头。英国人认为双龙头的设计可以更好地节约用水，冷水洗漱可以锻炼性格，还有一个原因是他们喜欢保持历史原状，再是和他们信仰的宗教有关。虽然我觉得40%的数字是低估了使用天使设计的数量，除了爱丁堡城市以外，我去过的地方基本没用过冷热水一个出口的水龙头。两边水哗哗流着，真的不利于节约用水。如果有人想用冷水洗漱锻炼性格，完全可以只开凉水，只是任何事情与习惯和宗教有了关联，就很难改变了。

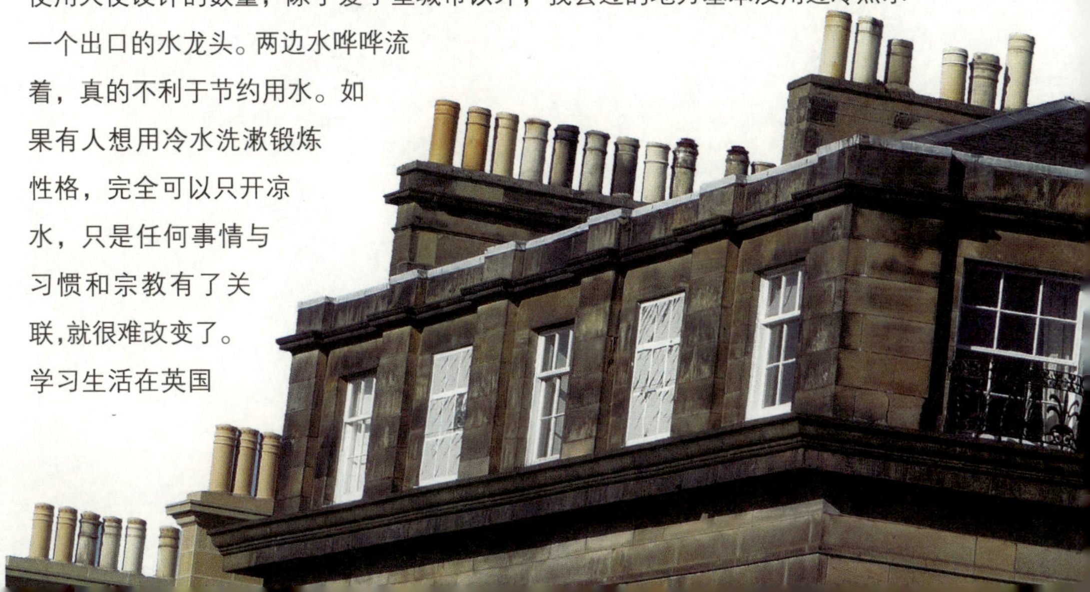

学习生活在英国

的时候，仅仅因为使用水龙头方便，我就很庆幸在爱丁堡了。

后来，在寒假回国的时候，无意间买到《爱丁堡画记》，虽然该书距今有将近百年的时间相隔，蒋彝老先生笔下的爱丁堡却和我所经历的那座城市没有太大的区别。蒋彝老先生的笔下，写出了一个深厚而又极富生活气息的爱丁堡，寥寥的几笔水墨也勾勒出了街景的神韵。烟雨并非扫兴，却给文字中的爱丁堡增添了几份诗意。很难有后人可以将爱丁堡这座城写的或画的能有蒋先生这样传神。而这位自称“哑行者”的蒋老，竟是鲜为人知的一代大家，但由他所翻译的“可口可乐”确是家喻户晓。百年后的今天，只是少了电车的穿梭，也不用天天去警局注册，街头小巷还是一样，石头铺成的地面依旧躺在那儿，甚至连王子街尽头一家礼品店的位置都保持原来的状态。我只能用相机和粗浅的文字来记录爱丁堡的点点滴滴，以期警示那些四处拆迁改造从而失去城市个性的做法，使时间流逝的痕迹荡然无存。但是时间在爱丁堡留下的印记，渐渐地沉淀下来了，好似陈年佳酿越发具有一种神秘醇厚的韵味了。

炸鱼薯条

来英国之前对这里的食物最有印象的莫过于 Fish &chips，似乎从初中的课本就渗透着英国人对这道食物的热爱。就像说到陕西就会想到羊肉泡一样，Fish &chips 也确实在这里享受着很高的礼遇。虽然英国人整天将苏格兰、英格兰、威尔士、北爱尔兰划得泾渭分明，但在每年“英国十大特色”的问卷调查上，70%以上的英国人都将 Fish &chips 作为第一选项，足见它的受欢迎程度。

黄昏时分，在 Royal 街上漫无目的地闲逛。石头铺满的马路两侧，排列着大大小小的咖啡店和酒吧，很多人自在地坐在户外的桌子旁，慢慢品着白葡萄酒。也是，虽然现在还是爱丁堡较暖和的季节，但冷风还是吹个不停，要是捧着一杯大肚子的 Cafe au lait，还没喝到一半就冷到骨头里了，而葡萄酒就怕遇到高温，几口酒滑下去，身子也热了，暖暖和和地欣赏来来往往的人们。

一路上也有不少卖艺的人们，苏格兰风笛可以说是围观人气最旺的表演了。欢愉的风笛配上活泼的鼓声，让整个人群都愉悦起来，原本很矜持的行人，脚都会随着节奏左右摆动，一张张原本冷漠的面孔也都泛上了笑容。苏格兰人的热情突然间就弥漫在了夕阳的余晖中，来这里第一次真正感觉到了它的温暖。

一家蓝底白字牌子的店外三三两两地站了些人，仔细一瞧 Fish &chips，很好，就去试试英式的招牌菜。店面不大，只有一排靠墙的桌子和三个高脚椅，却到处都飘着油炸食物的香气。肚子也越发觉得有点饿了，看着密密麻麻的菜单一下子就蒙了，难道 fish &chips 还分很多种吗？仔细看了一下，原来这家店还卖比萨等其他食物，鱼只有一种，但是薯条却有很多种酱料的选择。为了尝到最原始的味道，我只要了份加盐的薯条。粗粗的薯条，盖着一片厚厚的鱼，在外带盒合上的那一瞬间，香气直直地勾住了我的鼻子，督促着我赶快回宿舍享受美食。

但教堂外的歌声又不得不使我放慢了脚步。一个女孩抱着吉他弹唱着民谣，很纯净的声音，使我思绪一下子仿佛穿透了头顶上飘来的乌云，带我到了充满

阳光的草原上。为了不使我的薯条冷掉，我也只能在她面前的吉他盒里投枚硬币，急匆匆地往回赶。

终于在 Fish &chips 还热乎乎的时候换上了睡衣，舒舒服服地倒在窗前，打开盒子，看着胖胖的薯条，迫不及待地抓入口中。比起国内快餐的细薯条，我还是更喜欢这种比手指还粗的薯条。盐撒得很均匀，几乎是根根都照顾到了，却也不咸得让人口干舌燥。没人告诉过我 fish 是一条整鱼，我有点不可思议。还以为会和国内快餐的炸鱼一样，几条短短的鱼块，结果却是一大片的整鱼展现在我面前，炸得金黄，外脆里嫩，还保留了鱼本身的鲜美，怪不得会得到那么多英国人的喜爱。一条鱼和半盒薯条下肚后，就再也塞不进去剩下的薯条了，看来以后我只买其中一样就够一顿晚餐了。虽然早上电话聊天还在想着火锅、烤鸭等各式各样的中餐，晚上最简单的炸鱼薯条也吃得有滋有味，既然吃不上家乡的美食，那就尝尝英国的味道吧! 惊喜总是不经意间出现在尝试之中。

十月

那一瞬间

There is the moment， you know you are going to change. Even you don't know what and how， that doesn't change the fact that you gonna change。(就是这个瞬间，你知道你将要改变。即便你并不知道改变什么或是怎样改变，但都改变不了这样一个你将要改变的事实。)

在商场里漫无目的地闲逛着，这样的话语突然浮在我的脑海里，就像是某个声音在独白着我的生活一样。我变成了某部小说的主角，完全不知道下一步会发生什么，凭着别人创作的剧情在改变。这个声音是那么的清晰明了，I need it!

怎么改变，要改变成怎么样，我不知道，也没有想过，只是不满足我现在的生活状态。日常的学习生活是好，平平淡淡才是真实，但是却少了些自我的东西。几天前才将《易经》翻开，谈不上是研究，就是泛泛而读，却也有些想法，找到了些丢失的东西。离上一部看完的书已经一段时间了，发现我不是离不开书的人，天天与作业相关的文献绝对是有的看，但是却难以让我真正感觉到充实。我只有去看自己感兴趣的读物，才会觉得一天没有白白过去。上个周末，从电脑的文件夹中翻到朋友传给我的“穿越”小说，昏天暗地地看了快两天，把上部看完，竟没有想去看中部及下部了。太言情的文字不适合我，尽管在阅读的两天中也是地地道道的犯了两天的花痴，竟也找回了 2008 年暑假窝在太阳椅里看《暮色》那一套书的感觉。一个完美到极点的吸血鬼，一个浪漫到极致的校园小说，后来却硬生生地被由小说改编的电影把美感给破坏了。

今年暑假索性看《天龙八部》，是把不少身边人给惊呆了，不过说来也是有些惭愧，中国的文学作品我是很少涉猎，总是觉得意境有的时候不是文字间那么简单，就是有些高不可攀。至于武侠，以前是一直没有心境去看，今年却是看得天昏地暗，到后面发展到每天不看一两章就觉得一天少了点什么。一个暑假主要阅览了《天龙八部》和《鹿鼎记》，虽然出自一人之手，但是从内容到表达手法差异却很明显。不得不佩服金庸的文学功力，气势磅礴、市井碎语都能写得细致活现，更不用说摆脱了一定俗套上的情节构造和遣词的驾驭能力。暑假间看的其他书与其比起来就逊色多了。

自从湖北武当山旅游回来后，可能是看路边人给朋友算命测字，再加上之前有朋友提到过片语，便开始对《易经》有了兴趣。浏览了曾仕强著的《易经奥秘》一书，也对《易经》有了模糊的概念，但有一点是肯定的，与其说《易经》是算卦知天命之书，我更愿意把它看为一本处世典籍。事实上，它也确实是一部哲学性很强的书，中国古典哲学思想的开山作品之一。虽然我也只能是阅览感悟了最表层的东西，也不敢吹嘘我有什么见解。不过，《易经》中的很多话语被误读，甚至意思完全是南辕北辙，也是误导人们想法的一个原因。不光是《易经》，从小被教导的《论语》开篇第一句话“学而时习之不亦说乎”也是被浅尝辄止或曲解的例子。老师们喜欢打着孔夫子的旗号，教导学生再三预习复习，整天看着同样的内容，怎么可能开心得起来，除非孔子也是纯学术派的。但问题是，如果孔子真的那样做了，他的成就可能就不会像今天这样让众人推崇了。其本意不是专指读书长知识，也包含日常生活中怎么做人，向内不断增进修养，向外友善处理好与他人的关系，并不断地付诸实践，也就是说将学过的东西运用到日常的生活中，那是件很快乐的事情。这种快乐是毋庸置疑的。最简单的例子，幼儿园的孩子每天最兴奋的就是回家告诉父母今天学到了什么新的东西，而正是这些新的东西让他们发现生活中还有这样那样有趣的事情，比如数字，比如画画等等。

再扯远点，我们现在还经常爱说要将理论运用于实践，每次还要扯到那几位古希腊的学者，也爱用西方的教育理念来宣传。但问题是我们其实一直都有的东西，为什么要打着别人的旗号？在我们去学习别人的东西之前，是该先好好梳理一下自己的思路，看一下需要学习的是什么。除非是做研究，对同样的内容完全没有必要去浪费时间，了解知道就好，如果有那时间还不如去搞些新的发明。

就像是写作，我也一直相信写出来的文字一定是笔者所认同的。即便这样的文字并非什么华丽辞藻，但这样的文字是真实的，而真实的事物才是有意义甚至是有生命力的。这也许能解释，为什么有的时候，一首通俗的打油诗也许比一篇完美的行文更能打动人心。笔至心之所想，所以我认为写的过程也是探讨，点滴的记录，也许是对琐碎物件，也许是寻求生活中的一个答案。时间久了，文字的轨迹便拼成了成长的方向，不经意间的改变，潜移默化中的成熟。

生活的改变也许就在一个瞬间决定了新的航线，“Let it go and move on!”（放下之前，继续生活）。

爵士心情

天气的变化，总是能影响我的音乐喜好。褪去了夏天的最后一丝疯狂，凉意已经悄悄地爬上了床单一角。当凉气越过清晨卧室的窗户，顺着墙角，追随到了厨房，轻轻地勾着我的脚裸，我看到了各式落叶散落在水池外的窗台上。秋天来了，Jazz 让我着了迷一样地沉静在其中，就像一年前特喜欢乡村乐，听到简单的旋律配上直白的歌词，什么事情都能像秋日的阳光一样明明了了。

而 Jazz 的慵懒却正是符合了我现在的心境，洗去铅华，不去想明天会怎样，就是单单蜷在窗前，在阴雨季的大不列颠等待着少有的日落，也是一种幸福。沾着水滴的草莓，总是让我情不自禁，用舌尖接着欲滴的水珠，也能尝到一缕果香。暖暖的音调，就像是把整个人泡在了一杯热巧克力里。如果有杯 Cafe au lait（牛奶咖啡），下午的时光就更完美了，但是陪着黄昏或是深夜，红酒则是更好的媒介。可以眼看着 Jazz 的温度在红晕中散落在房间的各个角落。齿间留下的亦是柔和的香气，和微涩的葡萄酸味，厚厚实实地将我的感觉包在其中。

如果再加上残留在空气和指尖的烟草味，那才是诠释 Jazz 本身那种随意的态度吧，可惜那样就不是我了。太文艺了，就不属于我了。就像我永远都是那个做不到 100%文艺，100%叛逆，100%乖乖女，100%朋克，100%city girl（城市女孩），或者 100% country girl（乡村女孩），甚至都不能说 100%nice 的人。喜欢对好友偶尔的幸灾乐祸，喜欢在陌生人面前隐藏自己，喜欢恶作剧，但也能和交流默契的陌生人聊得热火朝天，有的时候情感泛滥了就玩点小文艺，玩完了，第二天出门却可能装成酷酷的试一下小朋克。表面看一步步走得波澜不惊，很好地遵循着各种规矩，私下里却想着法怎么样去追求自己想要的生活。就像我用了几年的时间都在给自己贴标签，但怎么都贴不真切，可能就是太分裂了，没有哪个词能表述准确吧！单就性格是外向还是内向现在还是没有个明确定性，但是却也可以在其间穿梭自由，当每天起来还都做得有模有样，就怕是转着圈地把自己弄丢了，或者说我本来就是这样具有复合型特征。

残缺的美才更让人怜惜，我对太完美的事物就不存在爱了。爱和不爱有时候并不是自己主观想法，却是眼前事物本身。如果一个事物完美得没有一点瑕疵而不去爱它，那爱也就没有了，因为没有不爱来反衬。比如咖啡，我不喜欢它的酸味，但我喜欢抱着胖胖的马克杯贪婪地喝到最后一滴，因为我最喜欢的咖啡调法不是加奶或者奶泡，而是舀蜂蜜进去的那种很简单的味道，一口就能喝出来而且也中和酸味，只是太多的人追求完美了，常常忽略了最美的事物。有人觉得失去了才知道珍惜的人是值得同情，但是一个只顾着回忆并一次次地忘记现实美存在身边的人，真的不觉得有什么好可怜的。因为他不珍惜现实存在，选择了视而不见，也就必然酝酿了失去。

残在壁上的挂杯零零星星，杯底的一抹暗红想继续暗藏着什么。故事讲完了，结局呢？酒精的味道的确不适合我，但是为了酝酿睡意，一点点红酒的作用要比一杯牛奶来得快些。窗外的街道，半夜也消停不了，晕头晕脑地看了一篇又一篇的文献，睡意蒙眬中总觉得还有很多事情没有完成。Relax for a night，需要 jazz 和红酒的催化。Good night！

*

这一篇绝对是充满惊喜的。远在西安的芳子几乎是在同一时间也有感而发了以下一篇文字。直到我将我的随感通过邮箱，发给了包括她的几个密友，芳子激动地回复我说她最近一篇随笔和我的文章很有默契，便在随后的一封邮件里发来她的随笔。我点开后，还未读完，不禁大呼 OMG（Oh my God），这简直已经不能说是相似了，应该说是克隆，而且是跨越了八小时时差的克隆。也就在这一刻，我确定了有的时候所谓的抄袭，并不是看上去那样的，他们可能就是对某一个方面英雄所见略同罢了，仅仅靠着两个人相同的想法，很有可能写出或者研究出相似的结果。芳子的随笔也附在下方，文字均未改动，只是有的地方加上注释，她也同意我将她的文字放进书里。这是我们共同的回忆，很庆幸我有她这样一个绝对的知己。至于相似处，请细看下文：

随

西安就是这样一座城，褪去了夏天的仅有的一丝疯狂，没过秋即入冬，可温度却越来越像个孩子，时时嘴角上扬，也偶尔有闹别扭的时候。早起拉开窗，凉气越过卧室，顺着墙角，四散到屋子的各个角落；雨滴亦轻轻顺颊而下；各式落叶浩浩荡荡随风散落，留在了新的处所。单单蜷在窗前，难得独处的悠闲，也是一种幸福。猕猴桃片，总是让我情不自禁，用舌尖接着欲滴的果汁。Jazz 让我着了迷一样地沉静在其中，简单的旋律配上直白的歌词，什么事情都能像细雨一样明明了了。这对于偶尔有闹闹别扭的我来说，最好不过了。

“Why does my heart go on singing（为什么我的心还在歌唱）”嗯，好像是满心欢喜，喜欢哼些不知名的小曲了；“Why do these eyes of my cry（为什么我的眼中充满泪水）”，是了，这种温度里，小文艺一把也不足为奇；“one two three for a wonderful lie”，的确，我们都是liars（骗子），呵呵……Jazz、OST 的慵懒、随意，很是舒服。清冷中交错着暖暖的调调，就像是把整个人浸在了 Eiswein（一歌手名）里，被带到二百年前的德国葡萄园里，挽救冰冻灾害的晚上却无意发酵出的腐贵精灵，腐掉的苹果和涩涩的葡萄酸，加之酝酿已久的甘甜，厚厚实实地将我包于其中。

呵呵，可惜，这种文艺情结不属于我，但我离不开她的。是啊，不可能百分之百文艺，百分之百乖孩子，百分之百朋克，百分之百nice，抑或百分之百叛逆……喜欢偶尔的幸灾乐祸，喜欢隐藏自己，喜欢恶作剧，却也能与陌生人聊得很 high，情感泛滥了就玩点小文艺，疯过头了，隔天却一定要变个朋克派，总是一副波澜不惊，按部就班，私下里却想着法的怎么样去追求自己想要的生活……呵呵，就是太分裂了吧，还好转来转去，目前还都能粉饰过去。

This is my kingdom. If I don't fight for it, who will?（这就是我的王国。如果我不去抗争，那会是谁？）总是在不断追求，那么除了那么多需要追求的东西，追求完美的东西，我自己的呢？我的kingdom 还好么？太多的人追求完美了，太多的事物需要我们不断地去追求完美，常常忽略了最美的事物，属于我们自己私有的那一片净土，所以才会在喧嚣浮华后一个人的时候，觉得落寞吧。失去了才知道珍惜的人是值得同情的，只顾着回忆而选择一次次忘记自我和身边的至亲、朋友亦值得同情。因为选择的视而不见，就必然选择了失去，不会寂寞么？不会需要文明温暖么？

呵呵，喜欢 Eiswein，因为她的孤傲；喜欢茶道，因为她的坚韧；喜欢 OST，因为她知道空间的意义……喜欢的太多了，是啊，永远不可能百分之百么……

是夜，晕晕沉沉地看了一篇又一篇的条款，还有很多任务没有完成呢。致我的 kingdom，安。

燕麦条

偶尔在超市里闲逛，漫无目的地扫过一排排的货架，花花绿绿的包装纸下，都像是一个个在问好，等着我去尝试。很难说我是个喜欢各种冒险的人，至少像是任何鬼屋幽灵的探索活动名单上是绝对不会有我的名字的，却又是巫师和

吸血鬼的狂热分子。要是给我一包比比多味豆，我都很难说我有勇气去尝试各种颜色的豆子。虽然超市里的食物味道大都大同小异，但是没有试过的味道总是让人很期待。

走过麦片的货架，不出意外的就是各样的 Nutrition bar（营养条），只是有一种写 Flapjack 的字样更勾起了我的好奇心。虽然说好奇心害死猫，但猫有九条命，而且一块零食也不是什么要紧的事，就左挑右选地拿了块酸奶味道的 Flapjack。最主要的原因，还是因为它那很有意思的名字。为什么 Jack 会这么好人缘，最出名的劫机叫 Hijack，与此之前 Jack 还扮演着穷小子、乖男孩的形象，而 Flapjack 却成了一道甜点。

忍到第二天早上，撕开简单的包装纸，一口咬了下去，没有想象中那么脆，而是易碎的。麦片一个一个的粘在一起，轻轻一咬就松散开来，酸奶酱也与燕麦一起掉到舌尖上，一下子就化了一半。酸奶的味道包着燕麦，和剩下的酸奶渣在嘴中开着 Party。比起之前吃到的 Nutrition bar 而言，Flapjack 更有嚼劲，更多了点原始的味道。在网络词典上查到，Flapjack 是烙饼的意思，但这个英式烙饼有些快捷，能不能算是一道英式甜点，还需要进一步考证。

软 糖

在旅游介绍的书上，看到 fudge 软糖的介绍，在爱丁堡博物馆附近有家 fudge 软糖店。刚好下午有了难得的好天气，就继续开始我的爱丁堡探索之旅。比起在美国快速旅游，爱丁堡确实是一个让我快不起来的城市，更希望是用漫步方式，穿过各式小巷，期待它带给我一点一滴的惊喜。

本身不是很喜欢吃糖的我，凭着好奇心的驱使，走进了这家在苏格兰小有名气的 fudge 软糖店。这家店有半个世纪的历史，店里的 fudge 用料是最传统的黄油和纯天然的新鲜奶油，而且都是手工制作。一进去整个心都成甜的了。空气里飘着甜甜的味道，很难区分出来是哪一种香味，有巧克力、香草、黄油……

要是谁将一盒眼花缭乱包装精致的Fudge作为礼物送人，收礼物的人想说不都难。长长的柜台分了两层，像是冰激凌店里展示冰激凌一样的摆放着各种口味的 fudge。从传统的香草味到清凉的薄荷味应有尽有，单单是巧克力味，就细分了岩石路、经典巧克力等好几种味道。一块块的 fudge 整齐地摆成大小不一的圈向我招手，看得我眼花缭乱，最后随意选了两种味道，像是怀里揣着一个甜蜜的秘密似的推门走出了 fudge 店。

晚饭后，打开 fudge 软糖的袋子，害怕 fudge 会和它看起来一样硬，便轻轻咬了一口，没想到却是入口即化，浓浓的香草味填满了我的整个口腔，拐弯抹角地融进我的心里。可是甜味过于浓郁，实在不是我喜爱的甜点类型，便折好纸袋放到一边了。

跟着甲壳虫乐队游利物浦

来英国不到一个月，我就按捺不住出游的心情，10月的最后一个周末就买了车票，前往利物浦。主要是因为好友蕾在那里上学，在异国见老友，那是件有趣的事情。大学毕业后一个暑假没见，当我到利物浦火车站看见蕾冲着我挥手的时候，脸上挂满了兴奋的表情。出了火车站，距离她的宿舍还有十五分钟左右的路程，反正天还没有黑透，也就不着急回去。蕾带着我边走边看。从一出车站开始，我就一路惊呼利物浦太城市了。在爱丁堡还不到一个月的时间里，虽然是作为苏格兰首府的城市，由于保留着太多的古老建筑，让我一直都没有感觉生活在城市。当然，利物浦并不是高楼林立，只是街道宽阔、车辆川流、人声鼎沸，一切都显示着大城市的特征。在前往蕾宿舍的路上，她还专门给我指了一家有历史感的酒店，她说这里面是电影《泰坦尼克号》的取景地，船舱里面的宴会厅就是这里的原景。当然，对于我这一个每年至少会看一次《泰》的泰迷来说，在利物浦的几天中，如果没有进该酒店里参观，着实有点遗憾。

蕾的宿舍很小，一张单人床、一张桌子、一个小水池和一个衣柜，小小的房间就剩下了窄窄的过道。我们将过道改造成了地铺，随后的几晚，我们天天聊着暑假的新鲜事、谈着大学的种种，再看着无聊的娱乐节目，我们就仿佛回到了悠闲的大学生活一般，只是感觉一个周末太短。

第二天一大早，去 Maggie May’s 吃早餐就成了第一件大事。Maggie May’s 是我在旅游书上看到的，说是在利物浦有着很高的口碑。说实话，来英国虽说有半个多月，但是正宗英式早餐还是没有尝过，每天早上都是在公寓里啃两片面包，倒杯牛奶就直奔学校了。每到周末，就一心想睡个好觉，并没有任何的欲望出门去吃顿早餐，即便楼下的转角处就有家很棒的咖啡店。找到 Maggie May’s 早餐店是费了些时间，就在我们快要放弃的时候，眼前一亮，一个胖胖的老祖母纸板和旁边一个写满菜单的黑板让我们雀跃不已。点了传统的早餐组合，找了张小桌坐下，店里很简单，主色是淡淡的黄色或淡淡的绿色，就像是蛋糕上点缀的奶油花式，干净清爽而不甜腻。自从走进店里，我就有种要过复活节的感觉，犹如春天的温暖和对初夏的盼望。早餐很棒，除了常见的培根、黄豆，还有英国特色的 black pudding（黑布丁）和烤西红柿。说到布丁，它是另一种英国的传统食品。它是从古代用来表示掺有血的香肠的“布段”所演变而来的，如今以蛋、面粉与牛奶为材料制造而成的布丁，是由当时的撒克逊人所传授下来的。中世纪的修道院，则把“水果和燕麦粥的混合物”称为“布丁”。所以在英国，布丁不单单是甜点的种类，从叫黑布丁的香肠，到叫约克布丁的主菜，都有可能有这个词的存在。与布丁类似的，还有 pie（派）。麦当劳的菠萝派、苹果派是对作为甜点派的一种改造的快餐方式，作为英国传统的另一种食品，派也是会有不同的种类。最出名的就是 cottage pie（农舍派），厚厚的土豆泥盖着热腾腾的牛肉，甚至连派皮都省了，但和甜点不同，这一份的分量足够我一天不吃别的食物了。

一份早午餐之后，作为利物浦最出名的景点，码头就是我的目的地。其实，利物浦的景点并不是很多，阿尔伯特码头、利物浦基督教堂就是两个最主要的了。利物浦基督教堂，位于市中心的圣 James 山上，是全世界第五大主教教堂，

其长为 188.67 米，宽 60 米，总面积为 9687 平方米，主要用取自郊区的砂岩建造。它的钟楼是世界最大的钟楼，也是世界最高的钟楼之一，高达 101 米。教堂的 13 口大钟位于 67 米高处，重达 31 吨，是全世界最高和最重的。高耸的教堂大门，无不显示其庄严，红色的墙壁在小雨中更加浓郁。教堂的彩窗华丽，拱顶交错大气，特别是厚重的石头隔开了山头的冷风，越发体现它作为庇护所的角色。从教堂的山顶下来，不远处就是英国第一个唐人街，彩色的牌坊，在十字街口展示着浓浓的中国味儿。由于爱丁堡并没有如此集中的华人聚集地，不禁就羡慕蕾在利物浦尝中餐的便利，通过满足味觉来缓解对家乡的思念，在海外这总是最简单最有效的办法。

阿尔伯特码头是周末娱乐的去处，甲壳虫乐队的博物馆、TATE 现代艺术博物馆等都在码头。对于现代艺术，我一向都本着随意看看的态度，至于能不能欣赏就不一定了。码头不是很大，到处都是红色的砖房，依旧能看出当年船坞的情景，作为曾经工业发达的城市，码头处还是明显能感受到利物浦制造业的发展史。随意在船坞散散步，就直奔甲壳虫乐队的博物馆去了，那里是我来利物浦的最终目的地。

其实，如果真的有时间，对甲壳虫乐队的足迹地点一个个造访会是个更好的选择，但是没有时间，那就来博物馆吧，里面不但有对甲壳虫乐队的发展史记载，还有那些真实场景的重现。作为 20 世纪最为著名的乐队，甲壳虫不但继承了摇滚乐头十年的成果，还以自己的创造与革新，丰富和发展了摇滚乐，把摇滚乐带到了一个新的历史阶段，并且影响了一代人的艺术趣味、服装发式，生活方式和人生态度。成立于 1956 年的甲壳虫乐队，标新立异、独树一帜的曲风，对新生活充满探索的歌词，一经面世，就受到世界各地粉丝的追捧，至今不衰。其实早在初中时期，就听到过他们的大名，但是尝试地听了几首歌后，并没有发现所谓的风靡原因，便从电脑中删除了。真正开始发现他们音乐的魅力就到大学了，有一次突然想再试听甲壳虫的音乐，想着它能那么持久，必然有它的道理。结果一发不可收拾，随后的一长段时间里，播放器中的歌曲全部

THE BEATLES

Maggie May's
Breakfast Special

更换成甲壳虫的作品，天天循环播放。

甲壳虫乐队的成员有 John Lennon （约翰·列侬），节奏吉他、键盘及主唱；Paul McCartney，低音吉他、键盘及主唱；以及 George Harrison，主吉他、西达琴、钢琴及和音。1962 年，Ringo Starr 加入，负责鼓及和音。1970 年，乐队解散，四人分道扬镳。后来，乐队重组的新闻就一直断断续续，但在 1980 年由于列侬被枪杀而不再可能。从旧吉他的展示柜，到甲壳虫乐队开始演出生涯的位于利物浦马修街的 The Cavern 酒吧，一切都在小小的博物馆里展现出来。列侬在《永恒的草莓园》(Strawberry Fields Forever) 中的草莓园是他曾经度过许多时光的一家孤儿院，就如 Paul 心中的《便士小巷》(Penny Lane) 一样，在利物浦都可以找到它们的存在。博物馆根据不同的场景，播放着甲壳虫不同的歌曲，活泼的潜水舱内，自然就是那首欢快的《黄色潜水艇》。一间纯白色的展区，白色墙壁，白色窗帘，放着一架白色的三角钢琴，一侧墙上写着《想象》(Imagine) 的歌词，当年这首歌在如此场景下创作，现在在天堂的列侬仿佛依旧会在如此纯净的环境中创作自己热爱的音乐。博物馆里自然少不了各种唱片，还可以自由地播放，还有有趣的嬉皮士服装可供照相留念。我的的确确是乐在其中，虽然门票不算便宜，但是却价有所值。

甲壳虫乐队的作品并不只赢在对音乐上的贡献，例如他们对节奏的组合方式配乐和音律的选择，他们的作品在主体上更有着永恒的光辉——爱和自由。虽然列侬因为他对自由的偏执在申请美国居住权时受到了一些阻挠，但是歌曲的魅力并没有因此在美国被埋没。《想象》一歌中没有正面对爱和自由的描写，甚至这两个词在歌曲中都没有出现，但是对和平世界追求的理想却是体现得淋漓尽致。9 · 11 事件发生后，美国公众重新唤醒了对这首歌的热情，电台和电视台也接到了无数民众请求播放《想象》的电话，一时间这首歌在美国各地的电台里到处可以听到。在纽约时代广场上方还竖起了一块广告牌，写着歌词“Imagine all the people， living life in peace（想象全人类生活在和平之中)”。

一个城市就在甲壳虫乐队的音乐中变得更加立体。就像是在利物浦市井间流传的一句话：没有甲壳虫，利物浦就不再是完美的城市。对世界和平的追求，对人生自由的热爱，不会因为乐队的解散而消亡，相反却在历史长河中闪现着格外耀眼的光芒，就像是《想象》歌词中所写，“You may say I’ m a dreamer, but I'm not the only one（你可能说我在做梦，但我不是唯一的一个）”。就是这样的信念，就是这样的坚持，让利物浦有着不同于其他英国城市的独立和叛逆性格，以独有的辉煌闪耀在英格兰的西北部。

别开生面的万圣节

在美国的两年，见识了美国小孩对万圣节的喜爱和学生在万圣节的疯狂。其实，除去那些真正恐怖的电影或是 tour 之类的活动，到处都是圆圆的南瓜和各式服饰的万圣节很是合我喜好。到了爱丁堡之后，我才见识了什么叫作隆重的万圣节，那天晚上的游行，远远超乎了我的想象。

我和室友也是在最后一天才陆陆续续地从利物浦回来，然后一起去买 costume。依旧和往年的不同，我选了小红帽的打扮，还买了粉色的假发，想玩得彻底点，错过了这个时机，还真难找到下一个可以实现各式怪异想法的日子了。回宿舍后，大家在洗手间进进出出，都发挥着各自的想象力去塑造属于这一晚的形象。赶在游行前，我们都穿上了大衣，往 Royal Mile（皇家街）走去。

10 月底的爱丁堡，已经是冷风飕飕，也可能是对游行充满了好奇，虽然小冷风四处吹，我却感觉比其他时候要暖和。短短的几步，就到了游行街，街上早已是熙熙攘攘。随着人群，我们向城堡的方向走去。一路上，从恐怖的生物扮相到可爱的卡通，都是蹦蹦跳跳的很是开心。当然也有很多人，故意去捉弄

行人，但大家都是一笑而过，很是享受被惊吓的过程。比起美国大都借着万圣节开派对而言，英国人的目的似乎更加明确——就是要装扮得千姿百态。只要是能想到的虚幻人物，基本都可以看到，热闹程度绝对不亚于环球影城的游行。

游行开始的时候，天开始飘雨，但是丝毫不影响游人的兴致。先是听见音乐的声音远远传来，很快就看到浑身涂满蓝色，酷似阿凡达的几个女孩在前面用树枝乱舞，只是她们没有尖尖的耳朵。她们中的有些人，还抱着一个小筐，给游人发送小饼干。随后，跟着的是很像国内牛面人身的形象。游行的队伍很长，各式各样的形象也不能一一列出。他们走一段，就地表演一下，然后继续前进。花车也是游行的一部分，只不过装饰得不同于其他节日的喜庆，而是十分诡异。还有一些全身黑色，有着划裂翅膀的人物在前方等候着游行队伍，虽然不知道他们扮演的是什么角色，只是第一时间感觉好似死神和他的朋友们。

游行的路程不算长，但是也走了很久。直至走到路中间的一个广场处，队伍散开，点起了几个火堆，还真有些像电视里古代做法事驱鬼的架势。本来不是很宽敞的广场上顿时拥挤不堪。我看了半天，除了篝火什么也看不见，就绕到人群后面，随意转转。有很多组织的小团体也在路边撑着桌子，给行人免费供应茶、咖啡或热巧克力。冷风中的游人也很开心地走过去暖和暖和，说一声谢谢，或者拿一本他们的宣传册子。

没等到游行结束，我们就去了一家 Pub。整个来英国的时间里，就这一次跑去感受了一下他们的 Pub 文化。比起美国而言，英国的酒吧门口管理不是太严，我们都没有出示护照，报过年龄就都被放进去了。不知道是因为我们侥幸，还是那一晚大家都很兴奋。在 Pub 玩到凌晨，虽然第二天有课，但是偶尔放纵一下，即便少了几个小时的睡觉时间，也是挺有意思的。大半夜里往回走，下过雨的地上还是湿漉漉的，总觉得泛绿的石墙上都有水能渗出来。那天，突然感觉每一面墙都有着记忆，如果有几个幽灵什么的从墙面飘出来，也不会觉得意外。

那个时候，我只是在好奇，为什么爱丁堡的万圣节会过得这么隆重，更何况在伦敦或利物浦的朋友那边都没有像这样的游行。之后，有朋友给我讲了爱丁堡的一段历史，大致就可以解释一下这个原因。据说，从前爆发霍乱或是其他传染病的时候，爱丁堡政府将已经得病的人都赶到了老城，却没有让老城中本身健康的人出来，就在 North Bridge（北桥）的地方封掉了老城与外面的通道与联系，由着老城中的人们自生自灭。也是在那个时候，新城随之建立了起来，去安置那些没有得病的人们。自那次事件之后，爱丁堡这座城市的元气大伤，政府残酷的做法令人发指，所以，爱丁堡每个夜晚的 Ghost tour 相比起英国其他城市也更出名。也许是因为这个原因，人们每年都借着万圣节的时候，用隆重的游行方式去安抚那些不幸亡灵。

虽然，爱丁堡以它的新年跨年活动最为出名，但是我最喜欢的依旧是它万圣节的迷离。

十一月

培根奶酪牛角面包

满满的课表，让中午吃饭的时间不得不压缩到最短。更郁闷的是发现拖堂不是中国老师的专利，中午短短的不到两个小时的时间，如果老师拖堂，加上到餐厅还要填饱肚子，精神也需调整到下午能继续上课的状态，还真是个需要重视的现实问题。

还好楼下有不少咖啡店，菜品没有像中餐的五花八门，只有万变不离其宗的三明治，推开咖啡店的门进去，看到一堆三明治，还是选择了牛角面包夹培根和奶酪。写出来这个菜名，突然发现更是印证了中西餐饮上给菜肴起名的文化差异。中国的很多菜馆都是给菜起着花里胡哨的名字，比如 20 世纪 90 年代流行的蚂蚁上树，还能清晰记得，当时我天真地以为真的是会端上来一盘蚂蚁爬在菜叶子上面，更担心会不会从蚂蚁上树到蚂蚁上身，再延伸也担心要是人人都点这道菜，那捉蚂蚁的人不是要天天换着地方找蚂蚁，要是哪天蚂蚁不出来了，这道菜就没有原料做了。就这么胡想八想时看到一盘肉末粉条端上桌，不禁有点开心不用吃蚂蚁了，但还是有些失望眼前的菜和那个名字没有什么联系呀！而西方的食物更喜欢把材料都写在菜名里，恨不得把做法也都表现出来，如果地方还够，可能怎么做的步骤都巴不得搬上来。还好该店没有这么做，本来面对英文菜单的时候就有很多的疑问，不夸张地说，点菜的时候根本不知道会吃到什么样的菜。比起上课回答问题来说，点菜更有着一些神秘感。

咖啡店里面到处都是咖啡的香味和午餐时人们轻松的谈论，“嗞嗞”的声音从厨房传了出来，我闻到了培根的香味，之后看着两片厚厚的培根盖在凌乱的芝士条上，芝士的味道也一下子扑面而来。趁着培根的温度，芝士条溶化成了一片软软的芝士层，将培根和面包粘在了一起。本身一个典型的早餐食物，变成了我的午餐，就像是把早上愉悦的阳光带到了午后。

街头 圆月 古堡

傍晚的街上，人们还是来来往往，一阵阵冷风吹出我的清醒。或许这里不让我有那么太多的青春，但是我却喜欢这里一个人的生活。自己痛，自己乐，自己专注于自己的生活。一个人逛街，一个人吃饭，一个人对着电话傻笑，一个人对着电脑发呆，一个人期待着挚友信件的到来，一个人任凭情感的放肆去看一部电影。不知道从什么时候开始，一个人的生活变得不是那么可悲，当自己身边的朋友有了距离相隔，依赖的重心就渐渐地转向自己。自己回答自己的不解，自己安抚生活中的伤口，自己寻找自己的快乐，自己设计自己的目标，自己去做自己的主宰。

经常购物的人有两种，生活需要或是发泄，但我觉得我属于第三种。走在 North Bridge（北桥）上面，发现今天的月亮格外明亮。光圈一道道地渲染着大片的云朵，虽然它的光芒来源于太阳，但是此刻看到却只有它，连星星都不敢出来争夺一点点属于它们的光芒。月下古堡依旧倚在山头，高低交错，仿佛有了月色的韵律。

另外一侧，一道黄色的光晕，几道浮云变成了剪影，提醒着夜幕的安静还有一段时间。见到了久违的粉色夜幕，上一次是在美国大平原的长途车上。我突发奇想，如果把米字旗换成了星条旗，我是不是会更快乐一些。也许吧，但就是即便回到那个熟悉的地方——那个美国小 Kearney，也已经是物是人非了。因为那里毕竟不是我的归宿，只是又一个客居之处罢了。

好友从美国寄来的信比预期的要早了好多，数页的文字道不尽生活学习中的无奈。信件朋友们的照片中，找回了曾经在美国生活的点点滴滴，Mona（一画廊名）对角的路口，同样的角度，曾留下了我的身影，只是这张却是空空荡荡，一辆车都没有。红砖房屋，乍一看是那么眼熟，看到远处背景上模糊的学校体育中心，才有了清楚的地理位置。曾经冬天上晚课在里面穿梭，突然有种又回到从前的感觉。太多的回忆了，太容易就从记忆中溢出来，洒满整个房间。

也许，明年离开爱丁堡的时候，我会喜欢这里，爱上跳跃的风笛，眷恋各种设计与造型式的格子。但那也是明年的事情，而最主要的原因，却是我在这里有了时间思考，有了时间去一次次和自己内心对话，有了时间邀请自己开 party，自己做自己的公主。也许像人说的，一个人待久了是会上瘾的。

迷一样的 Rugby

美国橄榄球是看过几次，场场都是昏昏欲睡，到现在都没有看懂。来英国后，闻名遐迩的足球没有看到，反而又看了一场英式橄榄球，依旧是雾里看花。除了冷，还是冷：一个是天气，一个是观后感。

因为在英国的团队票远远比个体票要便宜很多，通常我们都要凑上四个人，然后买 Group Ticket，看球也不例外。这场比赛的队一个新西兰队，一个苏格兰队，听朋友说新西兰是去年这个比赛的世界冠军，比赛应该很有看头，这才决定了去看看类似于美式橄榄球的比赛。

好在比赛当天没有任何雨雪，天空放晴，虽然比赛在晚上进行，有太阳白天晒晒，晚上能少点凉气。傍晚，我和三个朋友会合，不料他们将比赛看得很重要，不仅穿上了深色的衣服（苏格兰队的球服是深蓝色的），还将脸当作画板，涂了一个苏格兰旗。我也配合适应了一下场景，在脸的两侧画了两个小的苏格兰旗子。

离比赛至少还有两个小时的时间，我们就早早出发了。即便如此，前往体

育场的公交车也是趟趟挤满了乘客，车站还排着长长的队伍，打出租车更是不可能的事情。于是，我们四个人就跟着几个也像是看球的人往王子街走去。在小巷子里穿行了一段时间，由于脸上涂抹着颜料，不自觉感到有些傻气。在左拐进入王子街的一刹那，夸张打扮的人们比比皆是，我们好似找到组织一般，随人潮涌动，都奔向体育场的方向，很像每年西安过圣诞节人流封路的场景。爱丁堡平日里虽说不缺人气，但这时一下子就和全城总动员一样，人们好像是从各种莫名其妙的地方蹦出来的。跟着大队伍走，就一定没有错。一路上，不断有很多人从小巷子走出来，加入到人流当中。最后，队伍浩浩荡荡，越来越壮大，快临近体育场的路上，已经没有任何车辆的影子。路的两侧都搭起了各式店铺，叫卖声、食物香味交融在一起很是热闹。之前听说过英国人看起球来就不是人，不知道看足球怎么样，看橄榄球我觉得还好，就是几乎在所有店里面，只有酒吧门前的队伍最长。入场后，除了带着小孩的一家人来看球的，几乎是人人手里拿着一杯酒。一来是娱乐消遣，二来确实可以暖和暖和。

开场前，一如既往的是先放国歌。英国的国歌到现在我都没有个准确概念，所以当时也不知道放的是英国国歌，还是苏格兰的歌。随后，是一段很有特色的新西兰球员的舞蹈Haka。因为新西兰队中有很多是毛利球员，所以他们的舞蹈是文化的一种体现，每一场开赛前，他们都会表演。舞蹈的动作简单而粗犷，再加上他们口中的“啊，喔”的歌唱，整个舞蹈奔放而充满力量。

客观讲，我真的不太清楚美式橄榄球和英式橄榄球有什么区别，至少观看的过程中，觉得很是相像。人数上的差别显而易见，而规则的不同则并不看得出来。两队的强弱差异还是挺明显，苏格兰队在后半场的落后让观众们很是着急。露天的体育场，冷风飕飕地灌了进来，大家都浑然不觉，只关注着比赛。人浪的起伏一个接着一个，为数不多的新西兰支持者也在一片蓝色的海洋中泛着点点红光。比赛应该还是激烈的，虽然在我看来就是一个人抱着球跑，然后一堆人去围攻他。在比赛结束哨声吹响的那一瞬间，我就一个想法“终于可以回去暖和暖和了”。突然，也就是在那一刻，一名男子翻过围栏，几乎全裸地在场地上奔跑，嘴里还喊着类似“苏格兰必胜”的话语，观众们都很热烈回应他“Run，Run”（跑，跑）。但还是没跑出几步，就被警察押出了比赛场，观众们为他报以掌声，他也频频点头向观众致谢。看来，场地裸奔的事情在英国还真是常见，最近一年的温布尔登网球公开赛上也出现过类似的事件。

依旧是顺着人群往回走，只不过，人越走越少。和来时突然间遇到大批人加入队伍相反，回去的路上看比赛的人们就瞬间都消失了，仿佛这场比赛就没有发生过一样。英国人的热情真是稍纵即逝，看来没有了酒精的刺激，他们更喜欢给人留下绅士、淑女的印象。

圣诞节的 German market

接近 11 月的爱丁堡天气大多数为阴雨连绵,风呼呼地刮走了秋天最后的一丝活泼，其间偶尔也会下几场雪，直到圣诞节的临近，整个城市才显示出温暖的活力。眼看着王子街的高塔边上，搭起了粉色的摩天轮，公园里也开放了临时的溜冰场。几乎是从圣诞前一个月，热热闹闹的 German Market（德国市场）就开张了。难道说是德国的圣诞节市场很出名吗? 还是在爱丁堡有什么历史渊源? 叫这样一个名字让人不大理解。

整个市场就在王子街塔楼和博物馆之间，看起来并不大的公园和广场，像施了魔法一样瞬间膨胀起来。路边的积雪，不但没有影响到人们的热情，反而让圣诞节更有了气氛，衬托得各式颜色更加鲜艳夺目。

那天中午，思佳和我约好了一起去 German Market 看看。两个人特意没有吃午饭，想去那儿寻找特色的食物。路上的雪已经开始融化，这个时候就觉得雨靴是个很伟大的发明。过了马路，从一踏进公园门口开始，就感觉置身另外一个世界。门外是熙熙攘攘的城市，门内却是一片热热闹闹喜气洋洋的圣诞气

CHRISTMAS CUPS £2.00
BALLOON RACE £2.00
HOOK-A-SANTA £2.50

氛。虽然距圣诞还有一个多月的时间，但是这里的气氛一点也不比圣诞节差。我的第一反应就是我到了魔法世界的霍格莫德村，只有纯粹的节日气氛，再听着街道上飘来的风笛声，白色的爱丁堡有了新的生机。

除了摩天轮，还有很多木马等娱乐项目，路两边都摆着充气雪人、驯鹿、胡桃夹子等各式各样让人想到圣诞节的装饰。栏杆上缠绕着扎满红色蝴蝶结的常春藤，还有很多糖果棒。穿过这一片娱乐区，两边都是大大小小的铺子。很简单的简易屋子，却被装饰得异彩纷呈，这个是帽子店，那个是手工饰品店，这个冒着“嗞嗞”的烤肉声，那个飘来暖暖的酒香。还有各式圣诞装饰物，香肠，奶酪等专卖店，在角落里还有吉百利的小“工厂”。我们排着队进去后，组织者给我们一张纸，小桌上放了彩色的铅笔，让我们要做的就是设计自己喜欢的巧克力，还说，他们会选出来一些方案作为下一步产品。一张纸上，随意涂画，要是做出来了，我还真不觉得有人会有勇气去消费。涂涂画画之后，就将自己的独家配方投入一个紫色的“熔炉”中，然后在旁边的各样巧克力和糖果中随意挑选。市场一圈逛下来，单就是试尝的食物就填饱了肚子。

溜达了一会儿，本来那天是城堡免费开放日，我们原计划是去城堡参观，结果因为大雪，城堡的工作人员怕地滑游客出事，所以就关闭了。思佳和我就只有在王子街上转转，顺便为回国买些东西。最头疼的就是不知道买些什么，基本上能想到有特色又好带的东西，国内也都有，更何况连牌子都一模一样。最后，在礼品店转了一圈，买了好几盒红茶回家，主要原因还是因为包装的小盒很有英国特色，小小的巴士盒邮筒，摆一排就很可爱。怎么说，英国也有英式的茶文化，虽然我不喜欢伯爵茶的味道，但是早餐红茶的味道还是非常让人喜欢。

夜幕降临，远远地就看见 German market 那一片闪闪发光，摩天轮上的灯泡都亮了，在雪光的映衬下也愈发的闪耀。我们也奔着和白日很不一样的市场过去。一个小铺子门口，排着长长的队伍，一阵阵的香味流窜在空气中，引着我们也跟在队尾。原来这家是卖汉堡的，铁板上煎着一块块牛肉饼和丝丝的洋

葱。牛肉和洋葱我都要了，还加了一份奶酪，等到汉堡递到我手中的那一刻，我早都忍不住了，一口下去满足感直线上升。瞬间颠覆了从前吃过的各式汉堡，不管是快餐店的还是出名餐馆的，味道远远比不上眼前的这块。想到有人曾经用“咬下的第一口就确定吃下去的是土豆”来形容 Tyrell 的薯片，我当时就觉得如果日后我要形容这个汉堡，我一定要写下“咬下第一口就确定吃的是完完全全的牛肉”。这样的感觉是那些快餐店里的汉堡所难以比拟的。即便自己没有再放任何的酱料，铁板肉饼和洋葱已经吸入了浓浓的烤肉汁，牛肉外焦内嫩，一口下去觉得酱汁就能从汉堡里溢出来。外层有点焦焦的、脆脆的牛肉伴着奶酪的香气，真的很难让嘴巴停下来。原本看起来厚厚的汉堡，一口气吃完还有点意犹未尽。

汉堡店旁边，也有一家富有特色的铺子，专卖饮品，但是长长的队伍基本都是选一种酒。原本对酒精不是很感兴趣的我，看着酒保从热气腾腾的大锅里舀出一勺亮晶晶的透明液体，然后倒在一个红色的大肚杯中，递给客人。路过那家店的人基本都是人手一个汉堡一个大肚红杯，盛着酒的大锅里面也飘出了淡淡的香气。我也凑到柜台跟前，买了一小杯酒，手里握着红色的小肚杯，看起来很像是圣诞老人的大肚子，上面的白色装饰，有点像圣诞老人衣服上的白色卷边。喝了一点点，结果发现这个酒并不辣，而是暖暖的甜味。不但不觉得喝得痛苦，相反从口里一下子暖和到了胃里，然后从中散开将温暖扩散到了全身的每个细胞，将大半天在冷风中的寒意全都驱走了。莫非 J · K · 罗琳也是在喝了这样一杯威士忌之后，才有了哈利 · 波特和他的朋友们在寒冬中享受嗞嗞蜂蜜酒的情节。虽说，我对鸡尾酒的调法也略知一些，但是这样调出热乎乎的，而且没有一点威士忌刺鼻的味道，还真是头一次尝到。回家后，我还专门上网搜索了一下，下面是个通俗的做法：

材料：少量威士忌，热水，蜂蜜，鲜柠檬

做法：在 3 勺威士忌中加入 1/3 杯的热水搅拌，然后加入 3 勺蜂蜜和 1/4 杯的柠檬汁，量的多少可以按自己喜好加减。

因为，我确实不喜欢威士忌的味道，而且威士忌的味道本身就很冲，所以自己调酒的时候，就只倒一层威士忌，然后加大半杯的水，一大勺蜂蜜和半个柠檬的柠檬汁。这样调出来的味道，和我在 German market 喝到的味道差不多了，虽然还是有些差异，不过我已经知足了。如果将热水换成冷水又是另外一种做法，只不过我没有尝试过。寒冷的冬天里，冲上一杯暖洋洋的改造型威士忌在家中窝着，外面的寒风、大雪都可以忽略了。

十二月

香肠卷

英国人比美国人保守，就连食物都与美国的开放饮食不同。美国像什么热狗、汉堡等，都是看面包里面夹有什么的，是两片生菜叶还是有几片酸黄瓜。英国的食物都常年怕冷似的包上了外套。Sausage roll 就是这样。

下午回来，虽然没有像昨天那么体力透支，但是怎么都没有动手开火做饭的想法。中午还在想冰箱里的蘑菇是要吃了，但生的总是难以入口，借着难得暖和的天气，跑到附近的 Greggs 里。Greggs 这家店在英国很是普遍，专卖一些烘烤类的面包，有可以当正餐的馅饼，或者随着每个时节推出的精美小甜点，也有各式的三明治。毫不夸张地说，这家店的普遍程度比肯德基和麦当劳加起来都多，单单是楼下一条街上，就有两家 Greggs，而且每家店里面都挤满了顾客。我走到店门口，看到店外海报上画了块面包，写着 The top choice（最受欢迎的选择），也想着既然最受欢迎应该是有理由的，就直接点了 Sausage roll。琢磨着这个香肠是怎么包在里面的，是切碎的像培根那样，还是就像三明治里一片片的卷着。

回到房间，倒了杯果汁，坐在窗边，看着外面高高低低的屋顶。大片的云彩从塔尖飘过。咬了一口面包卷，并没有什么特别，就是一般的派皮味道，不禁有点小小的失望，难道英国人就这么喜欢吃没有什么味道的派皮？那还不如直接买面包好了。我继续咬了第二口，结果失望转变成了意外，里面裹的明明就是像饺子里包的猪肉啊！怎么叫 sausage 这个名字。毕竟在美国看到 sausage 就条件反射地想到腊肠，看来这个也是有质的区别的。之后的晚饭，少了意外的发现，更多的是喜欢上了香肠卷的味道，或者说是猪肉卷，或是馅饼的那种。肉馅的料味浸入了围裹的面包中，少了许多油腻，却多了些鲜美。roll 的味道很柔和，淡淡地缠绕在唇齿之间，与包子有着异曲同工之处，都是用面和猪肉，却代表了东方和西方的两种饮食特色。突然想到在美国也有着相似的食物，大平原特产的 Runza，也是将面包里填满食材，更多的像是在面包里盛着浓汤，但又是另一番风味。相比之下，它没有包子的做工精细，也没有 sausage roll 的小巧，却有着田园的气息。也许正是这个原因，Runza 的连锁店只有在美国的中西部可以找到，因为大平原都是望不到尽头的农作物，而在两侧的沿海地区或南部是看不到它的身影。一个 roll 下肚，就知道我喜欢这种食物。大片的云飘到了屋后，不知道明天会不会还是个好天气，毕竟，这里是英国。

Haggis

说到英国食物，大都会想到炸鱼薯条，但是说到苏格兰食物，Haggis 占据着首要的地位。刚到爱丁堡的时候，旅行宣传单上到处都有 Haggis 的广告，路边大大小小的招牌和超市里也有很多速冻的食品，但比起炸鱼薯条口味的大众化而言，Haggis 是种将羊的各种内脏打成泥状的食物。我不喜好羊肉的膻味，自然对 Haggis 没有太大的兴趣，直到一个学期末，觉得来了这么久都没有尝试一下大众这么推崇的食物，有点说不过去，便和禹去了学校旁的一家英式餐厅。那家餐厅装修得很有特色，涂满了波浪式深蓝色的墙面，还真有点海底餐厅的感觉。

拿到菜单，居然看到还有素食的 Haggis，这个还真合我的胃口。又不用受羊肉的膻味，还能吃到传说中的 Haggis，真是个不错的选择。于是乎，很快，两盘盛得鼓鼓的 Haggis 端到了我们面前，上面还插了一块圆圆的燕麦饼。素食类的 Haggis 是很多种蔬菜打碎的，但是用传统 Haggis 的做法制成，我在一堆碎末中唯一能确定看到的只有红萝卜。舀了一小勺，放入嘴中，没有什么奇怪

的味道，不是很浓郁的香味，或者过于清淡的煮菜味道，更像是在吃一种馅料，不算难吃。可惜的是，随着一口口地往嘴里送，可能是里面黄油太多，感觉有些腻，实在是吃不了剩下的 Haggis。想想，如果没有素食的 Haggis，我很可能在尝第一口的时候就放弃余下的一盘羊肉的 Haggis 了。

饭后的苏格兰传统甜点却很是惊喜。一杯满满的树莓和冻酸奶的甜点，里面还垫有一层黄油饼干的碎末。这个很是弥补了我对 Haggis 的失望。

雪·清晨

因为大雪，机场关闭，按时间原本现在应该是到西安了，可能坐着大巴在回家的路上，也可能正在发短信打探爸妈在哪里，还有可能自己正在拖着箱子直接回家。可是，我却和原本想象的画面一点都不沾边，依旧窝在爱丁堡的公寓房间里。醒来时窗外依旧是嘈杂的车声，踱到窗前从窗帘缝中偷窥外面的世界，回身打开电脑直刷新机场网页，又是要刷网页的一个早上。雪虽停了，但是雪积得很厚。

呆呆地在床头坐了许久,一种对这里从没有过的留恋竟然驱走了我的睡意。已经不敢去想明年大家毕业的分别会是怎样的伤感，满脑子都是厨房里暖暖的回忆。这样的四个人，很难再有机会在一个屋檐下生活，就像是大家彼此都注定了在这一年里相互陪伴，但是一年后却也注定了各奔东西。虽然生活并非电视剧，没有那么多的戏剧起伏，却平添了更多回味，偶尔的回忆才品到之前不曾注意到的味道。

现在，我们是在爱丁堡继续我们的故事。突然发现，我们已经回不到从前了，谈论的话题不再关注最新的八卦、电影， 却是生活本身。 是生活教会我们要面对现实了，还是我们决定是时候该去承担生活？我们开始注意父母的身体，开始质疑爱情的存在，开始考虑下一步的方向，开始对自己的家庭有了向往。原本看似都很遥远的婚姻，硬生生的被推到了我们面前，只用了不到一年的时间，就习惯了它在谈话中的存在。从身边同学朋友身上开始，看到很多人感叹自己的成功与失败。失恋的人看起来总比恋爱的人多，恋爱的人能走进婚姻的却又是寥寥无几，但每个人背后都有那么一个故事遗憾着也麻木着感情的神经。理性开始变成了现实的代名词，很难说“现实”是褒义还是贬义。变成现实的人，是聪明的生存法则，还是抛开了自己的愿望对命运的妥协？没有所谓对错的答案，就和没有所谓的标准来定义幸福一样，而当我们开始思考这些问题，躺在厨房的沙发上抱着一杯热茶谈论这些的时候，只有一个事实是存在的：我们成长着。

每每几个人在厨房里相聚，天马行空地跳跃着聊天的内容，尝试着做各式各样的食物，然后心满意足地吃着自己做出来的大餐，觉得生活真是简单得美好。我们成长，但我们年轻，我们还是可以去放纵一下自己，去挑战一下十年后不可能再去做的决定。只有三个来月的时间，虽然谈不上爱这里，却也被这种生活所捕获。明年的分别现在伤感还为时太早，只是庆幸自己的心还活着，还会有情不自禁的情绪牵扯着游荡，这样就够了。

新年跨年

从国内回到爱丁堡已是年末了，除了有作业要交，还有一个原因就是对爱丁堡的新年跨年活动很是好奇。大半夜，从巴黎飞到爱丁堡，忐忑的心也终于平静。因为 12 月初英国的大雪让很多航班都延迟或取消，又听说巴黎戴高乐机场的晚上是不让旅客在里面过夜的，一路上就担心大雪封道，一人要拖着箱子在巴黎机场外被呼呼吹着的冷风折磨。再者，第二天万一要是没法上网，错过了交论文的时间，那就真的郁闷至极。还好，这一切都没有发生。

一直都很不喜欢英国学校的考试或者论文安排。不同于国内或者美国那种考试代表着一个学期的结束，然后紧跟着是没有任何负担的假期，英国偏偏是要在收假后交论文考试。一个寒假要写三篇论文，即便是不回国，也没有多大心情去四周旅游，而且英国的冬天特别不舒服，也就早早买了机票，回家写论文。好在我的专业没有考试，不用担心复习的问题。而蕾那边就没有这么幸运了，在她决定回家之后，就一直在纠结要不要把很沉的课本背回国复习。不管怎么样，既然学校是那样安排的，我也只能按着学校的安排去做。一个有论文

要写的假期，绝对不是一个让人期待的假期，只是回家的激动，能让我弥补这一落寞。

有得就有失，回国的时候基本就没有倒时差的感觉，回到爱丁堡以后时差倒了一个多礼拜还没倒过来，结果还得了场感冒。爱丁堡跨年的全名是 Edinburgh’s Hogmanay Street Party，每年在王子街上举行。我也在回国之前就订好了门票。那天早上，王子街上临时摊铺已经摆得满满当当，下午的时候就开始封路了。

我们吃完晚饭，就游荡到了王子街，虽然离零点还有好几个小时，但人已经是很多了。人们都在马路上行走，人行道上摆满了小吃摊。王子街上搭起了几个舞台，也竖着大屏幕在切换各个舞台的情况。很快，王子街就被人们挤得水泄不通。离北桥最近的舞台放着很 high 的音乐，瞬间就变成了街头舞会。当然，警察也是穿梭在其中，看到有一点点不安全苗头，就上前制止。周围旅馆的阳台上也站满了人，有的人还举着自己国家的国旗。看来爱丁堡跨年真是吸引了很多游客，据说是世界上最大的跨年 party，但我却并不这么想。虽然纽约时代广场的跨年我并没有去，但是，听同学讲那边从早上五点多就开始有人排队。爱丁堡的则没有一个集中的地方需要排队看表演，大都是冲着倒计时后的烟花来的。我来来回回在王子街上转了好几圈，不禁觉得有些无聊，虽然每到一个整点，就会有烟花提示，映着城堡很是好看。

但是因为倒时差的缘故，再加上有点感冒，不到二十三点，我就往回返想早点休息。一路上，看着众人在玩很刺激的游乐项目，打扮得很是喜庆，这些都没使我在王子街上多停留一会儿。后来，听说二十四点刚一过，大家一边齐唱苏格兰名曲《友谊地久天长》，一边看烟花表演。也许，这个才是爱丁堡跨年的本质特色。

一月

圣安德鲁斯

安静的城

短暂的寒假过后，新的一年伊始，天气依然寒冷，看不到一点春的迹象，但新的学期总要有新的打算，除了学习方面的计划之外，更让人欢喜的就是制订旅游计划。整个上学期的阴沉天气几乎让我天天都闷在爱丁堡里。更何况刚刚获悉取消了最严格的一位教授的两门课，新学期伊始就充满了欢乐。

刚开学前两周，早上依旧早早地起床，打开电脑，吃着早餐，查着邮件，一眼就看到了今天课程取消的通知，便赶快跑到小维房间门口使劲地敲门，很快我们决定把周末的旅游计划提前到今天。草草地收拾了一下东西，抓起相机，就直奔大巴车站。不知道出于什么原因，爱丁堡和圣安德鲁斯之间并没有直达的火车。好在英国的公共交通很是便捷，火车到不了的地方，大巴肯定会到，经常是下了火车倒大巴，然后前往目的地，特别是这学期末的时候和卓然一起去北爱尔兰的巨人之路，一路上仅大巴就换了好几趟。会不会越是吸引眼球的景点，道路状况就越是复杂又曲折，一是可能前往的游客少些，在一定程度上保护景点的原汁原味；另一方面也是增加了游客的想象乐趣和神秘感，虽然结果有失望也有欣喜，那就只能仁者见仁，智者见智了。

没有等太久，我们就坐上了大巴，戴上耳机，舒舒服服地放松享受随后两个小时的路程。一路上，常常能看到白雪皑皑,再加上山雾的妖娆和飘落的细雨，对于司机来说可不是一个好天气，但是对于我来说却是一片片的美景。如果说要拍哥特式，或者惊悚片，或者背景音乐放上一串风笛，准又是一个英雄重生的场景。一切都是冷色调，阴冷，却并不冷漠得让人排斥。松树在积雪和雾色之间若隐若现，更显一种英姿的挺拔。一直都对树林有种特别亲近感的我，于是乎写了两句抒情小诗：

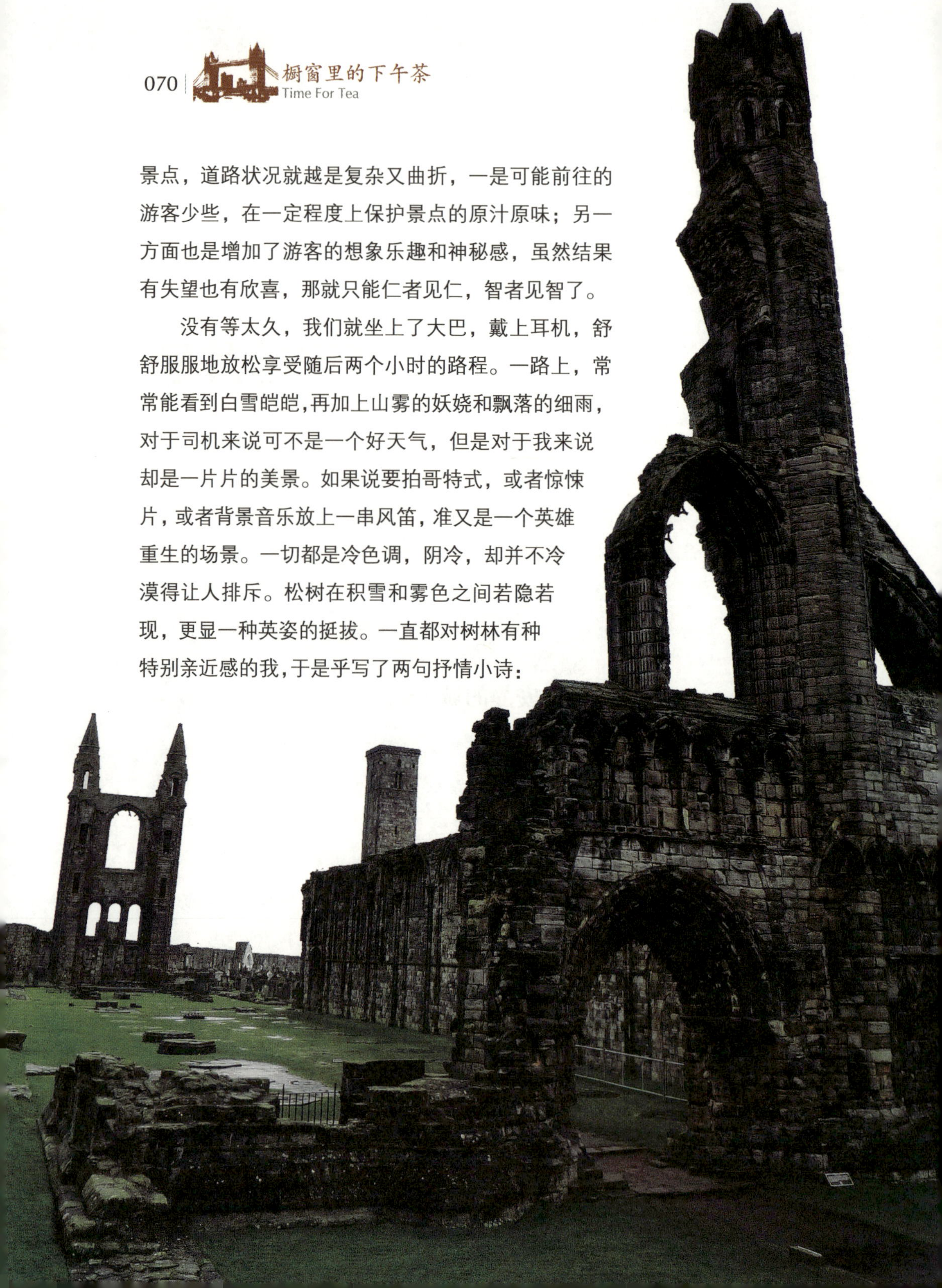

雾霭悠飘细雨间，半绕山腰欲相缠。

在去圣安德鲁斯的路上，还有一处不得不提，那就是无数 windows 用户很熟悉的桌面。绿色的山丘和蓝色的天空几乎完美地将桌面分成两层，而这一桌面并不是电脑制作，而是由一张照片形成，而这张照片的取景就是在这段路上的一个普通的山丘。当年微软公司在征集图案的时候，一张来自这里的照片最终笑到了最后。

快到圣安德鲁斯的时候，就能看到大大小小的高尔夫球场。圣安德鲁斯是现在各地流行的高尔夫的发源地，现在还专门设立了高尔夫球博物馆。后来高尔夫被美国人传播并发展，以至于很多人都误认为它的起源是在美国。作为历史悠久的小镇，现在却因为威廉王子当年在这里上学被更多的人所熟知，特别是在四月份王子大婚的时候，有关威廉和凯特的任何一个报道中，都必然提到圣安德鲁斯这个苏格兰小城。而圣安德鲁斯大学，作为苏格兰最古老的大学，现在依然活跃在学术界，不得不说和它安静的环境也有着某种关联。

下了大巴，依然还飘着小雨，密密麻麻的随意打湿了圣安德鲁斯的道路和路边矮矮的屋子。之前并没有真正的去小镇旅游，在这里能感觉到一种别样的宁静。时而汽车从身边驶过，却显得很是安静。中间的主街上，各种店面已经营业，虽然各种商业的牌子应有尽有，却总觉得少了些商业气息的热闹，依然是静静地等待顾客。水泥路面经常会和青砖路相互拼接，屋子最高也不过三层，而且在有的小街上，第一层是镶在地里面的，甚至让我有种错觉，在这里我的个子都显高了。

湿漉漉的道路，带着我一道走到了大教堂的遗址。地面上的青苔随处可见，乌鸦在十字架上旋绕，教堂旁的墓地也在烟雨天中显得凄凉。教堂只剩下了残垣，但依旧可以想象出往日的辉煌。它屹立在一座小山丘上，年复一年地俯视着前方的海湾。大块大块的青砖堆砌在一起，依稀看到教堂原有的纹理。青苔却又毫不客气地将时间拉回到现实。潮湿的空气中掺杂着海水的腥味，伴着隐隐的海潮声，教堂仿佛将自己从中世纪开始的故事娓娓道来，对着游客讲述自己往日的骄傲和韶华已逝的心酸。

绕过教堂，来到海边，冬天的海水有着别样的情景。没有夏日沙滩的热闹，冰激凌车关着窗停靠在路旁，除了三三两两遛狗或者慢跑的人外，偌大的沙滩上成了觅食海鸥的乐园。一排排的脚印清晰地留了下来，有小犬的梅花爪子也有窄窄的海鸥印章，都让沙滩显得更是寂寞。一道矮矮的堤坝延伸到海湾的深处，有高低的起伏，仿佛与海水融为一体。走上堤坝，一边是安静的水湾，一边是大海拍打着黑色的礁石。清晨的雾气还没有完全散去，堤坝的尽头在雾气中若隐若现。看着胖胖的海鸥，挪着小碎步在堤坝上跳来蹦去，也着实憨态可掬。海面也呈现着不同于夏日的活泼，却是安然的高贵。水面粼粼细波，天上，从厚厚云层穿出的细微阳光，赋予了海水生命力，让它能均匀地呼吸着，缓缓地上下起伏，有着一种律动，泛着银光的水面，似绸缎般的光洁，似女神般的不可碰触。这样的海面还真是头一次见到。

顺着石砖砌成的矮墙漫步上来，教堂脚下的山坡上铺满了绿色和黄色的植被，虽然是寒冷的一月，但是英国的植物却总有一种特别的方式呈现着它们的绿色。从石阶爬上山坡，还有一侧的自行车道，海边的冷清似乎也是圣安德鲁斯的宁静的另类景色。在海风的吹拂下，一些不知名的枯草随之倒向一侧，竟然有点中国画里表现的野芦苇丛的错觉。

从海边走到小镇，自然要去著名的学府瞧瞧，本着开放学府的一贯特点，圣安德鲁斯大学的建筑就三三两两地坐落在小镇之内。建筑物墙上贴一个不起眼的标志，就意味着这栋楼是大学所属，很有可能就是一个学院的所在地。但在风格上，依旧是年代久远的方砖，一块块地积淀着一丝丝学术的厚重，几乎很容易就能想象到当年威廉王子在这里上课的情形。据说，当威廉决定去上圣安德鲁斯大学的时候，在当地居民中引起了不小的反应，自然大多数人是欢迎王子到来，但也有不少人是担心他的到来会影响到小镇日常宁静的生活。而也有小道消息称，威廉之所以选择圣安德鲁斯上学，就是看上了这里的安静，从而躲开狗仔队的追逐。至于真正原本的情况是什么样的，没有人能完全说清，可能连威廉本人也不一定会说明白。

不过，可以肯定的是，威廉的到来给圣安德鲁斯带来了新的知名度，而圣安德鲁斯也让威廉遇到了眼下的英国王妃。

精致的鱼

虽然是个小城镇，圣安德鲁斯却有着出名的冰激凌店。在中间街的喷泉一侧，就能看到冰激凌店内挤满了排着队的人们。店的名字没有记下来，若要是看到对冰激凌趋之若鹜的人们，就很好找了。圣安德鲁斯也是美食的天堂，从印度菜到法式料理，再到海鲜大餐，可以说是应有尽有，并且很多餐厅只会在晚上营业。我们两人就因为要赶着晚班车回爱丁堡，错过了品尝口碑很好的一家海鲜餐馆的机会，但是，却在小教堂的转角处，品尝到了清淡的法国菜。

因为对海鲜的无比喜爱，我点了菜单上某种不知道长什么样的鱼。主菜上来之前，早就饥肠辘辘的我，吃着涂满黄油的面包，都觉得是一种幸福。也许在这个时候就更能体会到“面包会有的，牛奶会有的”那种说法对西方人的重要性。说到所点的主菜，就不得不提在英国的一个口味转变——就是培养了我爱吃鱼的嗜好。可以说，以前我从来就没有喜欢过吃鱼，不是觉得刺多很麻烦，就是觉得味道太大众没有特点。直至到了英国，每次点菜，既不想吃鸡肉，牛排又因量太大吃不了，羊肉本身就不是我的最爱，猪肉在这里并不是最好的选择，因而海鲜类的菜品就成了最好的选项。而作为主菜的海鲜，多是各式各样的鱼类。这边的鱼多为深海鱼或是冷水的淡水鱼，与一般淡水鱼相比，本身在味道上就胜出一筹，肉质更加有嚼劲，鱼自身的味道也更加浓郁和突出，但是海鱼从另一方面来说，也就相应的会有更多的海腥味和油脂的堆积。也吃到过将这类鱼做得很失败

的菜，会觉得直接在往嘴里塞一块油腻腻的脂肪。一般来说，当地餐馆鱼的菜品，会在从厨房端上餐桌的时候几乎就剔除了所有的鱼刺，而在味道上，也有着多种酱汁可以搭配，但都有着普遍的共性，就是去掉海鲜特有的腥味，做到了肉质的筋道与鲜嫩的完美组合。一份鱼，配上一杯白葡萄酒，再加上韧性而柔软的面包，可以说是味蕾的一大享受。在圣安德鲁斯的这家餐馆里，它的主菜不仅保留着上述优点，而且它还有个特点就是精致。也许对于很多人来说，偌大的汤盘里，一块拳头大小的鱼肉，的确是华而不实，但相对我的小食量而言，则恰到好处，既能享受到主菜的美味，还可以给前面提到的冰激凌留出空间。橄榄油和淡奶油的组合，挤上柠檬汁来平衡油腻，随意撒上的香料叶子，这样一盘简单纯粹的主菜就这么摆在了我的面前。

其实，很多时候越是简单的料理越能凸显食材本身的味道，而越是保留食材的味道就越能做出各种体现调动味觉惊喜的菜品。比如说，好的牛排不需要浓郁的酱汁来调味，牛肉本身的味道就是最好的调味剂，一旦食客将味道的重点从实质的主菜转为对配料的依赖，那这道菜很难说是成功的。由此说来，厨师大可以将相同的酱汁浇到各种食材上面。在养生中，强调清淡也是这个道理。表面上看适量的减少调味料，对人的机体有益，进一步说来，也是在彰显食材本身的味道。万物都是有其属性的，食物也不例外，轻微的调料则可以将食材的属性更加显现，而能将清淡的食材吃出不同的变化，则还需要提升一个档次。天天荤食豪饮，夜夜笙歌的人是需要调料的味觉刺激。人，只有自身静了，稳住了自己的气，才能品出食材味道的差异。在烹饪时，如果想通过调味来改变或者压制食材本身的味道，不仅事与愿违，而且对食材来说也是一种浪费。想靠着快捷的方法来炮制美食，如此做出来的食物并不能算得上是美味，甚至和那些快餐类的垃圾食品相比又有什么不同呢?

在返回爱丁堡的途中，完全暗下来的天空，只能看到远处点点的灯光。一个历史感的小城，在海岸边上默默地捍卫着自由，那一份属于它的安静。想想如果非要用个把词语来概括圣安德鲁斯的话，我选择了低调、精致、宁静。

格拉斯哥

虽说爱丁堡是苏格兰的政治中心,但要说繁华程度绝对要逊色于格拉斯哥。春节后，我先后两次探访了格拉斯哥。仅仅是一个多小时的火车，但格拉斯哥却少了些苏格兰风味，增添了很多商业的气息。

爱丁堡火车站离步行街不远，跟着熙熙攘攘的人群，很快就能走到。去之前，虽然就知道格拉斯哥没有什么特别的景点，但是既然来了，总不能一天都逛街，于是，我和维就照着之前选定的路线，往一个画廊走去。

谁能料到，在我们穿过商业区，找到所谓的“画廊”时，已是一派人去楼空的景象，而刚刚在这个时候，天降大雨，地上激起了一个个水花。没有带伞的我们，就只好到空荡荡的画廊隔壁的一家咖啡屋休息一下，等着暴雨过去。英国的天气总是变化莫测，前一秒还是晴空，眨眼之间，一片乌云滑来，就是一阵暴雨，之后又恢复到太阳高照的状态，仿佛一场雨从未发生过。这些变化一天内可能就要遇到好几次。

下午，除了在街上随意转转，我们还去了格拉斯哥艺术画廊，那是个很有

趣的地方。画廊是免费参观的，主要都是现代艺术。第一层的大厅里，有很多录像和动画在循环播放，还有些抽象的塑像，比如一堆彩色的椅子叠放在一起。很多后现代的作品看起来确实很无厘头，而上下几层中都是类似的作品。体会不到其中的精妙之处，自然参观的速度就不会太慢。倒是在礼品店，我们还多停留了一会儿。

但之后我歪打正着地走进一个商场中，那是我认为最漂亮的商场之一，至于叫什么名字，我当时未留意，现在更是想不起来，只是记得从步行街上有一道长长的扶梯通向那里。不同于现代装修风格的商场，那里全是复古的装潢，螺旋的楼梯，卷成各式图样的铁艺栏杆，细长而精巧的白色圆柱，华丽的装饰从屋顶垂下，硕大的挂钟镶在商场正面的墙中。尽管拱形的屋顶是由玻璃搭起，但外面的阴雨天气却截然和里面暖烘烘的气氛隔离。一个个圆圆的小灯，就像是悬浮在空中一样，很是可爱。见惯了千篇一律的商场，而这么别致的却是很少见，留下了很深印象。

后来 3 月份的时候，我又去了次格拉斯哥，那是因为《妈妈咪呀》巡演的缘故。虽然对于《妈妈咪呀》的喜爱是从电影开始，但是在看过原版音乐剧之后，只能说是电影在效仿音乐剧上很下功夫。梅丽尔·斯特里普不愧是老戏骨，那么大的年龄还要蹦蹦跳跳地去演绎她的角色，而结果也很是成功。不但是她的演技，而且她的歌喉也的确是惊艳了一番。真想不到之前，我还一直觉得《妈妈咪呀》铁定是那种看到名字就觉得会是很无聊的片子或音乐剧，险些错过了它。现在，它成为我最喜欢的音乐剧之一。ABBA 乐团的歌曲也在这个音乐剧中让更多的人去欣赏。目前，中文版的也在向观众推出，具体效果怎么样那就是仁者见仁，智者见智吧。

关系与人格

上个周末，朋友钰新从伦敦赶来，欣喜于他乡遇故交的惊喜。想想来，国内本科一年级时，两人校外上课的时候认识，虽然不经常联系，但是每次见面都欣喜不已，次次都聊成热线，聊得天南海北，也更多地开始考虑未来的发展。更有意思的是，在当时和 Edward 聊天的时候，他也提到自己在美国的下一步思考。两个人的几句话却也让我琢磨了一阵，着实很有意思，这就是所谓的好友吧。本来两人还以为到英国会成为校友，结果阴错阳差各分异地。

一句玩笑“在国内混不好的人才来国外发展”，细细想，也的确有它的道理。国内小到召集一顿饭，大到晋职升迁，处处都有关系相应。不乏优秀的人士，却因为没有可以依靠的关系，步入社会后，开始竞争就难以公平，再加上遇到上司各异不受赏识，怀才不遇也是常有的，更可悲的是，某些仕途不济却丢弃人格以各种手段结交权势，从而把自己变成以前自己所厌恶的人群中一员。另一方面，盛行了许久的美国梦，表面上是在激励人们奋斗，有努力就有收获，可是事实也不过如此。只是社会关系现象在民众层面少些而已，关系更多体现在高层，更加隐蔽。对于普通百姓，关系不大好用，表面显得公平。

有次我们上课，教授说到关系的问题，然后弄得很多中国学生面面相觑，外国学生很是觉得 unfair（不公平）。我们还专门就这个题目进行了一周的讨论。结果，讨论版上内容五花八门，可以说这个题目是该学期最热烈最敏感的一次讨论。诚然，中国的现实生活中关系确实存在，我们也心知肚明，但是让老外说出来，还是感觉很不舒服。更难以容忍的是，他们一直在片面强调自己国家很是公平，个人都靠着自己的努力获取应得的尊重。而事实呢？关系在西方国家也是存在的，只不过很隐蔽而已。而且，西方人不是个个都想走仕途功成名就，享受权力和金钱，他们由于文化不同，对于成功、名利的追求目标上有着较大空间。相对于受传统文化影响的中国人，西方人的追求爱好本身就五花八门，消防员、警察、动物学家等等都是他们喜欢的职业，很少有人像中国民众有普遍的仇富心理。他们认为那些富人也是靠自己的努力获得了财富，而且富人们也很低调，不会肆意的炫富，很注重慈善公益来回报社会。一份稳定的工作，一个安稳的家，对于他们很多人就是完美的人生了。自然少了些竞争的他们，会觉得更加公平、安稳。

在课堂上，双方讨论变成了辩论，也快接近了白热化。一边争论“关系”简直就是不可理喻的事情，一边在承认“关系”确实有不公平的地方，但是在中国以至亚洲的国情和文化下，它却是客观现实存在。最后，实在逼急了，有同学说比尔·盖茨等美国名人的成功也是有家庭的“关系”背景。之后，他们说那只是个例，我们就反驳到“关系”在中国也不是人人都享受的，凭什么在西方的“关系”就不算是“关系”，在中国就是病态。双方争争吵吵，都觉得不能相互说服。教授也只能说停止，不让讨论再继续了。很多观点，只要是沾上文化，就很难说对与错，而且就算是在同一个文化环境里面，同样一个概念的理解还会有差异。就像我觉得“单纯”是一个褒义的形容词，但是大学室友就有认为那是个贬义词。

再想想自己，以前是想过要不要在其他城市或地方发展，但两年在美国的学习生活日子，让我综合比较后还是不想离开家的原点。目前，虽然不用做未来的职业规划，可是工作也不是不用考虑。面对那些自力更生型的人，我自然是很欣赏也很钦佩他们的勇气,同时也不会像以前那样鄙视靠关系发展的人士，但前提是自身确实有相应的能力或是才干，否则也只是皮囊一张。是是非非，对对错错，没有标准答案。我认为刚迈出大学校门的学子，只要能有份工作自食其力，有着对未来明确的奋斗目标，就已经很不错了，如果再能从事自己喜欢的工作，则更佳。

纠结的论文

说到英国的学习，不得不提的就是论文。之前，觉得美国的考试论文一大堆，结果到了英国发现考试的方式要舒服得多，写论文让人头疼的日子才逐渐凸显出来。而且美国的论文和英国的论文形式差别甚大。

就拿美国的作业来说，教授们将作业或者论文作为成绩的一部分，而在英国我们专业每门课没有单纯的考试，也不算上课率，所有的学科成绩就是靠最后的一篇论文。突然就有种一文定成败的感觉，很是不习惯。特别是到最后开始写论文的时候，就有点巴不得用考试来代替论文的想法。

先说论文要求，教授们都是给个题目，然后想怎么发挥是学生自己的事情，但又要求结合课堂上学到的理论或者文献，字数也不能在所给的限量范围浮动太多。可是，每个人看到同一个题目都会有不同的理解，就算用相同的理论，写出来的东西也绝对差异很大，更何况很多题目就是一个案例，没有任何的限定。当时，有一篇论文再过一两天就要交了，我与室友讨论写论文的思路。越说我越觉得心里发毛，越来越觉得自己写的论文跑题。但是时间又不允许有什么大的改动，最后那一天，我很是忐忑地把文章交了上去。随后就在惴惴不安的等待中，度过了一个月，直到知道成绩的那一刻，才终于松了口气。所以说，写论文有点像盲人摸象，教授们虽然说言之有理就可，但是改论文的时候确实是按着他们认同的想法来判断。这个时候，想想相应对就是对，错就是错的考试，不禁也觉得考试前的折磨还是很值得的。

再者说，写论文要看文献，而文献的篇数又很难控制，每个教授的要求并不相同。同样的四千字论文，有的教授认为二十多篇文献就够了，再多就有些华而不实了，但有的教授却认为四千字的论文，只用二十多篇的文献简直不够分量，怎么说也要四十篇以上。这样或者那样的要求，往往都是跟着不同教授的喜好在变，所以很是纠结。除了文献以外，更不用提其他的条条框框了。同样的写法，有的教授就喜欢，有的教授不喜欢，也只能是凭着自己的理解投其所好了。

而论文的成绩也是匪夷所思，经常会有我们觉得成绩不错的同学，结果论文会通不过，但有些英语表达不是很清楚的论文却有不错的成绩。前前后后的论文，基本将一年的时间都占据了。天天在纠结之中，只要放假必有论文，而刚开学没有论文的时候，又是在等待论文结果的时期，一年下来也感觉很少有真正放松的时刻，如果说有，那也就是平时上课的时间，即便是有很多的作业要完成。

平时的作业，其实就是看文献，说起来觉得并不难，但是做起来并不轻松。每一门课都有好些篇二十页左右的文献要看，加起来一门课平均一周要看一百多页文献，还不算教授布置的选择性阅读。之后，还有些案例要根据本周要学的内容，提前分析，之后到课堂讨论。在课堂上，教授们经常按桌子分成几组，然后铺满了记号笔、白纸、各色的便签等。每次在他讲完课的时候，我们就要去分析之前作业里面的案例，再在白纸上用特定方式来表现我们讨论的结果，在下课前每一个小组都要做一个简要的 presentation（报告），然后将每个人不同的想法汇总在一起并表达出来。这个过程很是需要耐心，但每次看到一张白

纸最后写满了讨论观点、画着箭头指向的，也是很有成就感的一件事情。

在各式各样的课程里，有的教授很喜欢中国式的教学，整天 push 我们去完成他的任务。上课的时候，还时不时地冲到某个学生的面前，让他回答问题。往往一张脸突然逼近，别说回答问题了，能不被吓到都算是不容易了。也有教授放着学校的教学系统不用，让大家都去注册 twitter（一微博网站），然后每一周统计每个人在 twitter 上的发言量。最过分的一次，他将那一周在 twitter 上发言少于一定数量的同学留在一个教室里，然后其他人跟着他到另外一个教室里去上课。当然，他们也有很多不错的上课方式。比如 David 基本会在每节课上，视频链接一位企业的 CEO 或者 HR 类的人，然后让他给我们讲一些实际运用的东西，我们也可以在随后提问。还有一节课，他让我们用意大利面和棉花糖来搭一个尽可能高的形状，但要求用最少的材料，由此来让我们理解那节课的一些概念。在所有任课教授里面，我最喜欢的还是 Alan 的课，他胖胖的很是可爱，说起话来也是和和气气，左一句“棒极了”，右一句“很好”，倒是很有美国教授的风范。有一次，我们的小组讨论出来的结果有些偏离他的意图，Alan 不但不说我们做的不对，还专门在课堂上将我们的结果说明并给予表扬，倒是弄得我们很是不好意思。每一次留作业的时候，不但将文献都打印出来发给我们，还用商量的口气问我们要不要读。既然教授这么替我们着想，我们自然喜欢上他的课。所有课的阅读里，可能只有他布置的阅读文献是真正自愿读下来的，也是学到知识最多的一门课。那些很强势的教授，虽然文献也会看，但是真正在一堂高压课后记住的东西并不是很多。

换护照

在去英国之前，我就去过陕西省公安厅，看能不能在签证前更换护照，但得到的答复是“有效期六个月以上的护照不给更换”，所以，圣诞节后回到英国，论文一交就搜索如何换护照的事项。好在爱丁堡有中国领事馆，我也不用跑到伦敦去换护照。

Google 地图显示，领事馆在爱丁堡动物园附近，离公寓说远也不远，说近也不近的一个地方。但对外办公时间只有上午，十二点以后就不办理业务了。在搜了各种路线之后，趁着开学第一周没有太多事情，早早复印了以前的护照，搭上公交车去了领事馆。在这边最让我头疼的交通工具，还偏偏就是公交车。不但没有语音报站，就连电子牌都省了。去一个新地方，如果说数下有几个站，一路数下去也不会有错，可是如果车站没有等待的人，车上没有要下车的乘客，司机也不会停靠。我也只能一上车就告诉司机我要下车的站名，然后坐在靠近司机的地方，等着他提醒我。司机也都很 Nice，不会不满足这样的请求。

下了车，沿着路边走，走一段路，抬头找找门牌号。即使在 Google 地图上看了领事馆周围有什么建筑标志，但是一到现实环境，还真想不起来了，只觉得那一条路上就我一个人在走，大清早有些冷清，终于看到一个骑着自行车的人直奔我来，有点意外。那个人见我就问："你知道中国领事馆在哪吗？"他说他看地图上标的就是这里了，但是没有找到。其实我也很想回他同样的话，我也觉得应该在这了，可是根本没有任何提示标志说明领事馆准确位置。无意间，目光又原地搜寻了一下，一个熟悉的国徽和国旗在一座方方正正的淡黄色楼前挂着，从我这个方向看去，那是相当的低调。于是，我给他指了指，自己走近了看见有箭头指向，绕到楼后的一间小屋子里，排队等办护照。

那间屋子很小，更像是银行柜台，只有两个窗口，一个办理申请业务，一个是取护照的。房间里还摆着两个沙发，窗口对面的台子上放了很多申请表，因为快到中国春节了，墙上还贴着在爱丁堡举办春晚的宣传画。后来，听买票观看过英国巡回春晚演出的朋友讲，那个演出还是很有春晚的味道，那些表演者也是在英国巡回演出，好像也去了欧洲其他国家，每年如此。文化部都派出几个小分队去不同的地区春晚巡演，给当地的中国人带去春节的气息。来领事馆的人不算很多，但是却将小屋子挤得满满当当。我交了旧护照和各式的表格、照片，使馆工作人员给我一张单子，说在领事馆的网站上看通知，有你的编号了，就可以过来领护照。半个多月的时间里，我将没有护照，还真有点不太习惯。好在英国面积不大，出去旅游多是火车为主，在还没感觉到真正有什么不便之前，新的护照就办下来了。

领到新护照那天，也确认了新的护照号和旧的护照号是不一样的，只是在第一页上写着这一本是上一本护照的延续，签发地写着爱丁堡，很是有纪念意义。旧的护照封面被剪掉一角以示作废，但是我英国的签证还没有过有效期。在随后的一年内，但凡往返英国，我都要两本护照一起带，虽然有点麻烦，但也是不得已的事情。

想来，只要一出国，护照就成了唯一的身份证明，如果没有驾照或者其他的证件，一本护照就决定了一个人的活动范围。在蒋彝老先生那个年代，他还要拿着证明天天都要去当地警局注册，而现在我们只要在来英国一个礼拜之内注册了就行，学校为方便留学生注册专门请警察来学校集中办理，很是方便。当然，并不是所有到英国的留学生都要去警局注册，欧洲、北美洲的学生似乎就可以省掉这一步。不公还是存在的，不知道什么时候才能真正对中国留学生也取消注册这一步。

二月

一包泡面引发的抉择

对于考博之前只是被动地说一说。

中午，继昨天鸡蛋煮炸之后，在煮泡面时打入鸡蛋，忍住性子没去搅碎。料放得有点重，很是符合了不通气鼻子的嗅觉。一口一口往口里送，吃到一半还很奏效，鼻子虽然不通，脑子倒是灵光乍现。

在我神志清醒自觉自愿的前提下，决定了——考博！

但绝对不只是看上它的文凭，之前只是觉得在名字前有博士做点缀好好听，单是 Dr. Lu 看着就让我开心，但就是为了那点虚荣心把自己折腾三年，还是有点不值啊！只是发现，上学期间自由支配的时间多些，特别在大清早和娜通完电话。我想做的事情太多，没有时间是个问题，但是搁浅所谓的“正事”，专门去忙我那些杂七杂八纯属娱乐的爱好，貌似又很不现实。为了满足我好奇的童心，读博就成了上上策。

再就文凭而言，博士就是让人觉得高高在上，一心圣贤的学术人士，我绝对是没半点相像之处，但是能有时间做自己喜欢的事情，辛苦也就可以忍受了。

而且我从不觉得文凭和能力有什么必然关系，一个理论一个实际，真要说只为了找工作就业，选择技校才最为有效果又最为实用。况且现实生活中博士本来就存在很多尴尬的境地，身价高自然薪金也要求高，除了研究领域和专业性极强的岗位需求，还真没有多少企业乐意接收。别觉得我给自己找坑跳，本人确实没什么大的追求，很想开家不亏本的咖啡店或者小茶馆，偶尔坐在窗边写写随笔，时常和朋友小聚就够了。鉴于此，读博就成为最佳选择。

再者云，社会上把人分三类：男人、女人、女博士，女博成一特殊人群。我倒是有兴趣去试试，到底有没有那么可怕。现实社会择偶中虽说学历是衡量对方条件之一，但实则是虚荣心作怪。就男生而言，找学历低的女生，自然能体现他的优越性，享受崇拜的眼神，虚荣心得到极大的满足；找学历高的女生，则觉得自己生活在自尊受虐之下。是男人就要像个男人，自尊是自己在外面打拼出来的，而不是在家里找的。就女生来说，博士并不是高人一等，凡事都要展示自己有实力，书读多了充其量就是个王语嫣，但是你非要把自己弄得和李莫愁似的，不外乎让别人另眼相待。更何况真正读到王语嫣那个级别的也不是多数，教育的方式及结果是众所周知的，另者，把学历作为择偶标准也并不尽然。有些人说是要找不低于自己学历的，但要真有人只有小学文化却有着很高的“身价”，开着法拉利揣着十克拉的 Cartier 来接你，不能再坚持自己要求的也大有人在。不否认学历相当可以有助于交流，但将它硬性化了，实际上就是把学历和赚钱能力等同了，这一点本身就是对学习初衷的歪曲。对有些人而言，学历上的要求，只不过是一个借口罢了，听起来要比直接要房要车委婉些，对旁人说起来更有面子些。

啰啰唆唆了一堆，发现除了已从思想上克服了厌学情绪，除了以后可能在有些人眼中会有异样的顾虑，还能调剂出大把时间做自己喜欢的事情，不亦乐乎！这包泡面，虽然口味偏重，但让我做出了重要决定，真是值了。

勃朗特的呼啸山庄，勃朗特的 Haworth

总而言之，Haworth 可不是一个容易找的小镇。这是我对它的第一印象。从计划要去 Haworth 开始，单是查火车列次就够头昏眼花了。即便是最终的火车站，也并不是标着 Haworth 的站名，而是标着它隔壁小镇 Keighley 的站名。一大早从爱丁堡出发，等到真正到达 Haworth 就已经是接近日落时分了。好在勃朗特的故居关门时间较晚，不然很有可能白跑一趟。

从 Keighley 火车站出来右拐，顺着一道长长的木栅栏穿过小树林，就走到了山丘脚下，也分不清楚两个小镇的交界处，但明确的是 Haworth 的中心区则是在山丘的顶部，于是，一路斜坡登上。真的不知道为什么英国人在造路的时候，非要顺势在斜坡上铺上水泥，而不能缓解一下夸张的斜度。走进一个公园，虽然才是 2 月中旬，但显然有了春天的迹象，很多人还是不畏寒风来到公园里。穿过公园，几乎就到了山腰，回头望去，基本上能看到 Haworth 周围的环境。一个小山丘连着另一个山丘，依山而建的房屋就像从山顶泻了下来，一直铺到了山谷。对面的山丘上有着几棵看似毫无生命力的老树，在下午时分更是增添了一丝凄凉，不自觉的就让我想起了《呼啸山庄》的氛围。当年的艾米丽·勃朗特，会不会就

NEXT TRAIN
FOR
3

是在山头眺望这几棵老树，或者曾坐在哪棵树下，细细构想或寻找写作灵感?

小镇由一条主街散开，小巧的青砖密密麻麻地凑成一道蜿蜒的斜坡，回旋着通往山顶的教堂。街两侧满是各种特色的小店，手工制作、茶屋、甜点店等各有特点，即使在快打烊的傍晚也显得很是热闹。当年的勃朗特姐妹是不是时而漫步在这暖暖的街上，驻足在某个橱窗前，或是进去喝一杯热腾腾的可可度过了很多欢乐的时光。由于路上时间过长，为了完成来 Haworth 的主要目的，对于这些可爱的小店就只有边走边欣赏的份了。等到从勃朗特故居出来，店面大都已经关门，精准得像瑞士手表，此时的小街也别有一番风情。

走到山顶，一侧是教堂，一侧是礼品店兼游客中心，也只有在这里才能感觉到 Haworth 作为一个旅游目的地的气息。一路上，从火车站出来后，只有着颜色沉闷的小木牌在标示着勃朗特故居的大致方向，似乎当地人们并没有在宣传上花费心思，或者他们根本就不打算招揽大批游客前往，宁愿保持着小镇的常态，谁又能说这不是另一种对勃朗特们尊重的表达方式呢?

和大多数小镇上的教堂相似，Haworth 的教堂也并没有显著的特点，只是个朴素的小教堂。教堂并不大，也没有什么花里胡哨的装饰，在当时这里却是勃朗特姐妹生活的重要组成部分。她们的父亲作为牧师天天在那里工作，想必对她们信仰的执着也有着熏陶。教堂后面的山坡上是大片的墓地，树木密集的枝叶在墓地上空相互交错，偶尔几声乌鸦的哀怨，更是增添了这里的诡异气息。当年天天要穿过墓地旁的小路才能从教堂到家中的勃朗特姐妹，会不会在这种氛围之下，也压抑着自己的内心情感呢?

勃朗特的故居隐在树林中，再加上灰暗的色调，真的很不起眼。从侧门买了门票进去参观，一层是餐厅、娱乐室、厨房，再沿着楼梯转向二层的几间卧室，勃朗特故居在尽可能保留原样的同时也将各种展品摆放其中。三姐妹当年做的刺绣，穿过的衣物，随手的素描，信件的手稿，都一件件陈列。展览厅的墙壁上摘抄着她们著作中的名言，特别是夏洛蒂·勃朗特《简·爱》中的那段话语，在墙壁上占有它的一席之地。即便对着上帝有着坚定的信仰，但勃朗特家的人们却逃不过死神的游戏。勃朗特姐妹的母亲在她们幼年的时候患病去世，在夏洛蒂·勃朗特之前的玛利亚和伊丽莎白·勃朗特也在上学时期感染伤寒死去，而1848年，勃朗特家唯一的男孩去世，三个月后艾米丽·勃朗特与安妮·勃朗特也相继染上肺结核辞世，1855年三十八岁的夏洛蒂·勃朗特也由于受寒一病不起，带着还未出世的胎儿离世。游客们在惊叹勃朗特姐妹才华之余，也总会带着深深的惋惜。

当年的勃朗特姐妹，改用男性的署名将自己的作品寄给出版社的时候，又怎么会想到如今一代代的读者会来她们的故居寻找灵感的源头。也许正是因为Haworth的与世隔绝，也许正是由于勃朗特姐妹自小在教堂附近嬉戏，也许正是周围空旷的山顶，她们的想象力便肆意跃然于笔尖。夏洛蒂·勃朗特的《简·爱》几乎和她自身的经历息息相关；艾米丽·勃朗特的《呼啸山庄》却是最好的描述了Haworth给人的印象；安妮·勃朗特的《艾格尼丝·格雷》寂寞的独白似乎就是她内心的真实写照。无论小镇上如何的喧闹，只有清冷的石砖见证着岁月。据说，三姐妹曾在厨房旁的娱乐室内常常一起做游戏，讨论文学，但由于面对现实心中理想一步步地被吞噬以及家庭中长期的悲伤气氛，也许她们只有在理想的世界中寻求答案和最后的慰藉。

故居参观之后，余晖也只剩下了一丝在天边游离。Haworth的路灯也暖起了小小的主街，店面挂上了关闭的牌子，但橱窗里隐隐透出昏黄的灯光。小镇的热闹褪去，但是那种不知来由的温暖却浮荡在空空的街道上。对面山丘的老树，也只能看到一个剪影，树枝顺势抓向一边，黑暗，但却充满了力量。

山脚下的火车站，保留着老式车站的一点一滴。像是积木一样的小房间，小小的休息室，墙上一块黑板上是手写的列车时刻表，用彩色的粉笔特意提示了目的地。站台上一盏昏黄的路灯下横着一个小小的站牌，而站牌也是一块块看似需要更换的木板，靠着一侧墙面，还零零落落地竖着几块写着其他地名的木板。火车也是老式的蒸汽机车，远远地就听见鸣笛，看见一串白色的浓烟。车厢内部满是方格图案的硬背座椅，被磨光的木质扶手和窗沿。一切就像是信纸一角的手绘画，抛开了任何的打扰。

时间也仿佛忘记了Haworth的存在，但是历史却选择了记住勃朗特姐妹。

桃花坞

2月的爱丁堡，天气还是依旧阴沉，没有一丝和中国新春佳节相称的喜庆。虽说第一学期的论文全都交了，加之要过春节了，本该准备为欢欢喜喜的心情预热着，但却沉迷着一些文艺略带伤感的片段，吟天倾情推荐的《诗无邪》恰好符合我心意。倚在窗边，看着毫无生气的天空，一段段的文字带着我的思绪穿越到诗经中的场景。先置该书作者安意如是否有抄袭于一边，特别是开始几篇，很独特的写作手法顷刻便勾起了我的兴趣。故事情节也很落俗，常用到的闺秀与小生的爱情短篇，只是结果稍作改变，并非传统的小生飞黄腾达，从而再续前缘或另寻新欢，而是早早地放弃，择易而行。读罢，突然很有冲动小试下文言文的写作，便有了下面小作。说来惭愧，动笔之时，才发觉初高中时并没有在古文上下太多功夫，更没有体会到其中乐趣，因而，短篇可能会有文字欠妥当之处，请包涵。

三月已至，和煦春光，嫣而踏青，遂即小湿青衣。与丫鬟倚于树旁，观游人之乐。燕燕出行，只听一声哀叹。寻此声何处，桃林中立一小生。观其貌，竟也宛如相识。小生回望之，见一女子慌张低头，两颊绯红，印有满园羞花之美。

桃之夭夭，灼灼其华，初见时

继而起身，猝与丫鬟离开，又回首，莞尔一笑，留下倩倩背影。

上车，曰，自来不喜桃花之艳，不及梅之清雅，这次却别样动人。

青青子衿，悠悠我心，欲相思

清风凉意，久坐庭中，望月叹息。那一幕，时时再现。

长夜漫漫，踱步桃园，见花思迁，那伊人，此时何处?

嘒彼小星，三五在东，意相投

再相会，却是庭中偶遇。只感叹，造化弄人，却抵不住相思。便频频夜间相约，倾诉情肠。小姐无踪，闺内焦虑，盼其早归。

执子之手，与子偕老，已枉然

生曰：吾亦想与汝携手，却无奈门第相差，非我负你，却是世间造化。

大车槛槛，毳衣如菼，日前行

吹吹打打，热闹非凡。窗内却心如止水，知某人欲观轿内，非彼人前方等候。恍如一夜，桃花片片纷落，梦醒时分。走为留之。

杜伦，现实中的魔法学校

说来也挺奇怪，走过不少英国的城市或是小镇，身为《哈利·波特》的骨灰级粉丝而言，参观过该电影的取景地，牛津的图书馆大厅或是霍格沃兹学校的外形取景地 Alnwick 城堡，而在杜伦（Durham）最能真切感觉到魔法世界的生命力。

火车一路南下，过了纽卡斯尔（New Castle），转眼到了杜伦。车站外形很小、轻盈地架在空中，更像是一座隐在树木中的人行天桥，而非火车站。2 月底的英国，几乎没有晴朗的天气，净是细雨或者阴沉，要想见一丁点的阳光都变成了一种奢望。比起北边的爱丁堡，虽然只有短暂的车程，杜伦的天气确实是要明显暖和一些。从车站出来，远远地就能眺望到教堂的塔尖，一路上小小的指示牌，顺着小道漫步走进了商业区。街道瞬间变得狭长，一下子就像是被推进人潮，也许是周日礼拜刚刚结束的原因，城市显得格外热闹。作为大学城的杜伦，学生似乎都在享受周末的时光，即便没有阳光的助兴。杜伦大学作为英格兰最早创立的第三所大学，至今还保留着学院制的体系。在英国，还有两所依旧沿袭学院制的大学，就是大家所熟知的剑桥和牛津大学了。很难说是城市因为学校而出名，还是学校因为城市而赖以延续。也许是因为学校的缘故，商业区布满了大大小小的酒吧和咖啡馆。由于杜伦地势处于溪谷，小河宛然流连于热闹的城区，河流的两侧凹凸起伏的阳台比比皆是，总是让人不自觉地就联想到夏日考试后的惬意。

杜伦的小餐馆也很多，从英国遍地的大型连锁餐厅，到隐藏在小巷子中的家庭式餐馆。如果仅仅是要求饱腹，就辜负它的盛情了。一盘融化了层层奶酪的意大利面，还没放入嘴中，整个人就融在了浓浓的芝士味中。多汁的比萨，虽然不算是吃到最棒的，但也是可以排在比萨名单的前列。享受完令人愉悦的午餐，即便是阴沉沉的天气，也影响不到参观的兴致了。

穿过大片的草坪广场，广场四面的建筑都是杜伦大学所属，草地的尽头就是教堂了，首先就从杜伦大教堂开始参观吧。杜伦教堂实际的名称是诺曼教堂，它是一座哥特风格的建筑，虽然没有约克教堂的震撼，但威严是毋庸置疑的。

彩色的玻璃，虽然在阴天里光彩暗淡下来，可故事感却越发地突显。对于玻璃上面所表达的《圣经》内容，我并没有太大的兴趣，只是在杜伦的教堂里，我不知道为什么就想到了霍格沃兹的城堡。这也是第一次，我突然对魔法学校并不是很向往了。想着天天要待在这厚实的砖墙里面，年代感带给这里阴森森的潮气，即便可以学习不同的魔法，我也要考虑一下我的抗抑郁能力。特别是在教堂一侧的走廊里，突然觉得哈利的世界里，几乎就是在小小的天井里面活动。教堂的另外一侧，则是杜伦大学的神学院，将教堂和学院结合如此紧密，却又给人浑然一体之感，而非做作之举。

与教堂隔着草地遥遥相对的，就是杜伦大学的部分学生宿舍。不同于通常大学宿舍的概念，这里的宿舍真真切切是在城堡里面。每天，都有络绎不绝的游客对宿舍定时参观。穿过石砌的拱门，环绕着一圈绿地的城堡建筑便呈现出全貌。黄褐色的巨石，一块块拼接着，楼顶处，城墙的起伏显示着从前这里的军事功能。右边一道明显低于其他建筑物一半的矮墙，上面藤条的缠绕仿佛是在封锁着之前的记忆。矮墙后矗立的堡垒，实实在在地体现着这里的与众不同。相比之下，正面和左边的建筑就平整许多，但高低不一的窗户，时而凸起的柱子，门的位置也毫无规律可言，无疑都让人难以忽略它的曾经。左侧建筑上的凸起围城形成一个优美的弧形，透过拉开的窗帘，能看到里面宽敞的卧室，这样的宿舍单就远观着，都觉得舒适无比。偶尔从门中匆匆走出来的学生，鲜亮的运动服和古堡的背景形成了强烈的反差。除了感叹这种奇妙组合，就不知道还能怎么形容了。

宿舍的参观路线从左楼开始，绕到中间建筑的小教堂和地下室，然后由侧门出来。面对一个古堡，你永远想象不到里面藏着怎样的秘密。单从外观来看，根本就想不到左楼里面有巨大的厨房和餐厅。城堡中的厨房仿佛是施了魔法一般，空间无限地扩大，墙外的阴霾天气在这里一扫而光，明亮的日光灯，条纹交替的屋顶，传统的壁炉，宽大的备餐台，厨师们在忙碌着准备学生的晚餐，而一侧的桌子上摆满了已经做好的甜点。如果可以添加背景配乐，那一定是欢

快的圆舞曲，伴着小精灵的跳跃舞蹈，快乐的情绪调剂着空气的氛围，这一切都像是魔法。如果说之前我对霍格沃兹的厨房充满了各种想象，那这里就是最好的实景写真。离厨房不远，就是学生吃饭的大厅，由于马上快到吃饭时间，工作人员都在紧张忙碌地准备着晚餐，便没有停留太久。不过，长条桌子，木质的直背椅子，砖墙上挂满了盔甲和旗帜，这一切也是在罗琳的笔下似曾相识。拐上楼梯，由于时代的久远，楼梯有点轻微的倾斜，越往上走，倾斜越是明显。在顶楼，不单单是楼梯，就连地板都是倾向一边。值得一提的是楼梯扶手的装饰，在各种可能的装饰物中，这个城堡做了意想不到的选择——菠萝。讲解说，因为在那个年代菠萝并不是常见的水果，所以说是体现地位的象征。楼梯扶手的菠萝装饰，是在展示着这里当年的奢华。从小教堂到大教堂，仅仅是几步之遥，却各有特点。走廊上，有摆在玻璃柜中的宝剑，有雕像的点缀，还有人物画像等。只是在走廊走一圈，就像是到了博物馆一般。也是由于城堡的特性，这里的走廊大都狭长，并且隐藏在小小的岔口或者门后，而岔口又是很多，如果没有学生导游（学生导游一个个都穿着黑色的袍子，勾起学士服的联想，在这里更容易被联想成霍格沃兹的巫师）的带领，真的不知道该往哪儿走。比如地下室的小房间，墙上的壁灯昏暗，顺着石梯一路下行，忽然豁然开朗，到了城堡的一个密室。现在，这里作为杜伦大学对二战牺牲人们的纪念堂，也因为良好的隔音环境和回音的环绕，常常作为戏剧社排练和演出的场所。

从城堡出来，天已经渐黑，赶上回爱丁堡的火车，不禁觉得罗琳的想象力没有之前那么让人崇拜了。其实她笔下的世界很多都是真实存在的，只不过被她加上了有趣的生物或者魔法的外衣。这些原型越是真实的存在，越能增加魔法世界的可信度。这也许是为什么《哈利·波特》会风靡世界的缘由吧！因为在大家的心目中都向往着一个充满奇迹的世界。

美不胜收的温德米尔

到湖区的计划，几乎是从来到英国就一直有的想法，而且这种想法是越来越迫切。好不容易熬过了冬天，等不及春天的完全降临，便登上了去湖区的火车，急切地想去体验那里的一切。虽然对于很多景点都有过这样的感觉，比如说老牌的牛津或者奢华的伦敦，但是游玩之后不但没有扫兴，反而意犹未尽的，可能只有这里了。我和蕾自从利物浦一别之后，就一直商量着再一次的同行，湖区便成了我们首选的目的地。

一大早，我从爱丁堡出发，临近中午时分，在 Oxenholme 转车，一路驶向温德米尔。除了曼城的火车可以直达温德米尔，其余列车都必须在 Oxenholme 中转到温德米尔。一路上，早上的阴云，慢慢褪去，显露出阳光独奏曲。丘陵缓缓起伏，初春的田野层层渐染着绿色，驱逐了对爱丁堡多日阴沉的压抑。根据我和蕾订票时的约定，她从曼城出发，我中途转车与她乘同一列车抵达终点。中转后虽然在火车上我们并没有找到对方，但一下车，随着人群的疏散，一个黄色大衣，一个红色大衣，就是格外的耀眼了。一见面，两人就顿时聊得停不下来，先是感叹时间的飞快，转而就是对温德米尔大加赞扬，即便才来了短短的几十分钟时间，但已经被温德米尔的迷人所倾倒。

途中，几乎都看不出一点冬天的痕迹，虽然裹着大衣，但总是有种三月踏青的幻觉。阳光很温和，没有热情的温度。就在呼吸之间一丝丝的温暖烘着空气里纯净的水汽，沁人心脾，整个人都充盈生动起来。也就在如此完美的空气中，原本也没有太多特色的小镇，却显得格外鲜亮有趣。已经长满了花苞的藤条顺着矮墙散落开来，露出石砖上的青苔。转个弯，立马眼前丰富起来，点点初绽的花朵将藤条装饰得春意盎然。在英国本土很火的 Cath Kidston 是以各种颜色各种样式的小碎花，从床饰到背包，俘获了多少芳心。而从眼前的画面开始，温德米尔简直随处可见 Cath Kidson 的设计来源。

为了不浪费午后充足的阳光，我们飞快地把行李放到旅馆，背上相机，一路向着温德米尔湖走去。如果要快步行走，那就太对不住这里的景致了。即便是作为主干道的公路，两侧的树林和水声相伴而行，总是觉得像是国家公园的一部分。一路上也有着大大小小的房子，有的是私人住宅，有的则被改造成了 B&B（Bed and Breakfast，供床和早餐的一种旅馆类型），还有在户外摆着粗木桌子的小餐馆，让我突然有种来到美国大平原的亲切。想当年，有多少个下午，在 Kearney 附近的公园里散步，常常会坐着很相似的桌椅享受着阳光。时间仿

佛在这个节点上发生了错位，让两个看似不可能的空间在这里有了重叠。渐渐的，耳边的清风鸟语声里掺杂了一言片语的说话声，我也快到 Bowness 镇了。游览温德米尔湖的最大众的选择，实际上并不是在温德米尔镇，而是在邻镇 Bowness。两个镇距离近，走路也就二十分钟，所以在很多时候都将它们统称为温德米尔了，而这也是为什么我们要抓紧一切时间，赶在太阳最好的午后到达温德米尔湖畔的原因了。

Bowness 小镇比温德米尔要热闹许多，应该是游客较多的缘故。小镇也不大，好像只有两条主要的干道，成 Y 字形交叉。一路顺着坡下行，找到湖边简直就太容易了。为了补充体力而又不耽误时间，只得选择了无聊的 Fish & chips (炸鱼薯条)，说来奇怪，在英国这段时间，虽然一直对 Fish & Chips 有着并非是美食的定义，但是每隔一段时间，却常常想买份大大的 Fish & Chips 来解解馋。也不知道是温德米尔的纯净，还是心情的愉悦，这里的 Fish & Chips 吃起来也变得美味起来。简单的满足了胃的需求，下一步就是眼睛的满足了，而这样形容还远远不够。

温德米尔湖简直就是天然的 SPA，它能满足五大感官功能的各种需求，听觉、嗅觉、味觉、触觉、视觉都能在同一时间被安抚。光是湖水轻拍岸边伴着清风软语，伴奏着天鹅和野鸭的对唱，让整个乐曲变得妙趣横生。前调是清澈

的青草味，悬浮在潮湿湖水的中调中，后调透露出若有若无的檀香，再挑剔的鼻子也无法抱怨如此自然而充满吸引力的天然香水。如此的香，如香雾般洒遍了温德米尔的湖边，再添加上来自 Bowness 一家传统的冰激凌店的冰激凌球，舌头的香甜早已填补了 Fish & Chips 的单一。柔软的阳光抚过脸颊，温暖的水滴在脸上无形的融化，湖边的漫步，好过天价的护肤品。而视觉上，则更是美轮美奂。湖水，清澈得毫无杂质，它点点沉淀，无数个透亮的水滴溢出了深蓝的一片。清秀的山丘，如同湖水的延伸，宛如绿色的波痕，起伏在湖的两侧。坐船游湖时，恰巧碰上了骤变的天气，先是黑压压的阴天，转而瓢泼大雨，然

后雨停放晴，彩虹横跨天空，绝对是一幕超华丽的视觉盛宴。天阴时，云愈积愈厚，此时的湖水蓝得发黑，变得陌生，变得拒人千里，变得不近人情。远处的山

也显得黯然了，似乎在准备着湖水的爆发。待到天已呈现出暮色的黯淡，突降大雨，细波荡漾似乎已是遥远的过去，湖水虽没有波涛汹涌，但也足够让游船大幅颠簸，洒向湖面的雨水，不见任何涟漪就消失在其中。雨来得出乎意料，走得也戛然而止，还没反应过来，天空一道阳光泻下，瞬间云层散开，露出干干净净的天空，顷刻间阳光包围了湖，包围了山，立刻驱散了阵雨的微寒，天空挂着弯弯的彩虹，如此变脸如翻书的速度，让先前的阵雨变得不真实起来。彩虹横跨了整个湖面，一道完美的弧度从湖面一侧抛向另一侧山丘扎进了一片绿荫之中，本来开阔的视野就显得更加宽广。

如果说山和水的组合并没有什么稀奇，而具有灵性山水的最佳组合也是数不胜数，但像温德米尔能将山水组合得如此有特点，如此完美，别具一格。就灵性而言，山山水水都有不同的韵味。比如桂林阳朔的山水灵，它灵在清淡，碧波环绕，小点眉黛，没有浓艳的色彩，一切都是青色的延伸，小山如同河水，早已没有棱角，山水辉映如同两条水脉的呼应，柔和而明了，荡船其中，酒肉自然不太合乎口味，来杯清茶，悠然自得；比如西藏林芝的山水灵，它灵在虚无，特别是清晨和雨后，云雾盘踞在山丘之间，或是掩盖山脚，或是遮住山腰，流水也时而藏在雾气之中，常常是耳闻水声，却不见水面，此时的山雾则更像

是悬空的河流，漂向另一个世界。如果要写意，那则是一幅优美而典型的中国水墨，一笔浓浓的墨汁跃然宣纸上，静观墨迹的淡开，隐隐约约，虚虚实实，可以婉约含蓄，可以气势磅礴，一切都在观画人的心境；而温德米尔的灵性则在于精致，一种将山水灵性在布局严谨中还依旧能体现出来的性格。任何一个角度，都可以是一幅油画或是水彩的写实。湖水与山丘宛如盆景一般精致，像是经过神仙般的园丁之手，精细到一草一木，仿佛一丁点的移动都能打破整体的平衡感。这种随意与刻意之间的平衡，将终极想象的英国田园风格体现得淋漓尽致。我甚至都在想，是不是因为这样的环境影响到了这里的人们，所以在对英国人的评价或者印象中，总少不了"贵族般的精致"。或许环境的性格与当地人的性格是吻合的吧！因为阳朔的淡雅，那里的人也可以采菊东篱下，悠然见南山；因为林芝的缥缈，那里的居民就有着对信仰的坚定和对生活的释然！

湖区的特色之彼得兔的故居

从湖面上岸，趁着还有时间，自然要去参观彼得兔博物馆。彼得兔，这个被全世界所熟知的小兔子，是由毕翠克丝·波特（Beatrix Potter）所创造。波特创作的卡通形象彼得兔、本杰明兔子、格拉斯特市的小老鼠、松鼠提米脚尖儿、平小猪、杰米玛鸭子，从 1902 年第一个故事的发表到今天，年年印刷，销售量以千万计。从 1903 年开始，她一直在湖区山顶农场居住，她作品中很多可爱的动物都来源于她的生活，来到湖区，拜访彼得兔的故居就是一个不可省略的项目。

参观博物馆的游客，从小孩到成人，大家都乐在其中，一个个简单而形象的卡通人物，总是很容易带人走进那个童话世界。就像是中国小孩都是看着孙悟空长大的一样，彼得兔在英国就是英国小孩童年中必不可少的一部分。那个穿着蓝色夹克，啃着萝卜的小兔，总是让人从博物馆出来之时，就忍不住到礼品店带走一只。

湖区的特色之 B&B

从博物馆出来，天色已晚。顺着来时的道路，看着渐渐降下来的夜幕，数着一颗颗亮起来的星星，我们原路返回旅馆，舒舒服服地躺在旅馆的大床上，比起每次出行首选的青年旅馆，这次的 B&B 绝对是种享受。虽然 B&B 在英国遍地可见，但是在湖区却是上比连锁酒店，下比青年旅馆的盛行旅店方式。一家接着一家的 B&B，犹如湖区温暖的性格一样，欢迎着游客。就它的名称来看，B&B 就是提供床和早餐，一般来说都是家庭经营。一栋小楼，空出房间了，那就开家 B&B 吧。房间和酒店一样，有标准间、单床之分，但基本上每个房间都有独立的卫生间，床头边也都会配有烧水壶、咖啡和茶。早餐会在一间专门的餐厅里，在一定的时间段内，到了餐厅，店主就会给你准备丰盛的早餐。有的 B&B 还会提供午饭和晚饭，不过那是要额外收费的。当然，即便是小巧的 B&B，也是有等级之分，三星到五星，就和大酒店一样。

我们挑选的 B&B，并不是奢华的 B&B，没有太多附加的设施，所以价格上也是可以接受的。房间里小巧而温馨的装饰，感觉还真的很舒心。小楼里面狭长的楼梯，通往不同的房间，要是很多朋友一起来这里，将会是个非常有趣的选择。虽然英国的建筑普遍隔音并不是很好，住在这里的游客也都变得安静起来，除了时有时无的隔着墙传过来的电视声，几乎就感觉不到一个屋檐下他人的存在。如果要找店主帮忙，只需拿起墙上的电话，店主会在挂了电话后的几秒钟内敲响房门。我们的店主是个有趣的老太太，一口一个“lovely（可爱的）”形容词，从天气一直扩及到了每一个名词，似乎在她的眼中一切都很lovely。

ROBERTSON'S
STRAWBERRY JAM

第二天早晨，我们早早走下楼梯，在空无一人的小餐厅中挑选了靠着大大落地窗旁的桌子。窗沿和对应的壁炉上摆满了小巧的装饰品，精致可爱。窗外是葱郁的前院，一把长椅横在精心修剪过的灌木丛中。而早餐，则是异常的丰富，虽然在利物浦，我和蕾专门去了一家当地出名早餐店品尝过英式早餐，但是在这里的早餐则有一种温馨亲近的感觉，更有一种浓浓的英式风情。

每张小餐桌上都整齐地摆着餐具，从擦得没有一点瑕疵的刀叉，到折成扇形的桌布，还有盐和胡椒的调味瓶，小罐里面盛着各种口味的果酱，还有最可爱的黄油，被切成一个个可爱的小卷，垒在一个小盘中，光是看着就食欲大增，哦，还有一张菜单。即便是早餐，却一点也不含糊，一道一道的早点按着顺序挑战着我们胃的容纳极限。从鲜橙汁开始，浓郁伴着草莓酱调味的酸奶唤醒了沉睡的味觉，之后浅盘中的牛奶麦片开动了食道的运转，刚烤出来的面包片，虽然小小的面包架上只有六片，但是全麦、燕麦、杂粮种类可是样样俱全。配上软软的黄油，面包的热气融化了黄油卷，吃到嘴里满口溢香。当然这还没有开始上英式早餐的正餐，茶和咖啡自然是少不了的，只能在它们的帮助下，消化系统才能继续应对着如此丰盛的早餐。最主要的一盘早餐终于上来了，煎蛋、茄汁黄豆、烤蘑菇、煎培根还有两根胖乎乎似乎都能听见煎得嗞嗞作响的早餐肠。这样一番吃法，早餐完全成了午餐的替代品，我们在湖区的两天中，总是到了下午才会感到早餐被完全消化掉了。

铅笔的发源地——Keswick

来到湖区的第二天，按照原本的计划，我们要前往湖区北边的Keswick（凯西克）。丰富的早餐补给了我们充足的能量，即便飘着毛毛细雨，也丝毫不影响我们的兴致，便索性在周末特有的安静中，漫步到了火车站一侧的大巴站。站牌小得可怜，要不是还有其他等车的乘客，我还真不确定那就是个车站。

一个多小时的路程，一点也没有感到无聊，太阳时而露出脸来打个招呼，仿佛它也想在周末偷个懒。连绵的山丘，一团一团的绵羊，即使离得不算近，也能看见它们黑色的脑袋在白色的绒毛下显得分外有趣。它们有的伏在草地上吃草，有的悠闲地游离在羊群之间，还有的肆意地奔跑几下，似乎想引起其他羊的注意，结果见自己是一番徒劳之后，就安静地摇摆在草地上。想要看到绵羊的嬉戏，还真是不容易，在它们眼中，仿佛只有享受清风绿地才是值得做的事情。不过，在湖区这样充满山水之灵气的地方，要是花费时间在其他事情上，那才叫作真正的浪费。

而大巴车上，乘客上上下下，光是看他们也别有一番乐趣。有要去邻镇办事的，也有经常坐车的老人，当地人总是很热情地和司机寒暄两句，这点和游客与司机间的打招呼有着明显的不同。Keswick 这一天，往返两趟中，也遇到了相同的乘客，那是一家游客，爸爸妈妈和一个还不会说话的小 baby。那小 baby 虽然不会说话，但却给整个车厢里的乘客留下了深刻的印象。从一上车开始，挎在妈妈身前的小 baby 就激动得手舞足蹈，一路上笑个不停，不论他爸妈给他说什么，或者指什么东西，他就是笑得停不下来。最有特点的是他的笑声很有感染力，而又不同于寻常的声调方式，硬朗朗的让整个车厢随之都快乐起来。在下午回去的大巴上，当我们看到那一家人上车时，就伴着熟悉的笑声完成了当天的旅途。后来，我才知道原来这里的大巴不仅仅是一个用途。在从 Grasmere 回来的路上，下午正好碰到了小学生的放学时刻，大巴立刻就转型成了校车，专门拐到了学校门口，那里也早早有老师带着学生排队等候。一时间，本来还算是安静的大巴内，立刻就像是投放烟火一般，瞬间炸开，学生们叽叽喳喳的聊天，几乎很难分辨出声音的来源。也头一次感慨，当年我上小学的时候，小学老师天天受的是怎么样的折磨，当年一大教室的学生扯着嗓门聊天，而人数绝对是现在大巴车上学生人数的一倍以上。

随着大巴驶过一个个的小镇，目睹了太阳懒懒地掀开了云被，连绵的山丘变得更加挺拔，田园牧歌的景色转而成山光水色，此时，我也到了

Public

Craghills
BOOT
STORE
Craghills
BOOT STORE
these boots are made for walking.

Keswick。说起来这里并没有著名的景点，就像是湖区本身的隐士性格一样，它也是低调的需要游人去挖掘它的特别。如果你对铅笔感兴趣，那你就选对了目的地。Keswick 有一家铅笔博物馆，因为这里是石墨铅笔的发源地，博物馆里也展览着世界上最大的铅笔。13 世纪被称作 Cese-wick 的这里，曾经是奶酪市场，在 16 世纪发现石墨以来，这里的铅笔工业就再也没有停止过。根据旅游攻略上说，这里还有着一个汽车博物馆，里面展示了很多在电影中露过面的道具车，但对于我来说，则是个不太感兴趣的地方，便在行程上省去了。此外，在 Keswick 周边，有着凯尔特人的巨石遗迹：卡塞里格石圈（Castlerigg Stone Circle），虽然它的规模和名气都比巴斯旁的巨石阵逊色很多，但是依然有不少游客被它的神秘所吸引。它可以追溯到公元前 3200 年，石圈是由三十八块形状和大小各异的石头组成的，高的石头有高达五英尺（约 1.5 米）。至于它的由来和要传递的意图，则没有人能给出明确答案。

从大巴下来，前行然后左转，背着镇中心的方向，很快就能看到铅笔博物馆了。博物馆的外形很像是自己上小学时候的平房教室，旁边是老式的厂房建筑，就在那么一瞬间，真的觉得我回到了 90 年代。虽然博物馆外形并不起眼，但是在岔口处的墙上贴满了高高低低的铅笔，不仅是映衬了它的主题，还增添了不少童趣，找到入口就很容易了。门票不贵，还赠送了一只 Keswick 的原产铅笔，结实的木质笔身，没有任何颜色或是装饰。不过，博物馆也很小，从售票处左侧进去，显示穿过仿真的矿石开采地，从石墨的发现，到进一步的加工，再到铅笔芯的成型，都是在这一道中展示的。虽然磨具并不是非常的逼真，但对于一个小型博物馆来说，也算是不错了。从“矿洞”中出来，就是博物馆的大厅，展示着在石墨中添加颜色，铅笔外壳的切割和成型，还有铅笔发展的历史以及主要的厂家都展示到了。在大厅的终点，则是一个小型的放映厅，里面循环播放的则是经典童话凯瑟琳·沃尔特斯的《雪人》。铅笔彩绘的画面，比起现在 3D 动画效果来说，自然要逊色很多，可增添了一份纯真。伴着音乐，雪人和小男孩的冒险，让冬天的世界变得奇趣而温暖，1982 年搬上大银幕的电影，一幅幅铅笔画也有了新的生命力。比起其他博物馆的放映室，游客一批批的更换，在这里循环观看的客人绝对不在少数，可能是为了怀旧，可能是为了找寻曾经的纯真，也可能是对雪孩子的喜爱。从放映室出来，我和蕾也就坐在放映室前的小桌上，面对各种颜色的铅笔，顺手涂鸦。我涂的卡片上没有具体的图案，只有层层颜色的拼接，因为那是我印象中的湖区，含蓄而明亮。刚好是中国春节过后，在博物馆礼品店一侧的儿童活动中心还挂着很多年味儿很浓的中国画，看来这里上一期活动的主题，就是画他们心中的中国年。虽然，这些画里没有传统年画的配色，但仅仅是年的因素，就让人感到无比亲切。谁能想到在湖区深处的小镇里，会有一群小孩子围着圆桌，涂写着地球另一半他们心目中中国年的节目呢?

从铅笔博物馆出来，已临近中午时分，但下肚那份量足足的早餐却让我没有一点食欲，于是，我们索性就穿过热闹的小镇，先去体验湖光山色。Keswick真的很小，小到走路不到二十分钟，就到了大片山丘和湖泊。山丘明显要比温德米尔高出一大截，不再是单单的秀气，而更多的是山的挺拔。像湖水的涟漪遍布在山丘之间，山丘上一块块的牧场也增添了不少乐趣。这里的湖面很大，湖中间还有小岛的点缀，在忽有忽无的阳光下，湖水让人捉摸不透，不是如同镜面般反射出刺眼的光芒，就是平静得波澜不惊，完全将湖的个性隐藏在湖面之下。相比之下，山丘就简单许多，大片大片的草地，可以看到阳光在山头的流动。不规则分布的树林，多是冬休的树木，坚韧的枝干相互交错着，干脆得不给人留有想象的空间。比起温德米尔，Keswick 的山水多了一份沉稳的气质。套用诗人沃兹华斯的话来形容 Keswick 周边的湖区:“我不知道还有什么别的地方能在如此狭窄的范围内，在光影的幻化之中，展示出如此壮观优美的景致。”

回到 Keswick 小镇，商业区在路中央的市政厅展开，现在这座尖尖塔尖的市政厅也被作为游客中心使用。作为维多利亚时期的小镇，这里的石砖路和清一色的白色墙壁勾勒出它的特点。家族式的糖果店、蛋糕店比比皆是，还有很多艺术品店和画店也是星罗棋布。休息一下，靠着窗边坐下，喝一杯下午茶歇

歇脚也绝对不会让人失望。松软的司康饼，涂着厚厚的传统的手工草莓酱，新鲜的奶油伴着司康饼出炉的温度，散发出浓浓的奶香。司康饼特有的咸味烘着果酱，草莓酸甜的分子顿时就鲜活起来，满口的滋味丰富而又简单，香甜而非油腻，所有的味道在恰好满足舌尖的温度上迸发出来。再喝上一口冒着草本香味的热茶，如此惬意的周末就这样定格在 Keswick 的记忆胶片之中。

Grasmere，湖区的诗人

来到湖区，Grasmere（格拉斯米尔）是不得不去的。它的名气不单单是湖水的魅力，而是曾在这里居住过一位伟人——英国浪漫主义诗人威廉·华兹华斯（William Wordsworth）。华兹华斯曾经在这里居住了十四年，创作了大量脍炙人口的作品。

说到华兹华斯，则无法用三言两语来概括。1770年出生的华兹华斯，曾就读于剑桥大学圣约翰学院，随后前往法国，对其革命充满热情，1792年回到伦敦，由于政治抱负无法得以实现，便和妹妹迁居于乡间。华兹华斯与柯尔律治（Samuel Taylor Coleridge）、骚塞（Robert Southey）同被称为“湖畔派”诗人（Lake Poets），是英国文学中最早出现的浪漫主义作家。因为他们对自然的热爱，乡村生活为他们提供了创作的素材，并在作品中透出对资本主义的城市文化和冷酷的金钱关系的厌恶，由于他们选择隐居在昆布兰湖区和格拉斯米尔湖区，由此而得名“湖畔派”。华兹华斯，作为“湖畔派”成就最高的诗人，主张“所有的好诗都是强烈情感的自然流露”，创作方式上也反对以 18 世纪格雷为代表的“诗歌辞藻”，而推崇“选用人们真正用的语言”来写“普通生活里的事件和情境”。在他的眼中，诗和诗人不再是文学上的消遣，而应该有对人性美好和爱进行捍卫和宣扬的责任。华兹华斯与柯尔律治在 1789 年合作发表了《抒情歌谣集》，宣告着浪漫主义新诗的诞生。两年后，华兹华斯在为《抒》的再版加序时，他宣扬用平民的语言来抒写平民的生活、思想与感情这一主张，也被誉为浪漫主义诗歌的宣言。作为诗人，华兹华斯的创作巅峰时期是 1797 年到 1807 年的十年，在此期间，也不乏很多批判家认为他的文笔“幼稚、矫揉造作的东西”，但就如他一开始就坚持在最原始的生活中找寻心灵的平衡，1843 年终于得到社会的认可，并授予了“桂冠诗人”的美誉。

华兹华斯的名气和诗作，在中国来说影响并没有那么大。他常常在散步的时候，将一草、一木、一云、一雨都能当作素材。语言简单、朴素，但又表达丰富的内涵，对于译者来说，本身就特有难度。就像是能将中国古诗或是论语精确地翻译成英文，单是要在字句的押韵上就绝对是一个挑战，在此基础上，还得保留原来的意境、想象空间和思想，几乎是件难以完成的事情。很多英文的诗作也正因为同样的缘故，没有被中国的读者所熟知。仅就华兹华斯的思想，倒是和中国的庄子思想有着相通之处，对于中国读者来说，虽并不稀奇，但也很容易找到共鸣。

此外，由于华兹华斯的名气太大，人们往往会忽略他妹妹多萝西 · 华兹华斯的文学造诣。与同世纪的简 · 奥斯汀相比，多萝西 · 华兹华斯几乎并不被中国读者所熟知，而她陪伴哥哥在乡间的生活中，她的作品开辟了浪漫主义散文的先河。同哥哥一样，多萝西的语言也是平实得接近真实，凭借着女性特有的敏锐和情感的细腻，她的作品总是给繁杂的生活带来一缕乡间的清新。

而华兹华斯的创作鼎盛时期也被称作是鸽舍时期，而鸽舍，则是大诗人在 Grasmere 住所的名称。与 Grasmere 小镇中心有着一定的距离，从小镇边上穿过一条马路，爬上小山丘，这里就是鸽舍的栖息地了。由于冬天还没有完全退去，明信片里鲜花簇拥的画面是根本无法见到，但是即便如此，却依然仿佛能看到反季节的鲜花盛开点缀着鸽舍。鸽舍本身并不起眼，白色的两层小楼，方方正正的窗户，上面斜斜地铺着深灰色的砖瓦屋顶和楼顶两侧的烟囱，屋子外面绕着一圈矮墙，看起来简单得像是积木垒成的设计模型，没有一点多余的颜色。藤条植物攀爬在白色的墙壁上，明显修剪过的灌木重叠在矮墙上，由于季节关系，没有太多的绿色，只是深褐色的藤条灌木丛中留有星星点点还没脱落完的深绿色叶子。而在明信片上的鸽舍几乎是隐在艳丽的花朵和深深浅浅的绿色之内的，白色的墙面越发显得干净明亮。这个季节来参观的我们，自然是没有这个眼福了，也就一路往山丘上走去，想再从远处看看冬日里的 Grasmere。

不得不说，稍微拉开距离来观看 Grasmere，它就越发显得小巧精致。面前的湖泊，远方起伏的山丘，小镇就这么恰到好处地嵌在其中。小镇深浅不一的灰和加入灰色的白，拼凑在一起，教堂小小的塔尖，一切都有了一种定格感，就像是电影结束时的镜头，戛然而止，没有时间的说明，没有字幕，没有情节的下一步发展，只有眼前的这个小镇，只有对它的各种遐想。之前在镇上的闲游，在这里却能准确地指出走过的路线。对 Grasmere 街道的熟悉，真的是不需要太多的时间，可是要感受到每一事物背后的故事，则需要投入更多的精力。

也许是因为这里对原始的推崇，不论是远眺还是近距离的漫步，都不自觉地忘记了时间的存在。正如华兹华斯对这里的姜汁面包情有独钟一样，现在位于大诗人墓地对面的面包店 Sarah Nelson’s Gingerbread Shop，从 19 世纪以来就制作着独特的姜汁面包，华兹华斯生前对它的喜爱已是众所皆知的故事，至于食材的内容，这已是半个世纪的秘密了。

三月

感悟人生

如果人生的意义在于取悦他人，那人和人之间有什么区别?

幸福的定义是趋众的，羡慕的工作，和睦的家庭，最好还有着仰慕的权力和高高在上的地位。如果人人都这样去争取统一的标准了，会不会人人都感到幸福不得而知，但至少不会人人都快乐。追求别人眼中的幸福，很难说就不是对自己的否定？否定自己的梦想，否定自己的能力，否定自己的情绪，否定自己的选择，最终否定了自己的人生。都说这是现实的无奈，但更现实的是自我否定、放弃自己，没有谁会逼迫活着的现实，生活都是自己的选择却喜欢把责任推给社会。唯一的事实是，妥协现实要比坚持自己更容易得多。看着越来越多的人向生活致意，其实也是件挺可悲的事情，却也在想自己能坚持到什么时候。只是社会变化来得太快，有时来不及应对。

一直都有两种人的存在，挑战生活的和顺应生活的；结果无非也就是三种，生活的主人、奴隶和背弃者。选择顺应生活也就注定了其成功是做高等级的奴隶，而挑战生活的风险却很难估量，主人和背弃者也就一念之间。当我们在冷眼看待生活的背弃者时，却不知很多人根本没有资格去这样做，至少背弃者他们努力过，他们的失败却成了教育的反面例子。“奴隶”们认为自己很聪明，安稳的生活，平淡得如同死水，却在他们眼中是让人羡慕的对象。但对于一个人来说，一辈子中不去经历一些事情，不去真正的爱，人生的意义也就少了精彩。都在说机器人是没有感情被人操作的发明，其实它们早就存在了，生活中从来就不缺机器人，缺的是真正的人。当人和人之间只要换个名字就能随意顶替的时候， 现实生活如同工厂加工产品是成功的。

曾几何时，太多的东西已经被玷污：工作的意义，婚姻的圣洁，成功的定义，交友的标准……工作不再是追求自己的价值，而是为了所谓的金钱和地位；成功也不再有道德的衡量，而是财产和势力的博弈；友谊也不单单是快乐分享，却是关系利用的手段。那么，值得留恋的东西就所剩无几。人生一场不过就是逢场作戏，场场相似罢了。之前不屑于自杀的听闻，觉得他们缺少勇气面对生活。他们是缺少勇气，但比起那些苟且偷生的人来说，他们是为了保全自己名节，用极端的方式挑战生活。可惜，生活不会因为他们而改变。

可怜的是更多的人有着勇气面对现实，但却无法在他人眼中的标准下坚持自己的信念，最简单的事情开始变得复杂。如果工作就是一个人的事，恋爱就是两个人的事，朋友就是相互慰藉的肩膀，成功就是自己理想的实现，世俗的评判不单是权力、金钱、利益，即使种种设想都不现实，但至少自己的努力是有方向的。

现在选择安逸是太早了，没有勇气挑战一次生活的人生很难说是完整的。

“世人笑我太疯癫”， Thanks for making me a fighter!

初读红楼

前前后后，断断续续，终于读了《红楼梦》，虽然那些人物从小就耳熟能详，但是其中的关系还是混混沌沌。小时候，只是觉得林黛玉仙逝，贾宝玉出家，薛宝钗则是最正派的反派。完完整整看完前八十回，虽然很难说改变了以前的印象，但对每个角色有了更深更多的理解。黛玉的清灵，宝钗的圆滑，湘云的直爽，熙凤的干练，大观园上上下下几百人，却各有千秋，即便是细微的差异也能分开。而里面少有的男性角色，却多以负面形象示人，即便是宝玉，其实也很难说是正面形象。

细说来，宝玉生性自由，善良，乖张，但是却懦弱，略带轻浮。他热爱任何美的事物，却都停留在表面，整日与丫鬟嬉戏，并无主仆等级观念，仅欣赏的是丫鬟们年轻的面孔，对于大观园里的那些老妈子则是另外一个态度。对于黛玉虽是他的至爱，却对每个姐姐妹妹等暧昧不清，也难怪林妹妹整日哭哭啼啼。再者，宝玉不爱仕途，立为反封建的典范之一，想来也不尽如此。如果他在喜爱的事物上有所成就，那是个人兴趣，而他的才情并不及黛玉、宝钗，也并无任何努力的意向，只是每天花花草草，吟诗作对，也并没有多大长进。如此比来，香菱还倒是个自我学习的典范。特别在贾家败落之后，贾宝玉虽然没有什么责任，但他依旧选择了逃避。对他，并没有任何的偏爱或是反感。

再说仙草黛玉，虽没有宝钗的大度，但也不至于小肚鸡肠。个人还是挺喜欢这个角色。才情自然不在话下，为人却是刻薄，但也并不是不分场合，整日在大观园里度着她的还泪之旅。人笑痴颦，她只是在做一些她所喜爱，但他人并不理解的事情。一首葬花词，也将黛玉的凄凄惨惨戚戚切切的身心体现得柔美浪漫。至于曹公对她最终的结局，各式猜想不尽其数。但我以为，以黛玉一个看上去文弱灵性，骨子里却有着傲气的形象，绝对不会像是高鹗所写，在听着宝玉和宝钗结婚的吹打声中，床边闷闷焚稿自亡。她的仙逝一定是不同于大观园其他角色的。至少，她会很淡然地面对死亡，而她的遗骸也不会正面地展现在大家面前。

再者说，很多人将黛玉和宝钗的关系简单地定义为两个对立面。但我总觉得在大观园里，黛玉和宝钗并不是所谓的死对头，她们之间虽说不能时时刻刻都欢喜和睦，但她们之间却有着真正的友谊，只不过这种友谊里面掺杂着竞争。就如在现实中，也并不是所有的朋友都是天天黏在一起，并不是所有的友谊都是看着整日开心。就像是很多人都认同利益和友谊是形影不离一样，少了利益的友谊则不会长久。虽说我并不赞同这种观点，但现实中大部分的友谊也确实和利益是分不开的。而有时候，这种竞争关系的友谊，看上去让人费解，看上去岌岌可危，可相反的是，这种友谊往往还最为牢固。这也许是为什么黛玉如此嫉妒宝钗，但还是将宝钗作为她在大观园里少有的知心朋友，这也许就是为什么宝钗虽有那么多的朋友，但是单对黛玉会推心置腹的原因。

在整个大观园里，上到主子，下到丫鬟，都经常将黛玉和宝钗作相互对比，由此还引发了后来袭人和晴雯的争论。无疑宝钗赢得多数人的喜爱，不仅为人大方，通融圆滑，而且不会像黛玉那样刻薄他人。但如果黛玉没有能与宝钗媲美的特质，即便有着贾母的宠爱，也不会有人将她们相提并论。至于两个角色的谁好谁坏，其实早已经不重要了。

也有很多学者都在研究各个人物的最终姻缘，虽然读起来很有意思，宝黛的爱情悲剧已是公认，那么其余的并不是重点，因为整个红楼梦的重点不是在情，而是通过这个主线去描写当时的社会。这也就是为什么在无数篇写情的经典的古典文学中，红楼梦能被推崇到如此高的地位。如果单单将红楼梦当作宝黛故事来看，它的情节沉闷拖沓，常常接连的几章中并没有任何相关的进展，但如果将红楼梦当作是历史一个侧面的写真来读，则收获并不是一两句可以说完的。另一方面，曹雪芹的文笔也是另一大看点。整部书中，出现的人物数不胜数，个个都特点鲜明。不论是官宦子弟，还是街角路人，曹雪芹总是能用几个词语，寥寥几句话就写出了各个人物的特点，而他们之间的语言，又是阳春白雪和下里巴人间的随性旋转。没有任何别扭或是故作清雅，而是觉得每句话都恰切和适宜。有的时候，只是看一句话，往往就能猜到说话的人是谁。这样的造诣绝不是一般作家可以达到的。

草草的初读红楼，并无太多的想法，只是一些粗浅的见解，一笑而罢。

日本地震

日本地震的消息让大家都感觉恐慌，虽然近几年来，国内两次大的地震，其他地方也陆陆续续的有过几次，但是人们不可能对这样的灾难无动于衷。可是不同于其他地区的地震，日本这次地震对中国人的人性来说是个严峻考验。

从刚听到地震的消息开始，微博上就有人到处打听猫叔（一只爱眯眼，出版了很多图册明星猫咪，正好位于重灾区）的安危，特别在看到遇难名单中有漫画家的名字，更是担心那只猫的安全。虽然不是说不该关心，但是比起那么多不幸的人们来说，这样的关心显得有点小题大做。特别是有些网友，看到猫叔安然无恙的消息，转而对地震的巨大破坏视而不见。据说，猫叔安全的消息在微博上一出现，在九个小时内就转发了近万次。一万五千余名活生生的生命瞬间消失，难道都抵不过一只坦然自若的猫咪吗？这样看起来，是有些难以理解。

也是在地震消息出来的同时，随后的半个月内，各个网站上的火药味都挺浓。开始只是各抒己见，无非一边是对日本地震幸灾乐祸，一边是觉得地震很残酷。没过几天，幸灾乐祸的人觉得那些同情日本的人是亲日的，是忘记了历史的，而同情日本的人们又觉得幸灾乐祸的人是非人道的，不尊重生命的。于是乎，两边就开始了在网上相互对对方不满情绪的发泄，渐渐地就上升到了争论。之后，就愈演愈烈争得不可开交，什么历史问题，日本对中国地震的支援情况全都条条分明。刚开始看两边的争论，还是挺有意思，想看看双方都用什么办法说服对方，可是半个月的时间，一上网页就是那些东西，而且越来越离谱，实在是有些厌烦。

对于任何一个事物，完全可以有两种或者更多的看法并存，每个人都有抒发自己观点的权利，可是没有任何必要非要去说服持有另一种观点的人。对的观点当然值得宣传，但强势的说服只能适得其反。更何况在这个问题上，笑的人本身是有点狭隘的民族主义。真是要比日本强大，须用的是头脑，用正当竞争的方式去告诉他们最后的输赢，而不是靠自然界的破坏来乘人之危。和南京大屠杀被残酷夺取生命的人们一样，那些遇难的人们都是可怜的，生命也是没有国界的。那些笑看地震的人和当年那些刽子手又有什么区别，而那些整日大谈特谈“人性”的人中，确实也有不少哈日的个体。在他们看来，日本和中国的历史问题不是问题，日本的动漫、娱乐产物、电子产品都是最潮的。但是那些整天只知道批判别人的人，对自己国家人民的殉难都不管不问，何来对他国大谈“人道”，他们才是真正的可怕。叫我说，冷眼将地震当作笑话来看的人，大可关起房门，自己偷着想怎么乐就怎么乐，完全不必再挑起这个话题，让那些无知者趁机愤愤。而那些“人道”主义者，除了在言语上，不是不可以真正地付出些行动来支持日本，捐款、志愿服务都是不错的选择，都可以做到真人道。而且既然是人道的事情，自己默默做了就好，完全没有必要拿这个当噱头来夺人眼目，那就失去本来的意义。

最后，地震之后的买盐风波。一个小国在齐心合力震后重建，一个泱泱大国却为了买盐闹得不可开交，真的是很失面子，给别人当成闹剧看了。我们也有我们骄傲的时刻，虽说错误在所难免，可是杞人忧天的的确确还有着不小的影响。三思而后行不是没有道理的，即便有的时候会被认为是优柔寡断。在这样一场地震后，留给我们更多的是思考、是感悟。

巨石阵之谜

终于到了春假，除了可以享受肆意的阳光休息一下，还可以安排个长计划的旅行。室友禹买了从伦敦回国的机票，刚好两人结伴先游个小城巴斯和城郊的巨石阵吧。

从爱丁堡登上去布里斯托的飞机，两人还着实狼狈了一番。由于小航空公司对行李的要求严格，而禹买的又不是联程国际机票，所以即便我们在公寓的时候都反复称了行李的重量，到机场还是面临了超重问题。在临时丢弃了不少东西之后，我们将她要托运箱子中的厚重衣服拽了出来，一人套上一件，然后将厚厚的书每人再抱上几本之后还往大衣的口袋和帽子里填充了不少围巾、帽子类的东西，最后就看着鼓鼓囊囊的两个人终于挤到了座位上。一到布里斯托，一场暴雨就直接让我们原本就不爽的心情更加地烦闷。机场的询问台空无一人，在一位好心路人的指引下，我们找到了前往巴斯的乘车路线——先到布里斯托火车站，然后换乘大巴车前往巴斯。原本想着，我们倒霉的极限就该到此了，结果一上车就被巴士司机惹得很不高兴。我们在机场门口的车站排队，上车掏出现金买票，结果司机看着我手里的纸币很疑惑地问我："what' s that?（这是什么？）"，"十英镑。"我也很是不解地回答，心里还琢磨着这算是什么问题，明明就是明知故问，难道这是他幽默感的体现方式？谁知他问："你从哪拿到的这钱？""嗯，银行里。"对话越来越让我觉得无厘头。

"哪里的银行？"

"爱丁堡的。"

"你确定它能用？"

"整个苏格兰都在用。"

"但这里是英格兰。"

"但这是英镑。"

"你还有其他现金吗？"

"没有，我只有苏格兰的英镑，因为我才下飞机。"

"那好吧，不过你下车后需要去银行换点我们用的钱。"

"好的。"

虽然早就听说过苏格兰和英格兰的关系并不是很融洽，但是这样的事情还真的第一次遇到。话虽说英格兰、苏格兰都是英国，但是到了英国之后，多多少少都沾染上了和苏格兰人一样的脾气，就是总觉得苏格兰是最好的。特别是在英格兰人总是会拿苏格兰开涮，如果处于恶意，就特别反感如此的笑话。而对于拒收苏格兰纸币的情况，在之前或者之后的旅途中，从来都没有发生过类似的事情，难道这是英格兰中部特有的欢迎式？在英国，英格兰、苏格兰和北爱尔兰都有着各自的货币设计和印刷，威尔士则通用英格兰的货币。不管怎么样，在我看来只是外观上有差异，实际上都是同等面值的英镑，就是一般所说的换汤不换药的情形，而且理论上来说不同的货币在英国不论在哪都是一样流通。不过，除了我自己遇到的事情，还有朋友也遇到过类似情况，最后我们得出的结论是：英格兰制造的钱币的确是在哪都能用，苏格兰和北爱尔兰的钱币在它们和威尔士区域内也完全没有任何问题相互流通，但是这两个地区的钱币到了英格兰则很有可能被面临拒收的突发情况。由此来看，还是印有女王头像的英格兰币才是王道。

不管怎么样，我们还是在中午到达了巴斯，雨还没有彻底停下来，但是已经小了很多。由于随身行李的关系，我和禹就在巴士站对面的自助餐厅里随便吃了点东西，看了一眼下午去巨石阵旅行团的集合地点，心里期盼着雨的彻底停止。从后面几天的旅程来看，这天早上确实是我们心情的最低点，随后不仅是天天阳光灿烂，而且再也没有遇到任何影响心情的事情。

小客车里，坐满了参加这个项目的游客。巨石阵又称索尔兹伯里石环、环状列石、太阳神庙、史前石桌、斯通亨治石栏、斯托肯立石圈等，是欧洲著名的史前时代文化神庙遗址，位于英格兰威尔特郡索尔兹伯里平原，约建于公元前 4000～公元前 2000 年，据英国考古学家的研究发现，巨石阵的准确建造年代距今已经有 4300 年，即建于公元前 2300 年左右。公元 1130 年，英国的一位神父在一次外出时，偶然发现了巨石阵，从此这座由巨大的石头构成的奇特古迹，开始引起了人们的注意。现在，巨石阵因为它的神秘每年都吸引了上百万游客。

从停车场就可以远远地看到巨石阵了。巨石阵就在公路的一侧，停车场和

游客中心在马路的对面。天空依旧阴沉，黑压压的云层透不出一点亮光，似乎连地面的灯光也都被吸走，大平原广阔无边，除了道路上时而驶过的车辆和前来的游客，周围是鸦雀无声。远远的，大片的巨石围城圆圈，几乎是同样的高度，还有石头残片横在几块直立的石柱上面。穿过狭小的游客中心，拐进长长的地下通道，从公路的另一侧走了出来，离巨石阵就更近了一些。每一步向巨石阵的迈进，每一个画面都有所不同，总是吸引着相机照个不停，仿佛一不留神就会错过了最神秘的场景。游客并不能走进巨石阵，只能隔着远远的隔离线参观。除了巨石，还能看到有工作人员在巨石堆里勘测着什么，说不定距离巨石阵秘密的揭开将不远了，虽然这只是一个美好的愿望。

巨石阵的建造过程和用途至今引人猜想连连。现就建造的谜团而言，巨石阵的主要材料是蓝砂岩，小的约有五吨，大的重达五十多吨。但在索尔兹伯里地区的山脉中并没有蓝砂岩，考古学家却在南威尔士普利赛力山脉中发现了蓝砂岩。从考证结论说明，建造巨石阵，不仅需要将坚硬的蓝砂岩从山体中开凿下来，还要将原本粗糙锐利的表面打磨光滑。在四五千年前，要把这些几十吨重的石块从岩石上采下来，加工成石柱，再搬运到几百公里以外的目的地，并在地上竖立起来，靠人力和极其简陋的工具似乎是难以办到的。据估计这个巨石阵的建成至少需要一千五百万个劳动力，而在人口稀少的英格兰南部，简直是无法想象的，所以这成了一个谜。另一方面，巨石最高的有八米，平均重量近三十吨，还有不少重达七吨的巨石是横架在两根竖着的石柱上的，在没有起重设备的条件下，如何将横梁精准地放到石柱顶部则成了另一个谜。至于用途上面，猜测则更为有趣，主要有四大类：祭祀场所、家族的墓地、康复治疗中心和天文观测。一些人通过考古发掘，发现土堤内侧有多处墓穴，便据此推测它是古代部落酋长的坟墓。而出土的大量兽骨残骸则被怀疑是祭陵用的牺牲品。于是有人判断，巨石阵是祭祖用的祭祀场所。还有结论认为这是一座古代天文台。牛津大学的霍金斯教授通过仔细观察和严密的计算，认为通过巨石阵石环和土环的结构关系，可以精确了解太阳和月亮的十二个方位，并观测和推算日月星辰在不同季节的起落，所以，这应当是一座古天文台。虽然没有任何的定论，但这正好增添了巨石阵的神秘。再加上上世纪以来，在索尔兹伯里平原发现的大大小小的麦田圈，更是增添了这一地带的神秘性。尽管科学家们对巨石阵在建造上得出的结论是人为建造，但是有关外星人还有相关迷幻故事的传说却是此起彼伏。流传最广的无非于公元 5 世纪，为了一座永恒的纪念碑来纪念亚瑟王的部下，亚瑟王的宫廷巫师梅林选择了爱尔兰出产石头的一片地方，因为人们相信那里的巨石具有特殊的功效并称之为“巨人的舞蹈”，梅林便用魔力从爱尔兰运来了巨石阵。

绕着巨石阵走了一圈，即便不能走到巨石脚下，但却能感觉到它的压抑感。人们常常想来这里寻求安慰，即便结果并非是他们所期待的，但总能找到一丝的安宁。在《苔丝》的电影之中，临近结尾，苔丝在夜色中逃到了巨石阵，寻求着最后一丝精神寄托，清晨她也迎来了她眼中的最后一个日出，之后就在这里谢幕了她的人生，屹立的巨石和她小小的身躯，留在了凄凉的平原上。虽然巨石阵并不再完整，但是它见证诉说着太多的故事，苔丝只是其中一个。想象

着漆黑的夜晚，村民们举着祭奠的物品，唱着圣歌，从平原的低洼处聚向巨石阵，皎洁的明月下，巨石都散发着圣洁和诡异的荧光，此时的巨石阵在村民的眼中似圣地般的放大代表着宗教通向神殿的入口，圈着一个未知的未来，崇敬、畏惧、希望也许是这里的主旋律吧。

对于巨石阵，永远都有猜不完的话题，我觉得就这些猜测都很让人着迷，但很难用喜欢来定义如此的奇迹，毕竟这里有太多的血腥和绝望。上了车，借着雨后渐渐露出脸庞的太阳，我前往下一个目的地——轻松的小镇 Lacock。

专为 BBC 而生的 Lacock

待我们到达 Lacock 的时候，阳光已经洒满了整个小镇，好像为我们的到来做了充分的准备。说到这个小镇，几乎是没有一点名气，但是列出在这里取过景的电影和电视剧，则个个是大名鼎鼎。在《傲慢与偏见》中，它是 Meryton；在《艾玛》中，它是 Hyburry；在《克兰弗德》中，它是 Cranford。除了是英国 BBC 的古典英式街道的取景地，眼下风靡的《哈利·波特》中也有它的身影。但来到这里，并没有感觉到一点明星的大牌范儿，而是静静的，一切都是如此的悄无声息。

没有喧哗声，没有机车声，这里一直保持着如此宁静。只有拂过屋顶丝丝细语的风声，只有阳光碰触到地面发出轻微的呼吸声，还有躺在墙面上的紫藤花瓣颤动的声音，在这里似乎除了加入它们一起静静发呆，就没有更好的选择了。而像我们一行人，就跟异类一样地打破了这里原本的微妙平衡。刚好是课间时分，看着一群小学生从老式的建筑里面跑到临着街道的学校小空地上，在矮墙里面嬉戏。头上戴着尖尖的鸭舌帽，身穿着暗色条纹的马甲，花呢格子的

CHURCH
OPEN
PLEASE
COME IN

短裤，套着过膝长袜和硬质皮鞋，在小空地上滚着小铁环，简直就像是从儿童画册里走出来的，不是他穿越到了未来，就是我穿越到了过去，一切都显得那么的不真切，似乎这里正在进行着 BBC 古装剧的拍摄。街道上，没有任何电线的打扰、没有地上斑马线的涂鸦，矮小的房子，铺着层层的砖瓦屋顶，冒出来的烟囱，凸显着建筑外侧的木梁走向，悬挂着老式路灯，小镇完完全全地沉浸在 16 世纪的氛围里面。墙角一个废弃的马车轮，散落在草地上的木桶，摆放在门口的盆栽，任何一个细节都充满了浓浓的英式风情，绝对能满足那些清新小文艺爱好者的需求。

街的尽头，走过仓库所在的小道，就到了小教堂的门口。别小看这个不起

眼的教堂，2006年卡米拉女儿曾在这里举办婚礼，当时这里聚集了英国的王储、王妃和王子们，热闹非凡。这个教堂的简单与精巧，就像是所有对于这场婚礼的报道评论一样。

《哈利·波特》中哈利的父母家取景地就在小教堂的旁边。顺着小道左下，路的顶头三面围绕着不同样式的建筑物，有豪华感的，也有简单的。出现在电影中的那栋房屋则是那个最平常最不起眼的一栋两层建筑，没有任何装饰，没有凹凸的起伏，只是平整的一栋建筑和普通的屋顶，也就是它的平实无华造就了它多元性的特性。在电影里面，即可以体现出房屋墙内的温馨，也可以透露出灌木后的一种不寻常感，可以突显谋杀的冷酷，也可以彰显伏地魔在此毫无征兆的滑铁卢惨败。这栋房屋一直都是归私人所有，据说当时拍电影的时候，由于房屋之间的空隙并算不上宽敞，为了将所要用的电影器材在屋前的空地架起来，着实花费了不少功夫。而霍格沃兹魔法学校里面很多的取景是在另一座Lacock教堂内拍摄的，而那座教堂离小镇还有一段距离并不在我们的行程之内，就只能有所取舍了。

我和禹在旅游团约定集合时间之前回到了停车场，既然要等待其他人，就在一旁的小草地上休息。草地上摆着粗犷的木头桌椅，简单的几项娱乐设施：摇摆的铁公鸡、木桩桥、可以攀爬的木墙。虽说油漆都已经褪色，木头也没有打磨过的光泽，却在余晖的照射下显得充满了原始的童趣。少了电动和花哨的商业装饰，这样的童年才算得上是纯真的年代，也许只有在这样的小镇上才得以存在吧。有着如此纯净的Lacock吸引着BBC，在镜头前，它保留着简·奥斯丁笔下世界的老式浪漫；在镜头背后，它依旧是如此的原始、安静、朴素。

夕日里的伦敦

前往伦敦可以说是春假旅游计划中最让人兴奋的事情了。和纽约、巴黎一样，曾经无数次出现在大屏幕上的伦敦，去之前就充满了期待。虽然，很多对伦敦游览后的评价都认为伦敦多少都会让人失望，也许就是因为抱了太多的希望。这一点上，我也表示认同。从巴斯到伦敦的大巴上赏了一路的田园春色，好不快活，等到大巴驶入伦敦并停靠在巴士站的时候，我的第一反应便是："这就是伦敦？"对，我没有坐错大巴，更没有坐错站，但从第一面见到伦敦开始，便流露出一丝倦意，一种沧桑背后的疲惫，直到最后与它挥手告别也依旧如此。

泰晤士河畔

伦敦标志性的景点几乎都沿着泰晤士河两畔分布，泰晤士河也是其中的一部分。从相连在一起的大本钟、国会和威斯敏斯特大教堂为起点，与大本钟跨过泰晤士河相对的是高大的伦敦眼摩天轮，背对大本钟向前走很快就能到唐宁街 10 号，从这里左转，几乎是一路直下就到了白金汉宫和它的公园。穿过白金汉宫的公园就到了相接的海德公园，而热闹的商业街——牛津街的一端连着海德公园，另一侧则为大英博物馆。如果从大本钟沿泰晤士河向北走，绕过一个河湾就可以看到圣保罗大教堂，从这里走过千禧桥便是TATE艺术博物馆。继续向前走，途经伦敦桥，就到了伦敦塔和伦敦塔桥了。这些景点看似距离并不远，但是每个景点参观起来都要花一番工夫，在伦敦的几天绝对是对腿脚功夫的多面考验，即便在景点之间我都会搭乘地铁前往。

伦敦的景点和国内的旅游景区有一点很相似，就是不论是什么时候都是游人挤得满满当当，拍照也要抓拍，但人肉背景却是少不了的。不知道是不是因为四月份的皇室婚礼还是其他什么原因，我在伦敦的几天中，天天都能看到头顶上空盘旋的军用直升机。据说之前是没有如此情况的。大本钟、白金汉宫、伦敦塔桥等等，比起一些带着好奇感的参观点，在这里参观更像是例行公务。因为对于这些景点简直太熟悉了，图片、电视、电影里都不知道出现了多少回，甚至连不同时期的景致都有所展示，来到这里犹如画面的再现，只是更加的真实和立体。

苏格兰的蓝、北爱尔兰的绿、威尔士的红绿白，而英格兰的红在伦敦体现得淋漓尽致。红色的双层巴士、红色的电话亭、红色的卫兵制服、红色的邮筒，似乎只有在伦敦，它们才算得上是正宗的英伦范儿。红色油漆有的都已脱落，露出里面的木头本色，如今在人人都拿着手机的时代，电话亭几乎就成了一种摆设，可在伦敦仍很受游客的喜爱，经常能看到游人推门进去拍照，更因为游客众多的关系，在大本钟附近的电话亭也要比别处的更为干净。电话亭作为伦敦历史的一部分，真的没法想象少了它的伦敦会是什么样，但可以肯定的是伦敦将不会如此真实与完整。

错综交通

钰新拿出伦敦地铁图给我看的第一眼，我真想立马转过头不去理会它，繁密如蜘蛛网一般的地铁线稠密地交织在一起，各种颜色错综复杂，看起来倒像

SHERLOCK HOLMES
CONSULTING DETECTIVE
221b Baker Street

是一幅不错的抽象油画。我当时真是希望我可以不用理会它。而事实证明，在伦敦没有比地铁更为廉价、快捷而便利的交通工具了。另一方面，地铁也和电话亭一样成了伦敦城市特色的符号。

从大巴站出来，和钰新碰头后，她便带我去地铁站办了一张名字很可爱的 Oyster 卡（直译为牡蛎卡，但为什么会将地铁和牡蛎联系起来，我一直觉得很有意思）。蓝色的 Oyster 卡就是充值卡，可以坐地铁、公交等公共交通，因为政府的鼓励措施，所以刷 Oyster 卡要比现金买票更优惠，据有关报道说牡蛎卡的使用量已经覆盖了 80%的伦敦人口。随后的几天中，就靠着一张牡蛎卡和一张地铁图在大大的伦敦城中自由穿梭。

作为世界上第一条地下通道，伦敦地铁从 1856 年便开始修建，在二战期间，伦敦地铁曾被用作地下掩体，每晚平均有 6 万居民进入隧道，最多时达 17.7 万余人。如今伦敦地铁已建成 12 条，总长度超过 400 公里的线路网，将伦敦划分为六个大区，每一条线路都由不同颜色的线条标示，地铁站也超过了 273 个。目前的地铁图是出自哈里・贝克在 1931 年的设计，在当时，如此的

设计图别具新意。不同于传统按一定比例缩放的地图，新的设计图仅显示了地铁站的位置、连接和线路，与实际地面的地理位置并不挂钩。因此地图可以只采用直线及 45 度转角作为基本设计元素，加上每条线路独特的颜色，使其查找和使用极其方便。这一设计思想是拓扑学的一个很好的例子，现在已经应用于全球不同城市的地铁系统。在伦敦，错综的地铁图也被印在各种纪念品上，也很受游客的喜爱。

与地铁路线图同样受追捧的还有地铁站的标志。早年被称作“牛眼”（Bulls-eye）或“枪靶”（Target）的站标，现在更突出了红色的环状，中间蓝色的一横道上印着白色的站名，简明、清晰。而有些地铁站也各有特色，比如说贝克街的车站。在这里有一个招贴画大小的铜质铭牌，上面写着：“此站台系 1863 年世界第一条地铁的一部分，特此证明。”一般来说，伦敦地铁站台两侧都是广告，不过贝克街站有所不同，每个站台座椅上方都留有宣传海报的空间。这些海报生动地描绘了 1863 年这个站台刚刚启用时的情景，堪称伦敦地铁历史的博物馆。

伦敦的地铁站与火车站大都在一个建筑群中，上层火车站，下层地铁站，转车非常便利。也许与这个有点关联，地铁站另一个特点就是深。长长的手扶梯，一直延伸向下，本想着该到底了，结果又踏上了另一条相似长度的手扶梯。据说，伦敦地铁最深的地段可以达到 58.2 米。再加上拥堵的人群都闷在车厢内，每次返回地表的时候，都会觉得格外舒畅。而在地铁站里也将伦敦人生活

的快节奏体现得淋漓尽致，扶梯上人们都自觉地站在右侧，将左侧留出来，时常能看到穿着套装的人们顺着左侧的空隙处一路小跑。在伦敦的一天早上，我们准备坐地铁出行，结果发现地铁站口人山人海，警察全副武装到处巡逻，警戒线一侧是拥挤的人群，与另一侧清冷的地铁站形成了鲜明对比，不知道这样的情形持续了多久，也不知道到底发生了什么事情。车站的大喇叭里一直循环播放着让乘客少安毋躁的声音，但是此时听起来却更加让人烦躁，不少人打手机通知对方自己因为地铁站被封不能按时到达。想起了几年前的伦敦地铁爆炸案，这种架势还真是不由得让人担忧。我们等了十分钟左右，地铁重新开放，大批焦躁的乘客蜂拥而入，瞬间就将刚才还空荡的地铁站填满。

林立博物馆

伦敦的博物馆很多，大大小小，题材也很广泛，从世界三大博物馆之一的大英博物馆到虚拟小说人物福尔摩斯的“故居”，伦敦永远都不乏有趣的去处。单单是艺术展馆就有众多分类：

如果想去看现代艺术，那就去千禧桥一端的TATE博物馆，在发电厂基础上改造的博物馆里面总是充满了意想不到的组合；如果想去看看英国的名人，那就到国家人像美术馆去转转；如果对手工艺品、服饰等生活化的艺术感兴趣，那维多利亚和阿尔伯特博物馆就是最好去处；如果想去瞻仰欧洲大艺术家的手笔，那肯定不要错过国家美术馆。各个博物馆都以它的独特吸引着不同爱好的游客。自然历史博物馆、科学博物馆等展馆中也都有着丰富的藏品。由于时间的原因，我没有去每个博物馆观摩，但大英博物馆则是不得不去的。

参观大英博物馆安排在晚上，晚饭后，我们来到它的面前。高大的石柱撑起三角的屋檐浮雕，两侧向前延伸，透过外侧的栏杆，夜幕中的博物馆尽然显现着神秘莫测。也许，我们此行的目的便是参观木乃伊，庞大的建筑在白色的地灯照射下，居然也能透出一丝诡异，不禁让我想到电影《博物馆之夜》，好奇着在月圆的某个时刻，展馆里的展品会不会一个个复活。和大部分的博物馆一样，这里也是免费参观，穿过石柱走进大门，里面明亮现代感的大厅和外部的古老建筑形成鲜明的对比。这个大中庭于2000年12月建成开放，目前是欧洲最大的有顶广场。地面和墙面清一色的白色大理石，圆形的大中庭中间立着白色圆柱，两侧顺着圆柱旋上去的楼梯，其顶端被圆柱遮住，圆柱的顶部发散出1656块形状奇特的玻璃将整个大厅顶部覆盖，简约、大气，比起卢浮宫的大厅更有艺术气质。简明的设计和强烈的摩登感，更将展厅内部的神秘和博大反衬出来。

大英博物馆目前分为十个分馆：古近东馆、硬币和纪念币馆、埃及馆、民族馆、希腊和罗马馆、日本馆、中世纪及近代欧洲馆、东方馆、史前及早期欧洲、版画和素描馆以及西亚馆。每一个展馆中都存着稀世的展品。由于我们要赶在闭馆之前看到木乃伊，便一路快走，当作看装饰般地略过了其他同样精彩的展厅。博物馆内部的楼梯、路线也类似迷宫，遇到维修的展厅时，便只能掉头重新找路。好在埃及馆并不难找，在楼上楼下跑了几趟之后，最终还是如愿看到了木乃伊。木乃伊从动物到人全部都有展示，仅就我们两人穿过空空的木

乃伊展厅时，展柜里一排排直立的木乃伊面冲着走道，博物馆内阵阵冷风送出，闻着埃及展厅内特有的某种味道，窗外仿如深夜般的夜空挂着明月，博物馆外侧的草地上只留着白色的地灯，一个人影也没有，还真有几分诡秘。最主要的木乃伊的展馆内总是有很多的参观者，由于流传法老诅咒的说法，还是没敢对着木乃伊大肆拍照。寒假我的几个室友一起前来参观，回爱丁堡后冲着木乃伊拍得不亦乐乎的几人全都得了感冒，巧合让人不免再把诅咒之事拿出来云云。

当然，看到埃及馆各种展出的时候还并没有强烈的感觉，一进到中国展厅，在欣赏精美的展品同时，就能明显地激起对英国曾经的强盗行径的愤怒。很多中国游客在参观大英博物馆之后，都是兴冲冲地进门，垂着脑袋出门。远古石器、商周青铜器、魏晋石佛经卷、唐宋书画、明清瓷器等标刻着中国历史上各个文化登峰造极的国宝在这里皆可见到，且可谓门类齐全，美不胜收。但能看到的仅仅是大英博物馆收藏的两万三千件中国历代稀世珍宝中的一部分，另外的十分之九都存放在十个藏室中。例如，掠夺的国宝级敦煌画卷及经卷多以万计，展出的只有在中国厅中央墙上有几十平方米的敦煌壁画，其割痕虽犹可见，却难掩其久远的神韵，而其他藏品在中国厅内却难觅踪迹。东晋时期，顾恺之的《女史箴图》的摹本，目前世界上只剩两幅，其一在北京故宫博物院收藏的宋人摹本；另一幅就是大英博物馆中的唐代摹本，它本为清宫所藏，是乾隆皇帝的案头爱物，藏在圆明园中。1860 年，英军大尉基勇从圆明园中盗出。1903 年被大英博物馆所收藏，但也并未展出。

大英博物馆中各个展厅里无一都展现着大英帝国的辉煌成果，曾经称霸世界的威严浓缩于此，一些展品背后不知道掩盖着多少战争罪行和不为人知的秘密。伦敦拥有众多的博物馆，其实，伦敦这座城市本身就是座包罗万象的活展品，不论是马车还是建筑物，总是能轻易地就将人带回到曾经的时代。白色堆砌的建筑群，不同于巴黎带着灰调子的白，伦敦的白略带黄色的调和，显得简约、大气而又稍带刻板。熙攘的人群中，常常会让我忘记了身处伦敦，那个过去只见于投影在大屏幕上的城市，多少都带着不太真切的感觉。街头的一个电话亭，则可以将记忆中有关的黑白电影全部唤起，告诉我伦敦的真实。许多曾经属于一些皇室贵族的房屋，如今也成为博物馆或者用于其他公共用途，不禁有着“旧时王谢堂前燕，飞入寻常百姓家”的变迁感慨。特别是每逢夕阳西下，一抹余晖斜在道路上，橙色的光芒顺着墙角映衬着白色砖墙，恍如合上一本磅礴的历史诗卷后，眼前依旧能清晰地浮现出曾经的霸气与鼎盛，亦如浑厚篇章戛然而止却荡气回肠，只能一声轻叹拉回现实，无奈于时间的无情，无奈于时间的似水流逝！

学术牛剑

牛津和剑桥两个小镇都因为两个坐落于此的学府而闻名世界，不单是英国本土学生，也是很多国际学生梦寐的高校，所以也常被合成一个名词 Oxbridge（牛剑）被大家所熟悉。除此之外，两个小镇还有一些相同点，距离伦敦一个多小时的火车路程，两者都有着河流环绕，并且都有着一座叹息桥，两者虽说以学术闻名，但小镇的热闹却是相同的。当然，两个小镇也有不尽相同之处，牛津的沉积感与剑桥的灵动，各自的特色又是如此明显。

老牌牛津

出了牛津的火车站，第一个感觉就是热闹。小镇的街道上挤满了人，一眼望去，感觉都是前来参观的游客，还有一些看起来像是中学生由老师带领着前来参观，就像国内经常会举办的清华、北大参观夏令营一样。小镇的房屋高低起伏，还保留着石砖一块块垒砌的塔楼，还有木条搭建的歪斜房屋。走过热闹的小街，学校的建筑就散落在小镇的各个角落了。

我的第一站是爱丽丝小店。卡尔因为所著的畅销儿童读物《爱丽丝漫游仙境》被读者认识，本名为道格森，他在牛津基督教会学院毕业后，就留校教数学。卡尔经常给当时学院院长李道尔的二女儿爱丽丝讲许多有趣的故事，以她为原型的《爱丽丝漫游仙境》就是其中之一。基督教会学院对面的爱丽丝小店，建筑物本身已经有五百年左右的历史，是爱丽丝小时候常光顾的糖果店。在《爱丽丝镜中奇遇记》中这家糖果店化身为由一只羊经营的商店，总是摆满各种新奇的糖果和其他物品，但每当爱丽丝想要触摸时就会飘浮在空中。如今的小店已成为爱丽丝的商品店，销售着各种与爱丽丝沾边的商品，而门口还站着那只看怀表的著名兔子先生。

基督教会学院是牛津大学最大的学院，在二百年内培养了十六位英国首相而引以为荣。学院的中庭包围着大片的草地，草地边的学院教堂内尤其显得静谧。虽说外部看起来并没有强烈的宗教感，但里面的结构却和教堂很是相似，拱形的廊顶，一排立柱，彩绘的长条半圆彩窗，无不突显着学院的主题。

牛津叹息桥是连接赫特福德学院两座建筑的

过街桥，正式名称为Hertford Bridge，由于建筑模仿了威尼斯著名的叹息桥，所以得了这个别名。桥型小巧，中间凸起，两侧对称，桥身的窗户上也镶着玻璃，桥下的小径上停满了车辆。虽没有河水的流过，丝毫不影响它的美感。在考试前考生不会从叹息桥底下经过，也是牛津学生间不成文的惯例。据说，牛津还有个古老的规定，如果考试当天，有穿着黑衣骑士骑着白马经过考试院，那么所有的考生都可以免考。但是大家从来也没有遇到过这个场面，至今规定也没有被废除。

而在牛津的老鹰与小孩的酒馆内，曾经是 J. R. R. 托尔金和 C. S. 路易斯两位大作家交流想法的场所。虽然在内容上《魔戒》气势汹涌，《纳尼亚传奇》活泼童真；在语言上《魔戒》严谨犹如诗歌般的优美，《纳尼亚传奇》简明若如儿歌般的生动，这些都不妨碍托尔金和路易斯的探讨与友谊。也许在牛津这个地方，强大的包容性成就了它如今的学府地位，生活气息的浓重正是学术蓬勃的一部分。牛津带给人很沉稳的感觉，仿佛这里的学生一个个都是踏实勤奋的典范。虽然现在的牛津较以前因为旅游业而更加繁忙，但也许这会是另一个故事的灵感来源。

静静的康河，热闹的剑桥

每年的赛艇比赛，牛剑间的竞争都是异常激烈。两个学府虽说从他人口中常常并而称之，但它们之间却是互不相让。当年徐志摩的一首诗，剑桥在国内更是家喻户晓，静淌的康河，几乎成了无数学子的梦想。

剑桥的主要学院分布在康河两侧，泛舟游览既能欣赏到河中倒影的学院，也能在河水上感受春天的惬意。撑船的船夫大部分是剑桥大学的学生，一路听着他们讲解景点着实有趣。像古老的数学桥，也称牛顿桥，由木板错综拼出来的小桥，在康河上朴素得迷人。传说这座木桥是牛顿采用数学和力学设计并建造了这座没有一颗钉子的桥。后来一个好奇的学生把桥拆掉研究，却无法按原样组装回去，只能用螺丝钉重造了这座桥。虽然这个故事是假的，数学桥是在牛顿去世二十二年后才建起来的。早期的木桥是用不显眼的铁钉连接，现在新造的这座用的是螺丝，不过这座桥被一名好奇的学生拆开来，然后再重新装回去的事件似乎是事实。而叹息桥，桥底呈弧形，而桥面则平直地搭在河面上，据闻从前每逢有学院里的学生经过这桥时，便代表开始考试的季节，学生们因担心考试的成绩而发出感叹之声，该桥因此得名。河边，冒着绿芽的垂柳随着微风在水面留下一条条划痕，悠闲的野鸭徘徊在小船周围，大片的水仙点缀了嫩绿的草地，整齐的学院建筑尽显其气势。

由于碰上了毕业典礼，草地上到处都是身着黑色学士袍的学生和教授，学院则停止对外参观。仅仅在小镇和河边的漫步，就明显感到这里与牛津的不同，少了些生活的气息，更多的是学生活跃思维的迸发。因牛顿而著称的三一学院，大门入口处有亨利八世的雕像，威严的国王左手托着一个象征王位、顶上带有十字架的金色圆球，右手却喜剧般地举着一根椅子腿。据说，亨利八世右手中原本握着一根象征王权的金色节杖，在雕像竣工后不久，当时还是学生的诗人拜伦，悄悄地爬上去，把节杖抽出来，用现在的这根椅子腿取而代之。几百年来，竟没有任何人去管它。剑桥人不仅尽其自然，而且还津津乐道地不断向新

生和游人介绍这个有趣的故事。也许，在剑桥人眼中，知识与真理远远比权威更为重要。

两所高校不分上下，在很多人心中也常常会将两者比较，总喜欢选出一个自己认为的赢家，牛津浓郁的人文气息，剑桥优美的自然景色，单是前来参观者都很难做出取舍。但想着从孩提时就莫名对牛津的偏爱，牛津又是众多喜爱小说的诞生地，在我心中自然是有伯仲之分。本想买一件印有牛津大学字样的校服当作纪念，但总觉得穿他校的校服有些奇异，便打住了念头。虽然两所学校的气质千秋各异，但无不在显现出一种动态的平衡：牛津的稳，才能支撑住一个个天马行空的虚幻世界；剑桥的灵，才能求得科学上的严谨与缜密。如此两所一动一静，一刚一柔的学府，凭着对知识的不懈追求，不仅将各自学校，也将英国的教育推向了世界。

四月

罢工如家常

一天早上，我打开邮箱，看到一封很有意思的邮件，说是因为学校的老师要举行罢工，所以周四全天除了图书馆，整个学校将停止工作。过去只听说过学生罢课，老师要求上课，还头一次听说学校老师要罢工，然后给学生放假。圣诞节之前，就看到邮件说是组织学生去伦敦参加游行，因为涨学费的问题，而春天的时候又碰上了两次学校的罢工，记不清是不是为了同样的问题，还是老师们要求更高待遇。更有趣的是，学生或老师们的罢工，并不针对学校，而是针对政府。当时学生罢课的时候，也有不少老师站出来声援。那天在“爱大”老师罢工的同时，英国其他地方的很多大学也组织了大大小小的罢工，看来是学校间沟通好的。再后来，有次我计划去威尔士游玩，火车票都订好了，第二天就要出行的时候，订票的网站发来邮件说是威尔士铁路这个周末要罢工，整个铁路停运。只好发邮件给网站退票，因为这是突发事件，所以很快就给我全额退款。

这只是我遇见的几次罢工，而实际上罢工在英国如同家常便饭。感觉哪里不如意了，就申请个罢工，发泄一下自己的不满。政府也不会刻意的压制，工会的力量还是很大的。他们罢工很自由，就在罢工前通知到相关人士，然后就在日历标明罢工的日子等着那天的到来，不过，他们的罢工不会持续很久。大家在罢工的那一天，按原设定分工各干各的事情，或者参加个游行，而过了那一天，又正常上班，并不会有太多的负面情绪。整个过程，就和放了一天假一样，丝毫不影响原本的工作。有的时候，真觉得他们是把罢工当作工作的一种调节剂了，工作无聊了，就罢工发泄发泄。

3 月份的一次罢工，我正好在伦敦。钰新说她的导师在转发了罢工通知的邮件后，又专门发了一封邮件，要他们好好学习，天天向上，不要耽误了学习的进程。她在给我看完那个邮件后，我俩都哑然失笑，但也确实佩服这位教授敬业的精神。想到前些日子中国春节的到来时，本来下午有一节课，我们却很想跟着中国时间看看春晚，数个倒计时，找点过年的气氛。还在纠结要不要去上课，Alan 一封邮件发来，说是因为中国春节，下午那节课取消，移到礼拜五再上课，邮件末了还写上“祝你们过一个愉快的春节”，很是可爱。英国的教授有着严肃的一面，也少不了人情的一面。

在爱丁堡的时候，也见了不少游行的队伍，不知道是不是都是罢工，还是纯粹的游行。有一次，听着楼下喊着很整齐的口号，一堆人浩浩荡荡地从街上走过，举着牌子。因为汽车声与游人呼喊声掺杂在一起很是嘈杂，最终还是没有听清楚他们在喊些什么。只是看着那些人有的顶着橘色头发，有的穿着很是朋克，只能猜想是什么权益保护的游行。还有一次，就在威廉结婚的那天，皇家街上一队人也喊着话游着。看来不是在庆祝王子大婚，也好像不是反对，但是挑这天游行还是有点与威廉大婚气氛格格不入。

威尔士的周末之旅

对于威尔士的了解并不是很多，至于为什么将它列在旅行计划上，也许就是因为它是英国领土的一个部分，而且听蕾说那里的景色很美。看看旅游书上对那里寥寥无几的资料，选了三个目的地，就订了票和住宿。原本的计划是和蕾继湖区行之后，再来个威尔士之旅，结果不巧碰上了威尔士铁路的罢工，我们只能双双取消了计划。火车票过了一个工作日就全额退款，但是原本回程的机票却不可能因为铁路的罢工而无偿退款，只能自认倒霉地交了改签费，推后了两个礼拜，届时蕾却因为学校有事不能出游，幸运的是室友卓然刚好事少，便欣然同往。

从距离来看，苏格兰到威尔士并不是太遥远，但是火车路线却是来回周旋，一定得转上几趟车才能到达。即便铁路局才罢工，但是车票却一直不便宜，要从威尔士首府加的夫回到爱丁堡，坐火车不仅要耗时十几个小时，而且价格也和机票差不多。为了节省点时间，经过各种公共交通的时间表和价格对比，我们定下了最后的行程，便是先坐火车去北威尔士小镇 Conwy，安排一整天返北威尔士第一大城卡那封（Caenarfon），再坐火车前往南威尔士加的夫。从地图上看，威尔士本身的面积不大，但是从北部到南部还需要坐四个多小时的火车。

海边小镇 Conwy

顶着阴沉的天气，在车厢里有种说不出来的烦闷，对面坐的英国学生也不再阅读开始打盹。我和卓然也前言不搭后语地聊着，出游如此不在状态，还真是少见。转车时又在冷风中等待了好久，找到个候车室进去，结果发现里面满眼的白发苍苍，我们两人显得异常另类。买了杯咖啡暖暖身子，期盼着火车快点到来。到达 Conwy 已是下午两点以后了，本来想着在小镇上吃点午餐再参观，可从车站出来，Conwy 小街两侧几乎全部的餐馆都因过了午饭的时间而闭门谢客，好不容易看到营业的餐厅，却不是炸鸡店就是土耳其快餐店，丝毫没

有了食欲。便背着行李包，对着地图寻找预订的旅馆。

旅馆的门很小，虽然也是 B&B 的家庭旅馆，但却没有湖区住过的那家让人感觉舒适。店主是个看起来很像是英国文学里的女巫，稀拉的白发耷拉下来，弯弯的鼻子，稀落的牙齿，裹在松垮袍子里的干瘪身躯，屋内的过道上飘着莫名其妙的怪味，就像是女巫一贯熬制的魔药发出的。当时脑袋里就在琢磨着在这栋房子的某个角落里可能摆着黏稠液体的坩埚咕嘟咕嘟冒着泡泡，想象着眼前的老女士在一侧的高架上寻找配料加入坩埚里，抖动着魔法棒嘴里小声念着咒语，继而坩埚里的液体缓慢蠕动突然间变成了另一种奇怪的颜色。当她带着我们顺着狭窄略微陡峭的楼梯爬到房间门口，将老式的钥匙插进房间的锁孔，慢慢地旋转着，接着缓缓地推开房门，不管房间是怎么样的景象或者突然冒出一只喷着烈火怒气冲冲的威尔士龙，我都做好了心理准备，不会感到任何的意外。好在，这些都是我的想象，房间里面不但没有走道的奇怪气味，而且贴满

了碎花壁纸，摆着碎花沙发，一侧一个大大木窗镶在墙面里，精巧而有趣。透过木窗越过寥寥无几的小屋就是海边了。海上漂着彩色的游艇，阴天的海湾显得很是寂寞。

放下行李，看着时间还早，我们打算先去海边转转。Conwy 很小，从车站到海边要穿过小镇，但也不过是步行十多分钟。从我们的旅店到海边，则更是方便，走两步再一左拐，沿着马路一直通向海边。其实，去海边的目的并不是去看海，更何况阴天的海边总是冷寂。去 Conwy 的海边是要参观英国最小的房子。刷着红色的房子夹在堤坝和另一栋白色房子之间。屋门还没有我高，但房子却是两层的格局，屋门的一侧还有个小窗，门上挂着“英国最小房屋”的标志，标志之上是简单的四个窗，屋顶呈斜坡状整齐地铺着砖瓦。房子就像“楔子”一样挤在两侧的石墙和房屋之间，似乎如果再挤一点，这个小屋就会被挤出来。但是由于小屋只有在夏天才会对外开放，我们只能在门口转转，带着对房屋内的好奇离开了。

其实除了英国最小的房屋，Conwy 还有着威尔士最老的大屋，可谓是麻雀虽小五脏俱全。对于大屋，我们并没有太大的兴趣，因为那是从前贵族的住所，溜达时从门口看了看。Cowny 最出名的景点其实并不是这些有趣的房屋，而是它的城堡和城墙。

Conwy 城堡是爱德华一世在 1283 年至 1289 年间建造的，是他在北威尔士建造的城堡防御工事的一部分。它建在 Conwy 河的入海口一个巨石之上，设计和操作都是出自 St. George 的 James 之手，曾有多达一千五百个工匠和劳力参与了它的修建。

构造上："……城堡的每一端都有一个低矮的城门，里面被一个十字形的墙分割成不同的房间，这样，即使其中一个房间被攻下，其他的房间还能够独立地防守。原本通往外部的入口是一个长长的楼梯，它被吊桥和铁闸门所保护。在凹凸处，四座塔楼可容纳驻军。监狱塔楼的下面就是黑暗的地窖。地基的左边，有厨房和马厩的痕迹；而在右边，岩石地基使得弧形的大厅与众不同。大厅有 125 英尺长，占据了大多数的外房。外房的远端是城堡墙。墙外是一个吊桥，保护着进入内房的入口。这就是城堡的中心。里面是国王和王后的私人公寓，包括一个大厅和一个奢华的房间……"

14 世纪的时候被黑色爱德华改造，曾在内战时期起到了非常重要的作用，据说从来未被攻破过。城堡对于我们而言，特别是如此有军事意义的城堡，并没有太多吸引力，便决定重点放在参观 Conwy 的城墙上，这也是我们决定

来 Conwy 的真正目的。13 世纪就开始围绕着小镇捍卫着它的安全的城墙，在欧洲是保留最完美和完整的，它全长大约 4 英里（6.4 公里），有 21 个塔楼和三个城楼。毫不夸张地说，如果不绕城墙一整圈，就不算真正到过 Conwy。

也许是在西安生长的缘故，虽然环着城墙的护城河常常到夏天散发着特有的怪味，但这些都不影响我对城墙的喜爱，城墙的宽厚坚固看着很是叫人踏实。不论是在绿叶簇拥下的城墙还是灰尘弥漫下的城墙，或是华灯初上只留下淡淡暗影的城墙，它始终静蹲在城周，见证着城市每一时期的变化沧桑。几年前，偶然的一次动议也让我发现在城墙上骑单车可以如此享受，夏日的傍晚蹬着小车，原本静止的热气化成一股掺着燥热的暖流，透过石砖望去，原本熟悉的城市有了陌生的视角，城墙上表面的坑洼也让骑车变得乐趣无穷，小夜晚转眼变得迷人、妙趣横生。在英国虽说可以见到很多城堡，但是城墙保留下来的并不多。到 Conwy 后看着变了模样的城墙，依然是亲切不已。虽然在外观上，Conwy

的城墙并不规整，也没有西安城墙的厚实高大，迥然一个小巧奇特的城墙。Conwy 本来就是个小小的城，城墙将小城包裹住，越发显得 Conwy 的精巧。走到城墙脚下，攀上陡峭的楼梯，城墙上面很窄也没有规律，基本上我和卓然两人并排走就会显得满满当当，很多地方只够一人通过。城墙，叫作残壁更为恰当，石头的围墙有保留完整的，也有塌陷的，两道铁栏杆的防护栏也是忽隐忽现。城墙顺着地面的走势，起伏不定，别说是骑车了，就是走路也要留意。圆弧的塔楼环绕着另一个残垣，长满青苔的石头不说，凹凸的石砖中经常会冒出鸽子圆圆的脑袋，塔楼便成了名副其实的鸽舍。刚开始，我和卓然被一只只不知道从哪冒出来扑腾着翅膀的鸽子惊到，等到走过四分之一的城墙，就见怪不怪了。除了担心会“中彩”落上鸽子排泄物之外，突然冒出来的鸽子再也引不起我们的注意力了。城墙的残垣断壁少不了意外的缺失，但也给经历过战火的城墙增强了故事感和镜头感。与防御性建筑常有的捉摸不透的走势一样，当我们绕到城堡侧边城墙时，就被楼梯引到地面，怎么也找不到继续能在城墙上前行的路径。

当然，最美的一段是横跨过铁轨位于车站站台侧的城墙。不但城墙没有明显的砖块缺失，而且也较其他处有着异常的平整。城墙拱成一个专供火车通过的城洞，宛如倒置的桃心底部。直线行的凸起修饰着城墙的立体感，虽然长满了杂草，生着斑驳的青苔，却丝毫不影响它的美感。少了城墙特有的硬朗，多了一丝柔美和小镇的乡村气息，在周边树木的映衬下更是一种田园风情，这种画面可不是轻易就都能见到的。

从城墙下来，餐厅也相继开始营业，根据当地推荐，我们去了威尔士最老的大房子附近的莎士比亚旅馆，它是个当地老牌的酒店，住宿的价格自然不菲，楼下的餐厅据说很受当地人的欢迎。酒店里面保留着英国传统的装饰，从大堂的小木桌上摆着老式的拉绳台灯，到踩得咯吱咯吱的木楼梯和磨光的铜扶手。餐厅里一个个小方桌上铺着格子桌布，装饰得简单精美。从装饰上看，几乎就可以猜到菜品的风格，一定是英式菜品。不论是在海边还是在城墙上游走，现在最需要的就是能暖和肠胃的热菜，即便英式菜以它的无趣著称，但冒着热气的英国菜远远要比炸鱼和薯条有更多的吸引力。看着菜单上各种名词的堆积，挑选了看似应该合乎胃口的主菜，便喝着热茶等待。也许是吹了一天的冷风，比起早上我和卓然在火车上的沉闷，眼前两人明显找到了应有的旅游状态，即便带着吹多了冷风的囧样和休息下来的困倦。

垫了点免费的面包，很快，就看着侍者举着大大的托盘滑到我们面前，熟练地将盛满食物的浅盘轻盈地放在我的面前。一道记不住名字的主菜，倒更像是熬制的海鲜奶油汤。粉色的三文鱼块、圆润的贝肉、小巧的土豆块、翠绿的迷迭香在乳白色的厚奶油调制下融合在一起，看似并没有太多特别之处，但藏着意外的美味。海鲜的鲜美多汁和奶油的醇厚相呼应，有着土豆的泥土气息和迷迭香似有似无的缥缈来修饰，这一盘菜成了我扭转对英国菜看法的转折点。满足感十足的大勺大勺舀着浓汤，为了这盘菜，一天所吹的冷风都可以忽略了。以后，一旦说起英国菜，我不会再说很“无聊”，而会改口说“大部分很无聊，但很好吃的菜品也是存在的”。

从 Conwy 的半日游开始，就发现这里到处都是双语标示：英语和威尔士语，看起来很是有趣。不论是指路牌或是商店的招牌，都会有着两种文字的标志，仿佛进入到了新的国度。但这样的新鲜感也带来了新的问题，就如在爱丁堡要耳边充斥着浓重的苏格兰口音，在这里常常因为对方的带着浓郁威尔士口音的英语要发挥联想力，想象着他可能想要表达的意思。

城堡依然，卡那封

卡那封，虽说是北威尔士第一大城，但实际上也特别小巧。从 Cowny 坐上大巴，途经热闹的班戈（Bango），沿着长长的海岸线一路就来到了卡那封。卡那封城堡则是参观的首选，它的名气不在于城堡的结构或者房间的保留，而是在那里会举办的加冕礼。威尔士亲王是威尔士公国的元首，自 1301 年英国安茹王朝吞并威尔士之后，英王便将这个头衔赐予自己的长子。从此以后，给国王

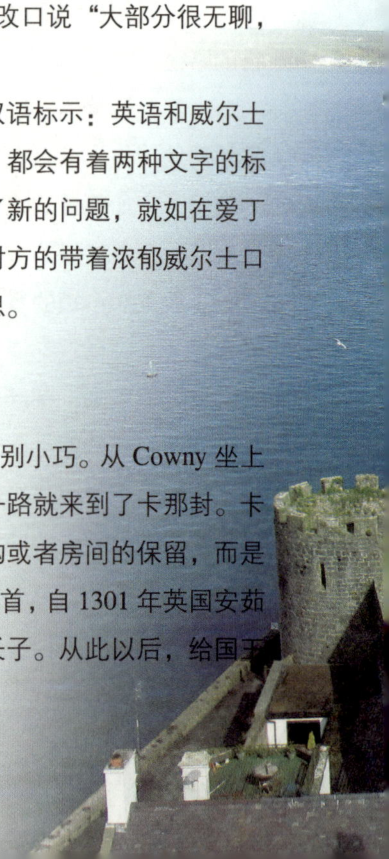

的男性继承人冠以“威尔士亲王”的头衔就沿袭下来，“威尔士亲王”成了英国王储的同义词，而加冕地点则沿袭在卡那封城堡里。现任的查理斯王子于1969年也是在这座堡垒授职成为威尔士亲王，而已故的戴安娜王妃曾经的称号也是威尔士王妃。我们也是在了解到卡那封城堡比Conwy的城堡更具观赏性，便对于徘徊在Conwy城堡门外没有任何的遗憾感。

卡那封城堡坐落在海峡自然形成的一个半岛上，是爱德华一世所建造的所有城堡中最漂亮的一座，也是欧洲中世纪最大的城堡之一，建于1283年至1310

年。尽管这座城堡的设计者和建造者詹姆士与Conwy城堡的相同，但是其外观却明显不同。城堡的塔楼是多角形的，所用的石块上有彩色条纹，城墙上便有了非常明显的图形结构，和不同颜色的石头条带。卡那封城堡当时成为爱德华一世征服威尔士以及威尔士新政府的标志，也是爱德华军事战略的重点。1987年被列入世界文化遗产。

卡那封城堡坚固的石砖筑起厚厚的城墙，从木质小道走进拱形的城门，简陋的售票处位于拱门中间，很像是停车场出入口的造型，买了门票，继续穿过瘦高的城门，结果城堡内部却是大片的绿草成茵。城堡内部的结构几乎都没有保留下来，留下的只有外侧的一圈建筑。相对单薄的砖墙连着厚实的堡垒，堡垒一侧接着可以行走的城墙，城墙引向圆柱形的塔楼，即便只有形骸，但却一点也不单调。葱郁的草地与古老的城堡形成鲜明的对比，更是体现出了数不尽的沧桑。曾经的城堡如今更像是一座城池，狭长，靠海的一端空间更为集中短小，倚着小镇的一端则更为开阔多变。

我们先参观了临海的一端，两侧的城墙在外墙和内墙之间夹着迷宫般的小道。今天的游人不多，阴冷的城墙内几乎就我们两人，有时听到说话的声音，只能判断声音的来源，却看不到任何人影，也找不到通往那里的道路。窄道忽疏忽密，时陡时缓，即使是在岔口处留心选择，也常常会走进封闭的空间或是走回到了原点。就是到了最后，我们也没有找到通向城墙上面的楼梯，便绕出了城墙，大步穿过草坪，走向可以观海的塔楼。塔楼大厅里有宽阔的空间，摆着有关城堡的展览，楼上还有播放恐龙主题短片的影院，吸引了不少儿童。我们则继续在狭小的螺旋楼梯上绕行，往塔楼顶端攀登。途中，透过一个个石窗，隐隐约约地望着波澜不惊的海面，没有了当年炮灰的飞舞和烽火的烟雾，只留下这些石窗略显孤单地独赏海景。一阵强风迎接着我们从密封的石梯中露出，突然的明亮竟然使眼睛不能一下适应。

塔顶的海风没有通常的咸味，只是让人觉得强劲得难以招架，张口准备说话，却被突然迎面的海风一口呛了回去。海湾的淡蓝并没有随着海风起伏，安然得如同湖泊。和海水相比，天空的蓝更是清淡。站在砖墙里面，踏着年月的沉寂，只有不时俯下的海鸥，打破了画面的静态。一侧停泊的彩色游艇，远看像是玩具一般，随着海波活泼地装点着海滩。从塔楼顺着原路返回到空地上，宽阔的另一侧几乎也是类似的布局，就没有了再来一遍城堡寻路的兴趣，想象着加封礼在这里举行的情形，坐在石阶上晒了一会儿太阳，便离开了城堡。

卡那封的小城保留着古老的特点，街道上偶尔还能看到旧时的城门。午后，人们也三三两两地聚集在咖啡店中，享受着悠闲的时光。舔着冰激凌，坐在返回加的夫的大巴上，看着连绵的山丘和纯净的海水，真是一种视觉享受。

加的夫，美人鱼码头的星期天下午

虽说加的夫的青年旅馆可以算是挑战着我们睡眠能力，由于它的位置极其便利，就在加的夫最热闹的大街上，但楼下的酒吧彻夜响着震耳的音乐，还夹杂着鼎沸的人声喧闹。虽然我们每晚都是一阵阵困意袭来，却很难踏踏实实地睡上一宿。一天的时间足够参观完这个城市，加的夫城堡、千禧体育场、市政厅和热闹的美人鱼码头。由于体力没办法在睡眠中恢复，对加的夫也失去了参

观的兴致，便决定早上去城堡转转，中午去码头打发时间，然后就直接去机场。

由于连续两天参观城堡，我们在城堡内的时间也是大大地缩短了。其实英国的景点大多不是城堡就是教堂，真的是没有太多的新意。加的夫的城堡没有卡那封城堡临海带来的灵动壮美，城市中整齐方正的城墙显得格外规整。加的夫城堡的历史可以追溯至两千年前。当时的罗马帝国跨过英吉利海峡征服了英格兰与威尔士，并在现在的加的夫城堡所在地修筑了军事设施。如果只因为它的外观而低估它的魅力，那将会犯一个严重的错误。加的夫城堡内有着令人惊叹的房间，比起女王的温莎城堡还更具异域特色。一百三十年前，一位来自苏格兰地区具有侯爵称号的煤矿大亨买下了破旧的加的夫城堡，从英国、意大利、美国、土耳其等地聘请了知名的建筑师开始对城堡进行重新装修，极尽奢华。比如专供女士餐后享用咖啡的房间，称为阿拉伯屋。整间房屋的装修风格是土耳其式的，屋顶结构复杂，形成藻井，绘有大量的精美图案，陪衬着色彩鲜艳的彩色玻璃，一点也看不出来在重新装修前，这座城堡曾经是抵御外来进攻的最主要战场一。据说当年侯爵先生为了城堡内最大的一个房间耗尽心机，竟然用了整整十八年的时间装修。随着威尔士地区煤炭资源的耗尽，侯爵家族也离开这里返回了苏格兰并将城堡卖给了加的夫市政厅。这里也成了目前全英国唯一一座由政府所拥有的城堡。

进入城堡，依旧是城池般环绕着一片绿地。但和卡那封城堡不同，这里四个方向各有不同的特色。城门建在一排两三层的防御城墙中，游人可以顺楼梯走向二层，半开放的走廊也平整宽阔。两侧尖尖的塔楼则关闭了参观的通道，但可以清楚地看到塔楼上精致的圣像装饰和精美的挂钟。城门的右侧是大片盛开的水仙，小小的土丘上嫩黄色或是纯白色的水仙争奇斗艳。城门的左侧则是异于平滑城门的起伏建筑和像是菠萝般耸起的尖塔，也就是那些豪华房间的所在地了。每一间房子都有着各自的特色，或是奢华大气，或是灵动活泼，不重样的壁画和各色拼接的玻璃，都体现着当年侯爵对这里的用心。另外，草地中间凸起的鼓包上竖立着圆形的迷你城池，虽说加的夫城堡外侧并没有护城河，但这个城中城的土坡却被一圈水环绕着，水里还有几只野鸭悠游地划出一行行水纹。从正门进来，就能看到一道矮墙一直顺着道路通向了迷你城池。从城池上俯视，矮墙就像是长把的老式钥匙，而城池则是钥匙圆鼓鼓的柄部。这会不

会是展现威尔士特色的另一个方式呢。因为来威尔士旅游，最受欢迎的纪念品就是钥匙和威尔士龙相关的各种商品。威尔士的木钥匙有个专门的名字叫作爱之勺（love spoon），是男方送给女方的定情信物，勺把会刻有不同的图案，也

就相应的表达不同的意思，钥匙孔代表“我的房屋是属于你的”，圆波的数目代表“会有多少个孩子”等等。后者的威尔士龙，红色健硕的身躯展开力度的翅膀，它不但在威尔士的旗帜上神气十足，而且也有很多可爱的玩偶造型。

从城堡出来，坐着大巴前往美人鱼码头，单是听着名字就觉得很是有趣。其实美人鱼码头是个繁华的商业区，没有什么迷人的海景，不过正适合我们打发下午的时光。爽口的希腊菜、油汪汪的薯条蘸着美式的墨西哥辣酱、大份的冰激凌华夫饼（不知道为什么，从4月开始就对冰激凌和华夫饼的组合很是着迷），看着海面上驶过的货船，听着轻松的音乐，这个星期天没有任何杂事的干扰，想着最喜欢的画作《大碗岛的星期天下午》，我也来个美人鱼码头的星期天下午。虽然少了画中大碗岛的自然景象和撑着太阳伞身着蓬蓬裙的淑女，唯一要做的就是融入欢愉的气氛去消磨不经意间就蒸发掉的时间。看看表，该是回到城里乘车去机场的时候了。礼拜天，加的夫前往机场的火车停运，只能在一侧的汽车站早早地等待大巴。

苏格兰高地

作为苏格兰首府的爱丁堡有着小巧的可爱和精致，虽说它向世人展示着坚韧的苏格兰精神，但是要想真真切切地体味到苏格兰品格的精髓，只有到了苏格兰高地才能追寻感悟到。从爱丁堡北上的高地，其实参观的时间很是有限，面对遥遥无期的冬日，虽说雪景中也别有苍凉之气魄，但很多小景点都会进入冬歇期，谢绝游客参观。真正要想看到所有的景点都开放，6 月游览则是最惬意的。另外，高地的气温普遍要比爱丁堡低许多，选在春夏日前去游玩会更舒服些。比如《哈利·波特》系列中给人们留下的深刻印象是在山体中穿梭的蒸汽火车，是在高地城市威廉堡（Fort William）到马莱格（Mallaig）段火车沿途中的取景。想去体验一下，面临的主要问题就是参观时间，每年的 5 月中旬、9 月和 10 月都是在工作日的早上开放，周末和全天的营业只在 6 月到 8 月期间迎客。虽然高地的自然景观全年开放，但是要想去参观专门的景点，则必须要先查好开放时段，然后再制订旅行计划。虽然，我的时间表无法体验高地的蒸汽火车，但也选在 4 月底大部分的景点对外开放的时候前去游玩。

由于高地的景点分散，而且交通路线看起来很是复杂，自助游的价格也不会低廉很多，我和卓然为了省事就参加了两日游的旅行团。虽然团费只含交通费，并不包含食宿和景点门票，晚上的住宿需自己与旅馆直接预订并支付费用。一早，我们赶到出发地点，地图显示是在爱丁堡城堡前的礼品店门口，参加旅行团的游客很多，不同的旅行社打着不同的牌子，目的地也各不相同，司机一个个地核对名单，以防游客一不小心上错了大巴。上了大巴，挑个喜欢的位置坐下，高地之旅就此开始。

Eilean Donan 城堡

在我刚到爱丁堡的时候，曾买过明信片寄给朋友们，对于其中印有水中城

堡的一张印象很深，当时就在想，有时间的话一定要去那里看看，而这个愿望最终还是实现了。

在高地，最著名的城堡恐怕就是 Eilean Donan 城堡了。它坐落于 Duich 湖的 Donan 岛上，其建造可追溯到 1220 年，曾在多次战争中被破坏，并一度被西班牙军队占领。如今的城堡是在 1912—1932 年重建的。它仅有一百年的历史，但被公认为苏格兰最浪漫的城堡。

城堡四面环水，顺着山脚延伸出来的一条石桥可以到达岛上。城堡不大，更像是坚固的古老别墅。进门第一个大厅是历史展厅，有专人讲解，接着可依次参观古堡的庭园、仆人的作坊、客厅、兵器房、卧室、厨房等，每个场景都用蜡像还原着当时的场景。在餐厅还仿真摆着惹人垂涎的饭菜，而在另一侧的厨房里可以看到一个特大盘子里装了一条近两米长的红鱼，一下子就倒了胃口。这里还配有打破盘子的声音及紧接着一阵训斥声的场景模拟，很是有趣。由于城堡所在的位置，四面都可能吹来强劲的寒风，所以墙壁特厚实，即便留出的窗户也只好照常紧闭。

Eilean Donan 城堡本身并不是很有特点，但是它地处湖心的位置，让它美得脱俗。四面的山丘托着靛蓝色的湖泊，静谧的湖面浮着绿色的小岛，袖珍的岛上也仅有一个城堡，精巧的城堡相连着略有起伏的石桥，石桥的另一端站着一位身着苏格兰套裙吹风笛的乐手，风笛声在山间乘着烟雾缭绕回荡。对于很多人认为看景不如听景的说法，在这里却彻底被打破了。

Glencoe 峡谷

简单的午餐过后，天空弥漫着细雨，碎小到犹如洒水车过后潮湿的空气。高地处处都是美景，车子往路边一靠，车窗外景色就好似一幅雄伟的山水画。这里的山不论高矮，都有着骄傲的气度，根本不愿意拘束在相机框架之中。来到高地，也时常会觉得眼前之景色好像是在哪里见过，单是《哈利·波特》中，就有大量的场景来自高地，因为这里的山水难以捉摸、桀骜不驯。而 Glencoe

峡谷也是一个云集了很多峡谷地貌精华的胜景。

峡谷是一条东西走向穿过山脉的绵延起伏的山口，是从高地腹地到中部低洼地的通道。因为这里有很多高地标志性的山峰，比如 Ben Nevis 山峰，以及三姐妹山，从而成了高地的热门景点。苏格兰高地标志性的山峰 Ben Nevis 山，海拔 1343 米，是英国最高峰。盖尔语中 Ben 是山巅，Nevis 是天空，所以 Ben Nevis 就是云中的山峰，据说，Ben Nevis 的山顶每年会有三百多天笼罩在浓浓的云雾之中。我经过它的时候，本身就是个烟雨的天气，不光是 Ben Nevis，就连其他的一些山峰也都躲到阴云浓雾之中，犹抱琵琶半遮面。而三姐妹山是并排而立的三座山峰，经常能在这里的明信片上看到它的芳踪。记得回国后的暑假，恰好去看刚上映的《哈利·波特与死亡圣器（下）》，当一番酣战之后，迎来胜利的曙光，霍格沃兹城堡在贫瘠的山脉之中显露出疲惫，一看到那几座隆起的山脊，我当时就脱口而出“三姐妹山”，高地的壮美立刻展现在了眼前。其实类似三姐妹这样的命名方式在英国也很是常见，几个山丘或者悬崖并排了就叫几姐妹的还着实不少，听起来不能算上阳春白雪，但通俗好记，也体现着当

地居民的纯朴。

和高地的其他山脉一样，峡谷的山峰原始、粗犷。低矮绿草和苔藓覆盖着地表，稀疏的植被苍凉地在山缝间生长，裸露的岩石随处可见、清冽的空气带着萧瑟的温度，大块的碎石从山巅飞奔而下，然后冲入一片绿色斑驳的草原，平原上的旱生水仙近乎于绝望地怒放。这里就是苏格兰高地，作为冰河世纪最后一个据点，它荒无人烟、孤寂而又固执、凄美也充满浪漫，宛如史诗般的壮美画卷徐徐展开。

尼斯湖

尼斯湖一直都是赚人眼球的地方，许多人对苏格兰高地的熟知也是通过曾经轰动一时的尼斯湖水怪一事而起。有关尼斯湖水怪的传说早在一千五百多年前就有了，1934 年 4 月，伦敦医生威尔逊途经尼斯湖拍下的水怪照片，形似蛇

颈龙的生物又一次掀起了一股对水怪的探索。虽然，相关报道都说明有关水怪的照片和视频很多是人工合成的，但至今，尼斯湖中是否有水怪的存在，谁也没能给出一个定论或是对现象有个合理的解释。

作为英国内陆的最大淡水湖泊的尼斯湖，就算是没有水怪的传闻，也必定会有其他的传说故事。尼斯湖位于横贯高地的大峡谷断层北端，长 39 公里，宽 2.4 公里。面积不算大的湖泊却有着让人惊讶的深，深度平均 200 米，最深处可以到 300 米。虽然位于寒冷的高地，但湖面终年不会结冰，湖岸陡峭，树林茂密。尼斯湖的水位大幅起落，一是缺乏水中植物，二是湖底深处靠海岸线很近。而湖面水位上的波动因温差而引起，在夏季距离水面 30 米内的水温可达 12 摄氏度，但是 30 米以下的水温却仍然保持在摄氏 5.5 度。直到 1980 年，大家都相信在湖底并没有任何生物存在。但是在 1981 年的尼斯湖却在水深超过 700 英尺（约 1200 米）的地方，发现了北极甲鱼的踪影，因此是否还有其他的生物存在现在也还是个谜。

苏格兰地区大大小小的湖都被叫作 Loch，所以尼斯湖也不例外，只要去搜索一定会是 Ness Loch，而不是英文里的 Lake，它发音也很有苏格兰特色，ch 要发类似于法语中 r 的音。苏格兰语在高地地区很常见，这也意味着交流起来会面对着带着浓重口音的英语，比起之前总是会抱怨上两句在爱丁堡听到的口音，现在看来爱丁堡听到的那些都可以忽略掉了。

午后，我们一行终于到了传说中的尼斯湖。理论数据上不算大的尼斯湖，在眼前却依然是看不到边际。湖水深蓝，即便是在阳光充裕的午后，也显现出灰色基调的蓝色，甚至比海水更甚，难怪会有如此多的猜测。湖水的能见度也并不是很高，只有在与湖岸相接的近处，才能隐约地看到湖底的沙石。而四周环绕的山丘，少了峡谷处的威严高耸，虽不能用秀气来形容，但气势完全被湖水所吞没。和湖区的精巧有天壤之别，暗涌的湖水涌现在眼前，眼中便只剩下它，很难再去看周边其他的景物，即便它没有讨好的透亮和清秀，但能牢牢地抓住眼球，惹人遐想。

与尼斯湖的神秘相反，这里的小镇热闹非凡，甚至都会觉得这两者并不搭配，但稍微品味一下，却感觉没有比它们在一起更默契的了。小镇上拥满了游客和当地人，但无一都提前加入夏日的欢乐。坐船游览尼斯湖的项目吸引了大批游客，堤坝上有很多嬉戏的小孩儿，一侧的引流中岸边停泊着各种颜色的私家游艇，时不时也有正在享受着春日暖意的游艇驶过。礼品店里摆放着各种水怪的礼品，绿色的水怪睁着大大的圆眼睛，头戴苏格兰方格帽，没有一点传说中的神秘感，而更多的是有趣可爱。

Hermitage 树林

在旅途结束返回爱丁堡之前，稍作停留的树林也让人再一次留恋苏格兰的自然景观。从峡谷的气势磅礴到湖水的神秘莫测，苏格兰的景色总是时不时地带给人惊奇，魔术师般地将它的模样打理得多变、难以预料，而眼前的 Hermitage 树林则更如一首婉约词，轻柔中略带刚烈；也似闲来品茶需要慢慢饮啜，每一口的味道都有所差异，喝完还会回味无穷。

据说，在这个树林里面生长着英国第一棵高于二百英尺的大树。树林是个开放式的公园，可供游人行走的道路也很多，而我所选的是其中受欢迎的一条观看 Black Linn 瀑布的小道。从停车场钻过一个长满藤条的桥洞，沿着小溪的走向踏着略微发红的泥土小路，穿梭在林立的树丛之中。树木大多是松柏类，树干笔直高大，树叶细碎狭长，却凝聚着浓重的翠绿。枝柯繁密，即便是在并不茂盛的时节，透过层层树枝，仰头也只能看到斑驳的点点蓝天。如此密集的树林，走进后就觉得像置身氧舱之中，松枝香气的新鲜氧气带着刚刚解冻溪水的清冷，呼吸都变得异常美妙。一路上，偶尔踩踩落下的松针，数着路边的松果，虽然欢悦的小溪离小径很近，但在层层生长的树木、灌木的遮盖下，也只能听到潺潺的流水声，有时一阵风拂过，摇曳着上方的树叶细碎地低吟，松涛

由远处传来，比班得瑞系列的音乐还要好听百倍!

瀑布在溪水的一个急转弯处，转弯前后虽没有过大的落差，在我见过的瀑布里虽算不上澎湃，而溪水激打着凸起的两大块黑色巨石，冲向岩石的底部，使水的无情烈性显露无遗，一次次的对岩石提出挑战。瀑布边有一座观景台，俯视瀑布，穿过白色的水雾模模糊糊看到河水冲击后形成的石槽，不禁被河水坚韧的毅力所折服。而在另一侧的石桥上却观到瀑布温婉的一面，这座石桥的年代可以追溯到 1770 年。石桥横搭在瀑布下游，透过两侧布满青苔的巨石望去，瀑布宛如玉带，显得异常柔美。石桥四周的古木，有的已经搭在水面上，有的树干和枝条都裹满了青苔，石桥的灰暗石头也被青苔装点隐藏在树木之间。随意的一张照片，就是一幅幅好似记忆中的风景画面。随着夕阳的沉下，在树林中不知不觉一个小时便无声无息地溜过去了。

古堡、坟墓和纪念碑

在高地之旅中，一连参观了好几个人文景点，再加上沿途所见，归纳起来有三大类：古堡、坟墓和纪念碑。它们无一例外都记载着战争的烟火，在点点滴滴中记录了苏格兰的历史与苏格兰民族的自豪。

所见的古堡中，完整保留下来的并不多，多是一些低矮的残壁断墙和独立的碉堡。如拍摄过《巨蟒与圣杯》的 Doune 城堡，它的保留算是相对完整的了，不但外观看起来厚实，里面的房屋也完好保存着，但高耸的堡垒顶部却留有残缺，这不甚完整的一角诉说着岁月沧桑。山丘顶上、临近湖水、山脉之间，一路上残损的城堡随处可见。与城堡选址的开阔和地势较高相比，较为拥挤的小镇边、山脚下也常常能看到或是有纪念意义的坟墓，或是小教堂的残迹。像罗布·罗伊（Bob Roy）一样的许多墓地点缀着黄、白两色水仙在小镇的边缘散落着，18 世纪的苏格兰英雄依旧陪伴着他所热爱的土地和敬仰他的人们，零落的墓碑中间坐落着一栋灰色的小屋，看起来很有古老的历史感。而以电影《勇敢的心》被人熟知的苏格兰战士威廉·华莱士（William Wallace），他的纪念碑竖立在 Stirling 小城空旷的山头，俯视着当年战场的方向。据说，他使用过的宝剑还保留在纪念碑的顶部。

苏格兰人对祖先敬重，他们崇尚对自由的追求和对爱的珍惜。对于战争的历史，有的刻画成了一个个激励后人奋进的故事，有的则传诵成了传奇，有的在音乐中娓娓道来。而那些残破的古堡、坟墓和纪念碑，在游客眼中可能并不是什么知名的景点，但苏格兰人却视这些为捍卫民族独立精神的财富，绝不容许其受到破坏、玷污。只要去过高地游览的人们，就会深刻领悟为什么苏格兰精神永远不会衰落。

王子大婚

很早就知道威廉王子 4 月底结婚的消息，但是看到学校邮件专门通知皇室婚礼当天设为国家假日的时候，还是吃了一惊。再听说远在南半球的澳大利亚也会放假一天，来英国第一次感受到皇室的影响力。

似乎从 2010 年末，各式各样关于威廉结婚的消息就铺天盖地。一会儿是婚礼的地点是在戴妃的故居，还是在 Westminster 皇家教堂；一会儿是凯特的婚纱会由哪位设计师来设计，又会是怎么样的款式；一会儿又是婚礼蛋糕的口味和婚礼晚宴的布置等等。总之，即便是一个太不关心任何新闻的人，也不可能不注意王子的婚礼。大街上，礼品店也早早地卖起了威廉和凯特头像的各种纪念品。西方人一向热爱婚礼，因为他们一直认为婚礼是神圣的，本着真爱至上的原则和对皇室的敬仰,这场婚礼相关报道几乎是占尽了大大小小报纸杂志的头版。

其实，从威廉选择在圣安德鲁斯大学读书开始，似乎八卦小报对他跟踪得更紧了。自从挖出了凯特开始，就更成了跟踪报道。前后十年左右，狗仔也跟了十年左右，很是敬业。其实，自戴安娜以来，皇室的小道新闻就没断过，很难说是皇室娱乐了大众，还是大众关注皇室。虽说皇室并没有什么行政权，但是能接受女王接见，也是至上的荣誉。每年夏天，女王也都会来爱丁堡的行宫，接见苏格兰杰出的人士，并授予勋章，从政要到演员，职业五花八门。但每一个人见到女王都是毕恭毕敬，很多人说他们在整个接见过程中心里是很紧张的。也是来了英国一段时间才知道，爱大的荣誉校长就是菲利普亲王，最近才换成了安妮公主。我们还开玩笑说，换成威廉王子或者哈利王子那该多好。

婚礼当天，在伦敦的钰新说是人山人海，警察也是三步一岗五步一哨，直升机在头顶盘旋着，婚礼还没开始，倒是阵势有点吓人。电视、网络都直播了婚礼的实况，中国在英国的某个电视台还邀请英国使馆的人员做嘉宾转播，很是隆重，但也出了个笑话。因为观看的人群来自不同国家，三三两两地举着国旗晃动，也有英国属国的人们举着各自的国旗在人群中间。某个导播指着苏格兰旗振振有词地说“不知名的国家”，套用网络上的流行语“苏格兰人民伤不起”。

婚礼还是在 Westminster 教堂举行，因为一个月前才去过那里，看着很是亲切。来宾也挤满了整个教堂的大厅和通道，但娱乐界似乎除了贝克汉姆夫妇，也没见其他眼熟的。凯特当天的装扮也很快在网上有了条条道道，随后的一段时间也是风靡。更有意思的是，不同于好莱坞明星的婚礼，女宾都选择了各式的帽子，夸张的头饰，将婚礼整个就变成了帽子秀场。还有人专门将花花绿绿脑袋的截图做成图集，放在网上。当威廉从教堂中出来，戴上帽子的那一刹那，我和卓然都不约而同地说：“这样子才正常嘛，不戴帽子还真能看得到秃顶迹象，盖住了才帅呢。”按照戴妃“阳台一吻”的传统，下午两点，威廉和凯特出现在白金汉宫的阳

台上，但这次抢镜的却是凯特旁边的一个小花童。当凯特弯腰在她耳边低语后，她还依旧双手捂着耳朵，一副很不情愿的样子趴在阳台上。媒体也大都说，这三岁的小女孩抢了凯特的风头，很是可爱。

比起戴安娜王妃的婚礼，威廉的已经简单许多，尽管两场婚礼都是在英国经济不景气的时候举办的，一是为了拉动经济，二是为了给人民一些希望。当年戴妃大婚的时候，很多民众都自发地在街道上办 party，庆祝皇室婚礼。而这一回却没有这么多街道 party，除了幼儿园、小学以外，大家的反应都平静了很多。虽然，也听说有些美国人专门飞抵英国来观看婚礼，还是觉得有点不可思议。现场那么多人，远远没有电视上看得清楚。

后来很多人还在讨论，这场婚礼是凯特幸福的开始还是悲剧的序幕。但至少有一点肯定的是，凯特远比戴妃幸运很多。戴妃确实遭遇了种种不公，她对慈善事业做出了很多贡献，的的确确是位称职的“人民王妃”。但是，她的婚礼本身就是日后厄运的预兆，最终酿成车祸，皇室肯定也脱不了干系，可是，最终的一切都是她自己选择的。如果当初她没有选择查尔斯，她可能还是一个默默无闻的幼儿园老师，那她现在也不会长眠在奥尔索普庄园了。她在自己遭受不幸的时候，却给弱小的群体带去关心，已是很多常人做不到的。

皇室婚礼之后，留下的又是一场王子与公主的童话。

北爱尔兰，贝尔法斯特

英国由英格兰、苏格兰、威尔士和北爱尔兰组成，除了北爱尔兰，其他三个都分布在大不列颠岛上。北爱尔兰则与邻国爱尔兰分享着大不列颠西北部的爱尔兰岛。由于中间相隔的海峡，飞机就成了去北爱尔兰最快捷的交通工具。短短不到一个小时的航程，透过飞机舷窗，看着泛着晨雾的海峡，十点左右，我和卓然就降落到北爱尔兰首府贝尔法斯特机场。此行来北爱尔兰的目的，自然不单是纯粹来贝尔法斯特参观，就城市来说，它并没有更多的特色，吸引我们的是离贝尔法斯特有一定距离的巨人之路。

途经小镇的美味

前往巨人之路，可以说是最复杂的一段旅程，飞机、大巴、火车、步行都经历了。在安排计划的时候，就做足了准备工作，但是前往巨人之路在交通上没有任何能省时省力的。下了飞机，我们找到公交车站，感受着来自爱尔兰岛的冷风，等待着去机场邻近的一个小镇转乘另一趟巴士。半个多小时后，登上了巴士前往下一个中转站，到站已经是中午时分了，而这里前往巨人之路的巴士要两个小时之后才能发车。

无聊之余，就来个北爱尔兰小镇游，小镇具体叫什么名字已经记不清楚了，只记得出了车站有棵枝叶繁茂的大树，左拐就到了小镇的主街。本来只是打算去 ATM 取点现金，结果顺带着连午饭也解决了。一家小小的咖啡店，里面挤满了前来吃午饭的人们，虽然并没有专门的交流，但一进门就感到浓浓的家庭氛围和传说中爱尔兰人的友好。点了一份爱尔兰炖菜，很快上来足量的一大份，脑海里马上呈现的就是面色红润的爱尔兰人举着啤酒在老式酒吧里一圈圈地跳着踢踏舞。至于这么无厘头的联想，两者的关系大概就是他们吃完炖菜后的反应吧。说实话，在我吃了第一口之后，脑海浮现出的那个画面里多了我的面孔。我一直不是炖菜的追捧者，更别提是喜爱了，几乎就是看到炖菜里面各样的蔬菜就连连说“不要”。这次点炖菜也纯属是想着来到爱尔兰岛了，不吃一次炖菜有点枉然此行，便指名道姓地点了“自制炖菜”。

很快，我们就发现这里餐盘的巨大，也不免对我们的食物分量开始了担忧，又不能打包带走，又不想浪费，真是个让人头疼的事情。当一个大盘里托着一个冒着热气的炖锅上来时，即便我早已饥肠辘辘，但还是觉得要在一顿吃完它，绝对是天方夜谭。大块的牛肉、方正的土豆、硕大的萝卜，还有细长的豆角，怎么看起来如此的熟悉。拿起叉子就下手，虽然对它没有太大的欲望，但是对

于每个没有尝过的特色菜品还是有点期待。牛肉入口即化，从点菜到上菜的等待时间并不是很久，但是炖到如此程度应该不会是二十分钟内能完成的事情。我最爱的土豆也软绵绵的，吸收了浓醇的肉汁，却保留着它原始的甘甜，放入口中，香浓的味道耐人回味。绿色的豆角也在整盘菜的调配下异常的可口，没有像干煸豆角此类菜品的油腻，但将它自己的草本香味在其他的炖菜食材中发挥了出来。再说我平常最不喜欢吃的萝卜，此时也显得惹人喜爱。红萝卜对我来说，就是一盘菜的调色工具，吃掉它几乎不是我情愿做的事情。而眼前的炖菜，大块大块的红萝卜，不禁让我有点好奇，用叉子切一小块下来先尝尝看，不料却让我意外不已。在一盘浓汁的炖菜中，一口萝卜显得格外清爽，让我反感的萝卜味也淡化了许多，吃起来更像是红色的土豆。第一次发现，原来炖菜也可以如此好吃。食材的味道在高温下交融在了一起，但还保存着各自的最初味道，搭配着吃，既没有牛肉汤汁的油腻，也没有蔬菜的单调，而是在恰到好处的调味料催化下张弛有度，将乡村蔬菜的新鲜和朴实的味道发挥到淋漓尽

致。而且在味道上与中餐的炖菜有着异曲同工之处，虽然配料上有着爱尔兰黑啤酒的使用还添加了很多西式餐点中常用的香料，但暖融融的味道似乎就和从东边大陆飘来的一样。让我突然有种冲动，随后的几顿正餐几乎全点爱尔兰炖菜。

大份炖菜之后，即便是面对诱人的当地老牌的冰激凌店也只能狠心拒绝了。回到车站，坐在长椅上略作休息，便搭上了最后一趟大巴前往巨人之路。

海边的巨人之路

大巴停靠在停车场的一侧，如果不是有同行的游客，如果不是事先查好了地图，此刻就很像是被遗弃到了前不着村后不着店的半路上，除了停车场和一间小小的餐厅就剩空空的小山丘了。绕过眼前的小餐厅，踏上长长的小路，随着小道再绕过几个山腰，巨人之路终于出现在眼前。由于还要赶上下午返回贝尔法斯特的火车，我们在巨人之路并没有太充裕的游玩时间，只能留下刚好够用的时间游览。其实，光是在小路上，就有着很美的海岸风光。地毯般的草地层叠在山坡上，上面点缀着各种颜色的野花，或是星星点点、或是簇拥成团，山脚下的海水蓝得不容犹豫，在暗礁的陪衬下层层递进又清澈无痕，一阵阵强劲的海风带来淡淡的腥味和潮气，这样一个阳光灿烂的午后还真的很适合远足。

传说远古时代爱尔兰巨人芬·麦克库尔要与苏格兰巨人芬·盖尔决斗。为此，麦克库尔历尽艰辛开凿石柱，并把它们移到海底，铺成通向苏格兰的堤道。大功告成后，他回家睡觉，准备养精蓄锐后跨过堤道去攻打盖尔。此时，盖尔却捷足先登来堤道察看敌情，他见到沉睡中的麦克库尔身躯如此巨大，不由得暗暗吃惊，而麦克库尔的妻子急中生智，谎称沉睡巨人是她初生的婴儿，盖尔听了更为惊恐，“孩子如此巨大，其父该是怎样的庞然大物？”他吓得撤回苏格兰，并捣毁了其身后的堤道，只剩一段残留的堤道在爱尔兰海边，即为现在的“巨人之路”。

实际上，巨人之路是由火山熔岩的多次溢出结晶而成，独特的玄武岩石柱之间有极细小的裂缝，地质学家称之为“节理”，熔岩爆裂时所产生的节理一般

具有垂直延伸的特点，在沿节理流动的水流作用下，久而久之形成这种聚集在一起的多边形石柱群，加上海浪冲蚀，将之在不同高度处截断，便呈现出高低参差的石柱林地貌。巨人之路海岸，就由四万多根这种玄武石柱不规则地排列起来，绵延六公里，气势磅礴，蔚为壮观。这种石柱多为六边形，也有四边、五边及八边形的，石柱高者达十二，矮者也有六米多，高低参差、错落有致，延伸入大海，宛若仙境。1986 年“巨人之路”被列为世界自然遗产。但如此的鬼斧神工也面临着环境变化的威胁，随着海平面的逐年上升，就有报告预测 2050 年到 2080 年，巨人之路上的石块将变得更加陡峭，到 22 世纪初，人们将难以见到部分巨人之路上的独特景观。对人类那将会是件十分遗憾的事情。

在步行了将近二十分钟后，终于远远地看见起伏的石柱了。远眺只是灰蒙蒙的一片，高低不等，却并无太强烈的感觉。直到走近了，才发现它的壮观，才发现如此的粗壮高大。石柱之间也常常有着怒放的小雏菊，在石柱的对比下显得越发精巧和无所畏惧。石柱可以随意攀登，虽然在攀爬上要费点功夫，但确实乐趣无穷。我和卓然一口气从山脚的巨石爬到了海边的巨石堆。海风更加猛烈，似乎是要吹倒踏上巨人之路的每一个人，这就给攀登巨人之路多了一项挑战，也添加了更多的神秘感。我们挑了一块靠近海平面的石柱坐下，涨潮的

时候，海水应该是会漫过这片巨石的，因为石柱表面的坑洼之处和石面的接缝之间都有着海水残留的痕迹。如此之近的面临着这片大海，看着海水毫不犹豫地拍打在石柱群上，然后散成一个个水花洒下，海的味道更加逼近，似乎随时都可以把我们吞噬进去。由于近处的海水漫过了许多高低各异的石柱，即便几步之遥的海面也呈现不同程度的深蓝，从远处浪花的推进，到近处打碎的海水，白色浪花像是温婉的蕾丝点缀着海面，少了淡彩的唯美，纯净到毫无瑕疵的色彩，蕴含着引人遐想的水下故事，眼下便活脱脱展现出一幅动态的油画。

看了看时间，要赶巴士转火车去贝尔法斯特了，带着对海的留恋，我们转身离开了巨人之路。

回到贝尔法斯特

一上火车，即便窗外有着很美的景致，也不禁很快的迷迷糊糊起来，只是在路上的折腾就够消耗体力了，再加上吹了几个小时的海风，真亏了中午热乎乎的炖菜，现在一下子放松下来，倦意也就立马袭来。

将近傍晚六点，才安排好了住宿，简单的休息调整一下，就下楼去寻觅晚饭。结果一排排全是土耳其快餐的 Kebab（烤肉的一种），无奈，我们去了一家打着“最棒的鱼和薯条”招牌的小店，但却不怎么好吃。没有填饱肚子的我们便想去附近的超市里买点其他食物，结果，附近只有家小的便利店，转了两圈都没有选上想买的东西。住的旅馆旁边就是贝尔法斯特大学，附近没有大规模的超市，不应该啊！就在我们准备回旅馆的时候，发现街上时而有行人提着 Tesco 超市的袋子走过，我们顿时有了新的目标，在推测了他们走来的方向，就一路朝着前方走去。随着眼前越来越多的超市袋子飘过，我们的目标也越来越确定，就在这种不找到超市不回头的信心下，四十多分钟后我们终于到了 Tesco 超市门口。面对眼前的超市，突然有种别样的激动，这个大号的 Tesco 也真没让我们失望。终于，两人在旅馆满足享受了大半个芒果奶酪蛋糕，算是这一天旅途的完美终结。本来还打算去酒吧试试爱尔兰啤酒，但是白天的长途颠簸成为强劲的催眠剂，在糖分的作用下，开始昏昏欲睡了。

第二天，稍微晚起了一会儿，把剩下的蛋糕当早点吃掉，退了房间，就开始贝尔法斯特的城市之旅。贝尔法斯特是以它的造船业、港口和文化音乐出名，前者有人人皆知的泰坦尼克号；后者有每年 11 月份的贝尔法斯特艺术节。即便我们出门的时候，已经是九点多了，但是咖啡店、商店也刚陆陆续续地开门，传承着周末休息日的习惯。贝尔法斯特的旅游景点寥寥无几，而我们又对参观泰坦尼克号的船坞不感兴趣，便晃悠至贝尔法斯特的市政厅。市政厅古朴庄严，没有花哨的装饰，但有着独特的亲民风范，鼓鼓的绿色圆顶和周围的草坪呼应着。虽然市政厅建筑外圈有一道栏杆，也有着执勤的警察，但市政厅前的空地上竖着泰坦尼克号制造进程的画展，2012 年将是泰坦尼克号起航一百周年，很有纪念意义的日子，展板前有不少驻足参观的人们，草坪上坐满了前来晒太阳的人们，这时要区别哪些是游客哪些是当地居民还是有点困难，但能确定的是，这又是一个慵懒的早晨。

穿过繁华的商业街道，路过高高的水塔和一片喷泉广场，这里似乎在昨晚举办了一场户外的音乐会，工作人员还在忙碌着收拾桌椅。之后，就看到一条硕大的蓝白相间不知种类的鱼模型浮在河堤上。在河堤的空地上，用青花瓷配色的瓷砖贴满了鱼身，闭合的鱼嘴，明亮的鱼眼，尖尖的背鳍和尾鳍，在两侧绿树的映衬下，瓷砖鱼也显得有了一丝生气。拍了照，和它告了别，再去河边瞅瞅，可惜只是条蓝褐色的河水，没有什么让人留恋的地方。

比起河水来说，礼品店则更有吸引力。和伦敦满眼红色的礼品店相反，这里到处都是绿色。从幸运的四叶草到爱尔兰小矮人，全部都是灵动的绿色。从首饰、冰箱贴、摆饰到马克杯、厨具，几乎任何能想到的东西上面都有了它们的足迹。由于每年 3 月 17 号的 St. Patrick’s Day（圣帕特里克节）刚过去不久，我还在礼品店里仅用一英镑就淘到了一件可爱的 St. Patrick’s Day 短袖。St. Patrick’s Day 是最具爱尔兰特色的国家假日，每年都会举办大型的游行，人们也会穿着绿色的服饰，戴着三片心形叶子连在一起的酢浆草演化的各种装

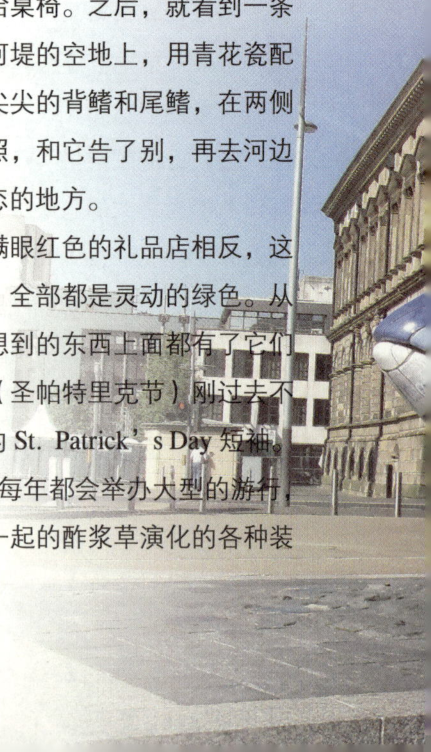

饰品，热热闹闹地庆祝着。本着一切从简的原则，来北爱尔兰时只带了一个随身背包，结果，从礼品店门口出来的时候，背包已经是鼓鼓囊囊了，也可以有另一种形容叫作满载而归。

愉悦的墨西哥午餐

河边散步回来，我们又拐回了商业区，漫无目的地逛逛商店，找个地方歇歇脚吃个午饭。就在我们纠结去意大利餐厅还是去 Nando’s 吃烤鸡大餐的时候，商场一侧的墙上趴着的巨大的蜥蜴吸引了我们的眼球，便决定中午就这家 Chiquito 尝一下墨西哥菜。

Chiquito 在英国也是个大的连锁餐厅，虽然爱丁堡也有，但是我并没有去过，既然在贝尔法斯特碰到了，那就当是和墨西哥菜的一段邂逅吧。除了店外招人眼球的巨型蜥蜴，店内也是很有墨西哥风情，一盏盏的吊灯，木质的桌椅，

彩色瓷砖拼接着没有任何规则的图案，缠绕着小亮灯的枯木装饰不仅在酒吧的吧台，在餐厅的其余地方也是随处可见，土黄色的主调让整个餐厅仿佛置身在墨西哥广阔的荒地上，伴着热情的墨西哥音乐，火辣的异域浪漫充满了整个餐厅。

餐单上的选择多得让人眼花缭乱，在各种不确定的犹豫之下，最终还是 Fajita，菜单上各种西班牙名词，也让点餐很是费劲，每个菜都要认真阅读菜名下面的一行小字说明，对照着可能的图片来想象是个什么样的东西，而 Fajita 就是各种铁板烧配墨西哥卷饼。

先吃点香脆的玉米片（Nacho），蘸着独特爽口的西红柿辣酱，为一会儿的大餐先预热一下。待 Fajita 上来，在辣椒酱调配下，鸡肉显得格外诱发食欲，揭开盖子，里面的小饼散着热腾腾的气息。夹几块鸡肉放在饼中，然后相应的放些生菜和酸奶油的调味酱，趁着热气合起来，咬一口，绝对比肯德基的墨西哥鸡肉卷好吃一百倍。鲜嫩多汁的鸡肉，脆生生的爽口生菜丝，在墨西哥特有的调味方式下，像是在给味觉变着魔术。墨西哥菜的主要食材是西红柿、辣椒、豆子、玉米和奶酪，据说九成以上的酱汁都是用辣椒和西红柿所调成，辣、酸和甜则成了主要的味觉。主菜后，再来一盘甜点，热乎乎松软厚实的华夫饼上淋着糖浆的冰激凌，满盘都散着诱人的糖霜和碎果仁，即使不吃主菜，这一大份甜点也够塞满肚子了。

由于爱尔兰并没有给中国游客开放个体的旅游签证，我们只有看着地图上的都柏林发出叹息。虽然也有朋友说可以直接坐车跨过国界，并没有任何出入关的检查，就和在国内旅游一样。但谨慎考虑，我们决定还是不要冒这个险了。贝尔法斯特游玩之后，下午就前往机场返回爱丁堡了。

五月

火车上的沿途

这首小诗是我在从利物浦回爱丁堡的路上有感而想到的。刚好那时已快到11月份，按照每年的惯例，芳子总会在我生日前发些祝福在网上。而她的生日和我相差仅四天，这回我就抢在她之前，以生日寄言把这个首诗赠送给她。

火车上的沿途
简单的生活像绵羊一样，
一个一个悠然散落在田野上，
谁会在意他人的看法，
五彩缤纷的叶子抢夺着阳光的灿烂，
就连河面也不甘寂寞地分享着光彩！
眯上眼睛就好，
就这么随意，
我就是我，
不论我身处何地，
我接受这样的事实，
欣赏做我自己，
享受做自己的每一瞬间！
对于生活，
我还能索要些什么？
一块巧克力，一杯冰激凌或者一首好歌？
我不认为这样的选择会有什么影响！
既然我在这儿，
我就是舞台剧的一部分，
倚在窗前随着火车前进，
就算不知道目的地又怎样？
只要丢不掉自己，
就永远不会迷路，
每一段经历都是一段冒险，
放轻松，
因为这都是人生的礼物！

火车上，我和我的史迪仔（从曼城背回来的，买的时候没想到怎么带回去，有点失策）挨着坐在窗边，火车上的人不是很多。外面的天气异常的晴朗，从车窗望去，还真似一幅幅的油画。草地上，有着一团团的绵羊，悠闲地啃着草。英国的绵羊很有趣，很多都是白色身子，黑色的脑袋。我也就直接叫它们“黑脸羊”。后来去湖区游玩，看到那里的牛是黑色身子，但是脑袋却是白色的，我就配合地叫那些牛儿“白脸牛”。小河在草地上蜿蜒迂回，在太阳照射下闪动着水波纹很是灵秀。河里的水几乎快要溢出河床，满满当当的和旁边的草地基本上在一个水平面上。远处，此起彼伏的山丘像绿色的波浪，一层推着一层，向火车的前方涌去。在回去的路上，我真饱览了英国乡村风光。那种田园生活，不光有着宁静，还多了一份精致。

日后，除非是火车线路不通，或者时间过长，在英国的旅游基本上就是在铁轨上完成的。英国的火车站，特别是在伦敦，就感觉火车和地铁几乎是等同的。在伦敦，火车站和地铁站是在一起的上下两层，转乘车还真是件头疼的事情。火车站除了人工服务，还有很多自动售票机，每次要去近的地方就随去随买，很是方便。只有要去远途的时候才在网上提前预订为了能有折扣，网上订了票，选择取票的车站，然后到自动售票机上输入订票号码就可以了。买了票，就直接到车站台上等候，很少有晚点的情况。火车的到达时间和时刻表上的几乎没有什么差异，如果我要去一个没去过的地方，设想再坐在一个旧式不报站的火车上，我也大可放心，留意一下到达该地的时间，肯定没错。

如果两地之间没有直通的火车，在搜索车票的时候，网站会弹出来很多种路线供你选择。除了价钱和时间的差异，还有就是看转乘火车时衔接的时间。铁路公司也推出各种优惠的政策，一般早上八点前的火车和夜间的火车都会便宜些。像对十六到二十五岁的人群就有 Young Person Card，每次买火车票比原价少 20%，很是划算。

在英国坐火车，从来没有碰到过没有位子的情况。在火车上，看看外面的风景，或者抱着电脑看部电影，都是不错的选择。

霍格沃兹的外景地 Alnwick

电影里，那个在夜幕下，一只只挂着吊灯的小船，朝着湖中央神秘的古堡划去，小船上的乘客对城堡充满了的好奇，再加上浑厚的配乐，显然成了《哈利·波特》里的魔法学校——霍格沃兹的标志性场景。也是偶然的机会，在得知霍格沃兹的外景取景地就在离爱丁堡不远的小镇上，便专程去目睹一下影片中的魔法学校。

5月的爱丁堡，几乎天天都是阳光灿烂，仿佛是在补偿漫长冬天的阴霾，在这种时候安排出行，不用担心天气的突变。漫天的阳光并不代表着温度成正比地上升，相反，即便是窗外阳光明媚，出门还是要裹上厚厚的衣服。

从爱丁堡到 Alnwick 是要坐大巴的，就此还多了一个小插曲。一早上车站的工作人员就在说这趟车的车票不在车站的售票处购买，于是我和卓然就上了大巴，可是司机却说车上也不卖票，叫我们到了目的地后再去补票。如此说来，也是没什么问题的，结果我们到了 Alnwick，下车时问司机在哪里补票的时候，他说他听错了我们去的目的地，以为我们要前往 Newcaslte（纽卡斯尔），而 Alnwick 的车站也没有售票点。司机一再说明他不能收钱的原因，正当我们犯愁如何补票，他突然说："你们走吧，记得回来的时候买票就好，祝你们玩的愉快！"我和卓然自然是不胜感激的，一口一句"谢谢"。一下车，还没顾上看城堡在哪儿，就直奔游客中心打听附近买车票的地方，于是在小巷子里七拐八拐之后，在一家旅行社买上了回程的车票，这才安心地找了家咖啡店，吃了点东西，商量随后的行程。

除去以上插曲，在英国春日里坐着大巴旅行真的是一种享受。玻璃隔开了外面的冷气，只有阳光温和地透进来，窝在大大的软椅里面，戴着耳机，看着大片大片的绿地从眼前掠过，晴空万里，连一丁点云都没有来打扰。当车子驶进 Alnwick 的时候，起伏的小山丘连绵着，团团的绵羊在山坡上挪动，Alnwick 城堡就在一座山头上面，从第一眼看到它开始，就按捺不住脑袋中对电影各种熟悉画面的联想。虽然湖中的小船是后期制作的，但是如同小巫师的好奇，我也对 Alnwick 城堡内部产生了兴趣。不知道是因为天气格外晴朗的原因，还是对《哈利·波特》的无比喜爱，Alnwick 城堡有着不同其他城堡给人的距离感，而是有着一种特殊的亲和力。

关于 Alnwick 城堡，它是出自 18 世纪建筑设计师 Capability Brown 之手的一座中世纪风格建筑物，其规模仅次于伦敦温莎城堡。诺森伯兰郡公爵和珀西一家人曾在 1509 年居住在这里。城堡和其一侧三千公顷的花园，占地广阔，相互映衬。除了《哈利·波特》，很多著名的电影及电视节目都曾以城堡作为拍

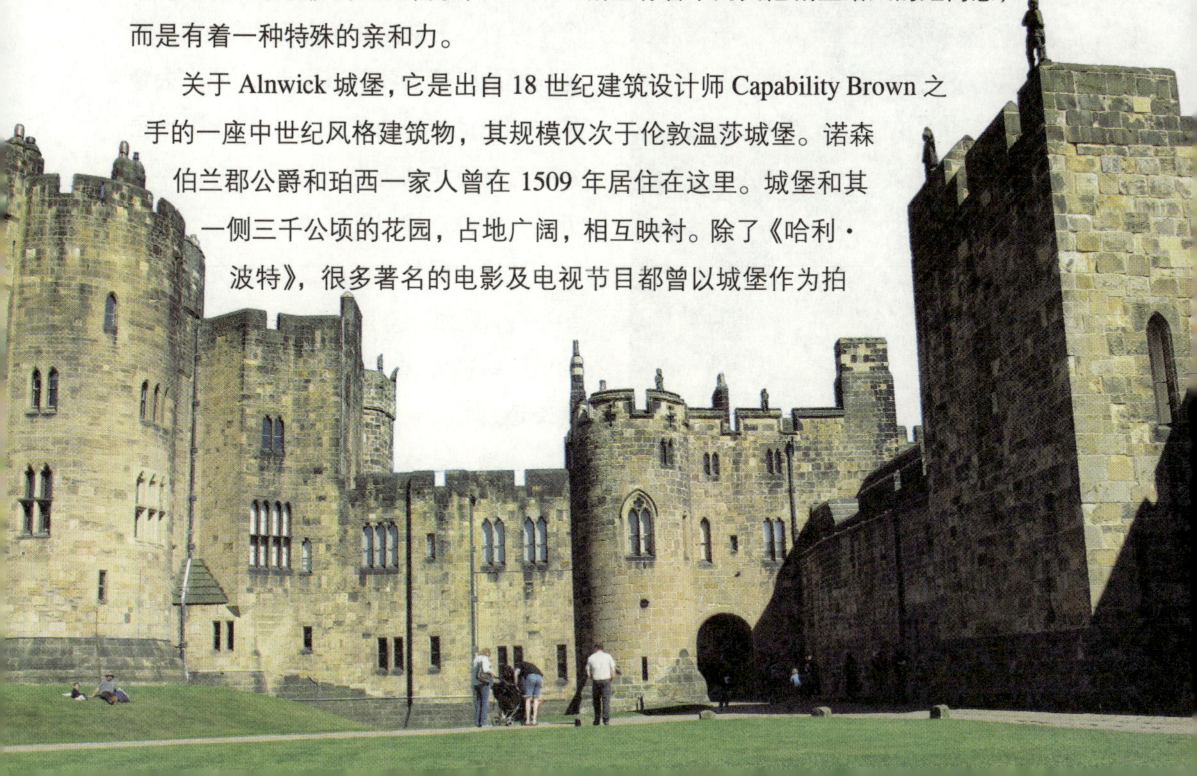

摄场景，如《伊丽莎白》和《侠盗罗宾汉》。它唯一缺少的，就是众所皆知的名气。

Alnwick城堡不单是外观上与其他城堡不同，游客的游览方式也很有特点。参观温莎城堡时，游客都手拿导游器，挂着耳机，尽可能地了解皇室的细节；参观爱丁堡城堡时，游客都沉浸在过去的战乱纷争和苏格兰精神之中；参观加的夫城堡时，游客都猜测着每一个角落从前的用途。参观不同的城堡，似乎游客们都共享着相同的参观目的。多多少少都被城堡传达的情绪所感染，多多少少都觉得缺少了旅游的乐趣。但是在Alnwick城堡却颠覆了这一切。还没走到城堡门口，就看着一个个穿着公主裙或者盛装打扮的小孩在爸爸妈妈的带领下朝着城堡走去，看上去像是去迪斯尼乐园的景象。Alnwick城堡虽然有着几百年的历史，却显示着它的平易近人，它的童趣以及它的快乐。

买了城堡及花园的套票，就先前往城堡参观。就如电影里看到的一样，从小小的城门一进去，就觉得自己来到真实的魔法学校。在这里，似乎可以凭空蹦出一只兔子，然后若无其事地在草地上蹦蹦跳跳；似乎随意对着任意物体念个咒语，它就会悬浮在半空中；似乎一不留神就能看

到身穿巫师袍的小巫师在飞天扫帚上嬉戏。关于霍格沃兹的任何记忆，在这里完全生动起来，就像是眼前架着录像机，看着导演在喊着“Action(开拍)”，然后几张熟悉的面孔便开始了各个角色的表演。Alnwick 城堡主要是以黄色的砖石垒成，没有突兀的塔尖没有太多尖锐的棱角，塔楼是圆弧形的，每个建筑的个体都很平整，然后有序地拼接在一起。城堡的主体在大片草地的中央，外侧的城墙也是方方正正，毫无不规整之感。而草地上，也撑起了很多复古帐篷，每个帐篷都有不同的主体，有纺织，有制造兵器，还有的只是展现中世纪帐篷内的布局模式。此外，还有穿着中世纪服饰的工作人员，活灵活现地再现着当时人们的生活，就活脱脱的像是博物馆，游客可以和他们交流，可以观看他们“工作”，当然也完全可以自己在他们的指导下去体验一把。在另一侧的草地上，也有着很有趣的景象。时间每到一个整点，就能看到一名身穿黑色巫师袍的女孩，手拿着扫帚，她身后跟着也身着清色黑色巫师袍每人手中都有一把扫帚的小孩们。哦，小巫师们的飞行课时间到了。看着他们对着摆在地上的扫帚念念有词，然后在老师的指导下骑上扫帚，之后在草地上“飞”了起来，让人感觉真的是有魔法的存在。

转到城堡的背面，视野最是宽阔，由于城堡位于山顶上，而这里正面对着山谷的腹地。犹如绿毯的草地从城堡墙边一直漫过了对面的小山丘，草地上也缀满了黄色的小野花，时疏时密的树林葱葱郁郁，将一段段旧时的城墙藏在枝叶之中。小河缓缓地在谷底流淌，羊群徘徊在溪水一侧的草地上悠然自得。最有意思的是，在城堡墙边，专门竖立了一个巨大的油画框，切割出一幅天然的写实油画。虽然我觉得那个画框着实没有必要，任意一个角度都是一个绝美的场景。但是古典的黄铜画框配上如此的春意盎然，画面的美也只有大自然这位画家才可以彻底地展现出来。

城堡的礼品店里也在销售《哈利·波特》的很多相关礼品，飞天扫帚、巫师袍、魔杖，还有金色飞贼，似乎这里就是书中所描述的对角巷的魔法商店，至于这里的扫帚能不能飞起来，魔杖有没有法力，那就要看购买者是巫师还是麻瓜（不懂魔法的人）了。

从城堡出来还早，穿过美丽的小道，虽然樱花已经开败，但是丝毫不影响这里特有的

美：清水出芙蓉，天然去雕饰的优雅。Alnwick 的花同样也沿袭这样的魅力，但从入口进去着实是被惊艳到了。旅游攻略上没有提到这个花园可以在修剪之下依旧如此的浑然天成，只是简单的一句值得参观，根本不能概括它的迷人。如果说凡尔赛宫的后花园将自己的奢华贵气用法国贵族的华丽气质表现出来，Alnwick 花园则是英国平实和严谨贵族气质的最佳代表。没有大手笔的造型，花园以阶梯的喷泉为主体，顺着楼梯搭起的绿色藤条通道直达平台，平台上端是一个个小花坛组成的花园。树木修剪整齐、精细，没有花哨的装饰，却不能忽略它的高贵。草地上躺着不少晒太阳的人们，也有三三两两围在一起分享野餐的人们。本来，我们也想在花园口的咖啡店买个三明治和热饮，坐在草地上享受春日里的周末，好好悠闲一把，但是空气里残留的冷气，让我们不得不打消了这个念头。我们可没有那些英国人一样耐冷的体质，眼看着下周就要回国不能为了一时的看似悠然，得了感冒，晕晕乎乎地上飞机。

生活里的魔法世界

《哈利·波特》可以说从我初中一直伴到上大学，要是算上电影的话，今年才是最后的结局。初中的时候常常就希望自己能在霍格沃兹（魔法学校）里面上学。比如，突然有天早上就收到绿色墨水写的信，然后坐着火车开始挥挥魔杖的生活。即便这些想法都是空的，但每次沉迷在遐想中的时候，也是件很愉快的事情。就像很多《魔戒》迷是因为该电影奔赴新西兰求学一样，想来英国上学的想法，也是在那个时候最为强烈。

后来，在考雅思口语的时候，由着一个人带着我们走上楼梯，然后又在门口的小椅子上等待考官叫我进去。看着一个个学生都被带了进去，我还在门口独自等待。突然间想起了哈利被教授叫到办公室的情形，恍惚间感觉到魔法世界离我并不遥远。

等我到了英国，生活了一段时间之后，越来越发觉，J. K. 罗琳（《哈利·波特》的作者）的想象力固然丰富，但是魔法世界的许多场景都在现实中似曾相识。一部令人着迷许久的魔幻片，硬是被我拉到现实生活纪录片当中。

比如说吧，从哈利收信的时候开始，就知道了英国邮局礼拜天是不上班的。这点也算是写实，但身处对角巷的那一瞬间，魔法与现实就很难分清了。再加上罗琳本身在爱丁堡居住，很多场景更是在不经意间流露。

对角巷，曲折拥挤的小巷子，四周都是叫卖声和来往的人群。在 Royal 街还真不乏这样的小巷。Cockburn 街是一个弧形的大坡，虽是短短的一段路，但是看不到尽头，两边的房屋高高矮矮，路面铺满了石砖。特别是下过雨后，冲刷得更是干净，青色的水光印着深深浅浅砖砌成的屋子很有韵致。但晴天的时候，两侧餐厅常常把桌椅支在行人道上，从旁边飘来欢快的苏格兰风笛，人来人往，蜿蜒而上，还真有对角巷的感觉。

古灵阁，魔法世界中由精灵看管的银行，是大理石堆砌，装饰也很堂皇。再一次陪禹去 RBS 银行开证明的时候，我却发现了我的古灵阁。RBS 银行是苏格兰皇家银行，虽然到处都有支行，但是开证明却要到王子街附近的总行。之前也经常路过，从外面看和其他房屋无异，也没有什么特别之处，走进去却是别样风景。圆形的大厅，即便是在阴雨天也明亮炫眼。白色大理石的墙壁上镶着大大小小的裹着金边的蓝色星星，柱子上都镶有浮雕。粉色和绿色恰当地搭配，更是让大厅在高贵的同时多了一丝亲切。这是我见过最不像银行的银行建筑。莫非 J. K. 罗琳的灵感来源于此?

9 – 3/4 站台，很多小说迷都梦想从这里走进那个魔法世界。而事实上，在伦敦的国王十字车站也是存在的，工作人员也很贴心地的做了一个镶在墙中的半截手推车，旁边挂着 9 – 3/4 站台的名字。伦敦的火车站可以说是各个角落都有，每一个都有特定的区域。而前往爱丁堡的火车基本都是从国王十字车站发车的，所以在我回爱丁堡的那天，钰新和我就安排了这个车站游。原想这个特殊的站台应该是在 9 与 10 站台之间，但是找了一圈才发现并非如此。向一位工作人员打听，刚开口说到哈利 · 波特几个字，那人就会意地给我们指了路。看来天天专程来这里找站台的人不少，车站改建后，也就把原本的 9 – 3/4 站台移到了一个偏僻的角落。拐了几个弯后，在一个过道的墙上挂着一数字小牌，半截的手推车已告诉我们找对地方了。车站还很贴心地给原本的水泥墙上贴了层仿原砖墙的墙纸，为哈迷们想得真周到。

霍格沃兹特快，前往魔法学校的蒸汽火车很是熟悉。来英国后才发现这里的火车和地铁一样，很是方便，都是带有无线网的现代火车。但是由于英国的国土面积原因，火车里的设计都是椅子，我没有见过火车卧铺的车厢，而且夜间行驶的火车也是极少有的。途中，也会有工作人员推着手推车询问乘客的需要。英国也有几条线路只运行蒸汽火车。当时，去参观勃朗特三姐妹故居的时候，就乘坐过一次。看到蒸汽机车驶来，真的就觉得上面会写着“霍格沃兹特快”的字样。很多人也对《哈利・波特与密室》中那个火车行驶在高架桥的场景记忆犹新，那是在苏格兰高地的一条蒸汽火车线路上拍摄的。因为高地的天气寒冷，那条线路每年的 6 月才会运行。

霍格沃兹，令人着迷的魔法学校。虽然学校的场景都是在不同的地方取景，但是我觉得最浓缩的一个地方却是从未取过景的杜伦大学。杜伦大学的一部分学生宿舍是在杜伦城堡中的。城堡本身就有着神秘的特征，和学生的起居结合在一起就虚虚实实，假假真真了。从摆着长条桌的餐厅，到挂满肖像或摆着奖杯的狭长走廊，错综的小道，无疑就是霍格沃兹的现实版。各个塔楼上都有宿舍，地下的二战纪念室和隐蔽的小教堂，更像是一间间密室。而厨房却是宽敞明亮，桌子上摆满了提供晚餐的各式甜点。领队的学生导游还穿着黑色的袍子，怎么看怎么觉得是在霍格沃兹。我不禁在想，大多数时候英国都是阴雨天气，在这种沉甸甸的石砖下生活，就是晴天都不免压抑。瞬间，感觉在霍格沃兹生活也不是那么吸引我了。

虽然还有很多很多的场景都与现实吻合，特别是在看过了取景的地点，更加觉得魔法世界仿佛就在身边一般。罗琳是在地地道道地描写了一个英国学生的校园生活，只是加入了魔法的想象和起伏的情节。回头再看《哈利・波特》的书或电影，少了一分神秘，却多了一些亲近感和熟悉感。

景点云集的爱丁堡

在没有去爱丁堡读书之前，就耳闻过爱丁堡的相关旅游信息。从“北方雅典”的称号到 J. K. 罗琳在那里的咖啡店里写下风靡的《哈利·波特》，之前想着如果有机会去英国，爱丁堡是继伦敦之后的必去之地，没料到，我不但有机会来到英国，而且居然到爱丁堡上学。天天都在古老的建筑之间穿梭，刚到的几日，居然有点时空错乱之感。爱丁堡本身很具有观赏性，即便不去那些著名的旅游景点，也可以很好地感受到它的迷人。春季学期开学前后，开始了陪着好友钰新的爱丁堡旅行计划，一起畅游了这个城市。

亚瑟山

亚瑟山是我来爱丁堡以后参观的第一个景点，在很多人眼中，亚瑟山就是一个登山、远足、骑车、跑步的好去处。我也曾想着每个礼拜来此锻炼锻炼，但如此“宏伟”的计划也只是想想，一年里我才来了两次。

第一次是专门为了爬山而来。周末的清晨，穿过安静的街道，很快就到了亚瑟山脚底。亚瑟山的准确翻译应该是亚瑟王座（Arthur’s Seat），但是为了描述方便，就多被称作亚瑟山。山的侧面形似趴着的狮子，或是整体像是宝座，但不论是哪一种，无一都显示着它的霸气与威严。山的走势平缓上升，到高处时戛然而止，便形成了山头悬崖陡峭、岩石林立，山脊却是舒缓的山坡，长满了茂盛的野草。想登上亚瑟山不会很困难，却也并不省力，沿着山腰顺势而上，到处都是石子的小道，遍布着每一个角角落落。回头望下去，不禁觉得自己与山坡形成了奇异的夹角，还带着不稳的微微重心。绕过岩石峭壁，看到另一座山丘才是亚瑟山，之前翻过的山丘实际上叫作 Salisbury Crags，但是由于两座山丘相连紧密，而且 Salisbury Crags 先入为主的印象，也就常常将两者混为一谈了。山上随处可见半人高的野草，在风中起伏形成一个个波浪。空旷的山腰，就类似很多沙滩上的绘画，大大小小的石头摆成各异的图案和文字，布满了整个空地，与沙滩灵动的浪漫相比则

多了一种坚韧的品格。登上亚瑟山头的的确确是件不容易的运动，没有任何台阶的搭建，全部是天然岩石的拼接，经常要四肢并用才能保持平衡。从山头上，不仅可以将爱丁堡整个城市尽收眼底，还能眺望到远处的海水。亮晶晶的海面伴着葱郁的老城，这幅画面真是赏心悦目。要是有兴趣，可以找到我所居住公寓的地标，循着走来的路线图，眺望城市远处的卡尔顿山丘和眼下圣十字架宫。

第二次去亚瑟山，确切地说只是从山脚下经过。只是一天下午心血来潮去跑步，也没有多想，就跑到了这里。沿着亚瑟山脚的自行车道一直前行，很快就发现自己被树木包围，脚下的小径也变成了泥土小道。凭着好奇心，继续前行，眼前顿时填充着油画般的景象，原来这里就是传闻中的“天鹅湖”了。周

围的树林将小湖完完全全地隔绝于外界，甚至连隔壁公路上的行车声都隔绝了。黄色、红色或是绿色的高大树木托着青色的山丘，毫无保留地倒映在粼粼湖水之中，余晖下的湖水闪着点点金光，停泊着悠然的天鹅和野鸭，活脱脱的就是幼时记忆中挂历上的风景。面对似曾相识的一汪湖水，随着阳光在湖面的闪动，恍如身临仙境，彻底被眼前之景所惊艳，久久不愿离去。深秋的湖光山色，迷人至极，只可惜纯粹是外出运动，身上除了 mp3 其他什么也没带，面对如此的美景只能久立体味，尽可能多地刻在记忆之中。从湖边返回时，太阳又低了一截。顺道爬上小山头圣安东尼小教堂（St. Anthony's Chapel），大火后早已只剩断垣残壁的这里，此时带着别样的宁静，目送着整个城市一点点地浸入夜色。

爱丁堡城堡

爱丁堡城堡可以说是爱丁堡最具标志性的景点。每年夏天都会在这里由苏格兰军队举办风笛军乐表演，将城堡和苏格兰精神体现得淋漓尽致。坐落在135米高的死火山上的城堡，几乎成了爱丁堡的代名词。它从6世纪开始就屹立在这里，见证着整个城市的沧桑变迁，从16世纪皇室搬到圣十字架宫后，爱丁堡城堡的军事用途就越发凸显。一面陡坡，三面悬崖的地理优势，若是真想攻打上来着实要费一番工夫，有一夫当关，万夫莫开之势。

一进城门就能看到整齐摆放的大炮，炮口齐刷刷地冲着对面的王子街。城堡沿坡度的走向分为下区、中区、上区，里面也划分出了不同的展区，有些是将房间本身的用途作为展览主题，有些则是摆满展品，俨然成了城堡内的博物馆。所以爱丁堡城堡，不仅是极具观赏性的城堡，同时也是苏格兰国家战争博物馆、苏格兰联合军队博物馆的所在地。城堡内侧的圣玛格丽特礼拜堂，据说是爱丁堡现存最古老的建筑，每周都有一个名叫玛格丽特的爱丁堡妇女轮流到

这里来献上鲜花、打扫布置。礼拜堂中美丽的彩色玻璃窗描绘出马克姆三世的圣洁王后，传说礼拜堂就是由其子大卫一世于12世纪初兴建并献给她的。而城堡内宫殿展出了不少苏格兰宝物，如1540年设计的苏格兰王冠，与其他的皇杖、剑等文物置于皇冠室中，而其中的镇馆之宝就是被誉为苏格兰荣誉的剑、皇冠和命运之石。古代的苏格兰国王加冕都要坐在这个看似毫无特点的巨石上，它曾经被掠夺到伦敦的威斯敏斯特大教堂，也见证了女王伊丽莎白二世在1953年的加冕礼，并在1996年才重返苏格兰。它的流离经历也许验证了它的名称，不过，现有法律规定将来英王室要举行加冕礼，命运之石依然要运回威斯敏斯特大教堂。此外，大量的图片展也在城堡的一个展厅内集中展出。

踩着很长的一段陡峭的楼梯在狭小的空间内穿行，就到了城堡阴森的地牢。这个军事监狱是值得一看的，因为这里曾囚禁过拿破仑军队的战俘，现在墙面上仍留存着法国军人在墙上抓刻的指痕。即便是大白天进去，也是漆黑一片，令人寒毛竖起。为了应景，这里点着昏暗飘曳的灯，半空还悬挂着破烂的白布，耳边飘荡着诡异的声音，一个个凹在岩石中的石屋便是牢房了，和窄小的山洞看起来没什么区别。这里虽然游人络绎不绝，但依旧能感觉到恐怖气氛。这里也因为闹鬼事件而显得越发诡异，但说到城堡鬼魂，就不得不提爱丁堡最异常火爆的夜游项目——参观位于老城的玛丽·金小巷（Mary King’s Close），在17世纪可怕的瘟疫肆虐后，由于盛传经常闹鬼，被评为世界十大最恐怖地之一。每天傍晚都能看到聚集在马路上的游客在导游的带领下准备去感受传闻中诡异气氛。

圣十字架宫

与城堡相对的就是距皇家约1.6公里的圣十字架宫。在这1.6公里中，不但到处都是充满苏格兰风情的纪念品小店，还有不少的博物馆都值得进去转转，比如儿童博物馆、爱丁堡博物馆、爱丁堡人民故事博物馆等等。这些博物馆里面，有展品的展览，也有蜡像模拟当年的场景，还有不少和参观者互动的项目，特别是碰到雨天，都是些打发时间的不错去处。

圣十字架宫殿得名于圣十字架修道院，传说12世纪时，苏格兰国王大卫一世在此打猎，奇迹般地从一只狂暴野鹿的攻击中死里逃生，于是他下令在这里建造了圣十字架修道院。1500年，苏格兰国王詹姆斯四世把修道院的客房改为王宫，便将苏格兰的王宫从城堡迁移至此。如今，每年夏天英国女王伊丽莎白二世都会来此小住，到时王宫就会挂上王室旗帜，谢绝参观。

圣十字架宫外表并不张扬，进入大门，中庭为四方天井，四面灰色小楼，踏上楼梯，开始从等待室、会客厅、餐厅、宴宾厅到书房、卧室，最后到达玛丽女王的塔楼，内部的奢华气质令人惊叹。很难想象楼下有着宽大的书房和奢华的宴宾厅，而玛丽女王的塔楼则要顺着狭小的楼梯前往。每个房间都有着不同的设计主题，但风格都是一致的奢华。房顶上的浮雕、墙壁上的挂毯、国王的画像、木质的家具、银质的餐具，每一件都是艺术珍品。也正如很多皇宫华丽背后充满历史的问号，这里因为曾经居住过苏格兰玛丽女王而增添了传奇的色彩。也因为曾经在这里发生的政变和血腥的历史，常常会有闹鬼的传闻。但由于皇宫内不能拍照，只能将相机收起来，等到走出皇宫的时候拍拍建筑的外侧。

最初的圣十字架修道院依然存在，紧紧地依靠着王宫，但它只剩下了残垣，只有四周的墙壁和中间的几个主要的柱子竖立着。石壁上能看到烈火的痕迹，两侧墙面可以明显地看出两期建设工程的不同风格，一侧是优美的巴洛克风格，一侧是精细的哥特风格。中间的柱子一截一截的圆柱累积，青苔从地缝一直攀上了石面，猛一看还真像是扎成一堆堆的竹子。从宫殿出来，这里的简单明了更是吸引我的好奇心，这里曾经的辉煌会是怎样的场景？这里又经历了怎样的劫难？由于季节原因，宫殿的花园并不对外开放。

王子街

过去到王子街都是本着购物的目的，很少停下来将它当作一个景点来体会。爱丁堡的商业街——王子街依托着地势特点，将城市分为新城和旧城两个部分。

新城和旧城分别坐落在舒缓的山坡上，两个山坡之间架着同样古老的北桥，桥下是爱丁堡火车站，北桥南端的新城就是以东西走向的王子街拉开了序幕。所以，王子街倚着山丘，北面接着低洼的谷底，与北桥北侧的旧城遥相呼应。旧城极富历史美感的建筑物一栋栋连绵着，沿路指引到了山头的爱丁堡城堡，从王子街上看城堡，不仅能体察到城堡不同角度的变化，更能感受到高矗的城堡气势磅礴。两侧的谷地也是市中心的公园，进入春日后，柔软的厚草地、遍野繁茂的水仙花、团团的绿树填补了空间的单调，再加上很多不知名的植物经过精心的修剪和摆设，烂漫慵懒之中又无不绽放细节的精致。王子街上本身的建筑有着新城建设时的简单和浑厚，临街的店铺也是种类齐全，热闹的纪念品店、平价又美味的 Mark&Spencer 超市、奢华的名牌商场，不论是单纯购物，或者是以游客的眼光来参观，都能享受不错的时光。也正因为王子街得天独厚的地位，既能感受商业带来的乐趣，也能边走边看对面的城堡，只有 1.5 公里的王子街也被誉为“全球景色最佳的大街”。

除此之外，王子街上还有很多小景点，比如爱丁堡艺术博物馆、国家肖像画廊等。而位于王子街南侧是美丽的王子街花园，花园东北角坡地上有一座蜚声世界的苏格兰花钟。这座钟建于 1903 年，分针长 2.4 米，时针长 1.5 米，钟面直径 3.5 米。钟面图案由 2.4 万朵各种鲜花组成，每 1 分钟就有一枝杜鹃花跳出来，它是世界上最大、最独特的花钟之一。花钟由三个环形组成，最大的环形上面摆着年份并装饰着铁艺般的波浪装饰；里面的一圈则是表盘，整整齐齐地分为了十二个小格；最里面的实心圆形则拼摆着图案。最有趣的是，不管是外环还是内圈的花纹图案设计都是可以变化的，有的时候会为了某一个主题，有的时候只是回归到了时间的显示。

王子街东侧则是引人注目的“司各特”纪念碑。作为苏格兰著名的诗人，司各特的作品中既有对苏格兰历史的生动描写，也有对苏格兰景色的记录，他的人格魅力也是他在苏格兰如此备受推崇的原因。建筑通体高 60 多米，是典型的哥特式建筑，四座小型尖塔拱卫着中央高塔，高塔底部四方都是拱门，显得更加轻灵。建筑材料是爱丁堡附近开采的砂石，由于石质疏松，在不到 200 年时间中就变成黑褐色，显得历史悠久。塔中央立着白色大理石的司各特雕像，从四面都能看到。雕像中司各特身穿长袍，身边卧着他的爱犬。据说纪念塔的设计是从全苏格兰征集的方案中挑选出来的，方案征集就用了三年时间。而最后入选的设计师是一位名不见经传的苏格兰牧民之子坎普，他甚至没有敢在设计稿上使用真名。如今的司各特纪念碑与王子街已经融为一体，说到王子街必然就会联想到尖尖的塔尖。

纪念碑的存在为王子街添加了浓重的文化气息，附近的人行道上，也经常有穿着苏格兰套裙吹着风笛的街头艺人，他们也早已成为王子街不可缺少的一道风景。在阳光明媚的春日或者大雪纷飞的冬日，苏格兰风笛或是欢愉跳跃，或者荡气回肠，就如司各特的诗文一般敲击着行人的内心。在众多的乐器中，苏格兰风笛对听众有着超乎寻常的渲染力和穿透力，不论是否真心喜爱它的音色，只要耳畔浮荡起风笛的声音，多多少少都会带动心情上的波澜起伏。也许是因为历史感的沉积,风笛早已超越了乐器的属性而记载着苏格兰的历史变迁，所以它有太多的故事想与人诉说，也有丰富的情感想与人分享。壮阔的山脉连绵，留下战火纷飞后的寂静在空旷的荒野渐渐酝酿；缕缕的青烟从宁静的村庄升起，圆润的小屋暖意融融；山峦的小树林微风嬉戏；夏日里前来狂欢的苏格兰人飞快地转圈踏着富有节奏的愉悦的舞步；风笛总是可以将每一段故事讲得栩栩如生，绘声绘色，用它独特的声音感染着行色各异的路人。而那些表演者，即便是在行人都裹着厚厚的大衣踩着暖和的雪地靴时，依然整齐地穿着苏格兰裙的套装，露着被寒风吹红的膝盖。如此的敬业早就被称为爱丁堡的特色，时时都能看到游客围观咔嚓着相机，走时也不会忘了在他们面前的琴箱中留下感谢。苏格兰裙起源于一种叫“基尔特”的古老服装。这是一种从腰部到膝盖的短裙，用花呢制作，布面有连续的大方格。一套苏格兰民族服装包括：一条长度齐膝的方格呢裙，一件色调与之相配的背心和一件花呢夹克，一双长筒针织厚袜。裙子用皮质宽腰带系牢，下面悬挂一个大腰包，挂在花呢裙子前面的正中央，有时肩上还斜披一条花格呢毯，用卡子在左肩处卡住。如果说苏格兰风笛用声音诉说着苏格兰的历史，那苏格兰裙则是用图案记录着历史。据说，英国苏格兰格子注册协会记载着几百种不同的格子图案，这些格子有些代表着不同的苏格兰家族；有的则是在从前部落之间战争时，用来区别敌我的"军服"设计。一件传统的苏格兰裙套装价格也是不菲的，即便现在有了很多商业化的产品，价格低廉了许多，但依然不算便宜。司各特的纪念碑和风笛的演奏，为王子街增添了一静一动，一刚一柔的独特气氛，也组成了爱丁堡气质的一部分，刚烈的苏格兰民族也有着细腻的一面。

卡尔顿山

顺着王子街走到东边的尽头，是个凸起的山丘，也就是卡尔顿山了。爬上这个小小的山，就能一览爱丁堡的全貌，很多有关爱丁堡的明信片或者画作都是从这里取景，自然就吸引了很多背着长枪短炮的摄影爱好者在日出或傍晚时分前来完成自己的作品。山丘上圆柱状的建筑是纳尔逊纪念碑，是为了纪念海军上将纳尔逊而建。另一座像是希腊神庙的硕大残垣为国家纪念碑，建于1822年，原本是为了纪念拿破仑战争中阵亡的将士。但纪念碑并未完成，因为预算透支而中断了工程，这一停就是二百多年，爱丁堡人曾经将这个未完成的工程当作耻辱的象征，如今却将它作为爱丁堡的象征之一。有十二个巨大的立柱支撑着横梁，用别样的方式融入这个城市，前来的游客也纷纷尝试攀爬柱底的平

台，这可不是个容易的活儿。看似不高的石柱底座，足足有两米多高，除非是有足够的身高和两条健硕的胳膊，不然单靠一个人的力量是很难爬上去的。除了这两个显著的建筑，卡尔顿山上还有一座醒目的圆顶建筑，那是爱丁堡天文台。

卡尔顿山顶是连绵的草地，有不少放松休息的人。但我和钰新是在冬天前往，山顶的风很大，便没有做太久的停留。但这里可以看到东边的海面和漂在上边的货轮驶过，如果在夏日，来这里享受一顿野餐会是个非常不错的选择。

哈利的出生地——大象咖啡屋

从南桥的公寓出来，过马路顺着爱丁堡法学院的侧面直走，再路过苏格兰国家画廊，接着就能在岔路口看到一只蹲在大理石柱上的小狗铜像。这只小狗名字叫 Bobby，它的主人是一位警察，每天 Bobby 陪着主人一起巡逻。直到 1858 年，这位警察患上了结核病，去世后被埋葬在 Greyfriars 墓地，忠诚的

Bobby 从此每天无论白天黑夜守卫在主人的墓前，守陵人曾多次驱赶 Bobby 都未成功，最后只能为 Bobby 在主人墓碑旁建了一个遮雨棚。每天一点钟的时候 Bobby 会去找主人生前的好友 William Dow 讨一点吃的，然后再回到主人的墓旁。就这样 Bobby 一直为主人守墓 14 年，直到它 1872 年死去和主人葬在一起。1873 年人们便为它竖立了小小的铜像，以表纪念。铜像后面，则是以 Bobby 命名的著名酒吧，它向前来的人们叙述着 Bobby 的故事。这是爱丁堡众多著名的酒吧中的一个，这里的酒吧、咖啡店多是古老并以它们背后的故事吸引着人们，很多游客也是慕名而来，为此爱丁堡的旅行机构还专门推出了追寻酒吧背后故事的旅行团。

如此的旅行团我并未参加，但是有一个咖啡店则从初中时期一直吸引着我，那就是 J. K. 罗琳创作《哈利・波特》的大象屋。和众多的街头咖啡店一样，大象屋也并没有招人眼球的魅力，只有走进去了，才能在橱窗上看到罗琳的照片和一段文字简介，内容大概介绍了她与大象屋的渊源。咖啡屋进门处狭长，除了一个高高的玻璃展柜，里面摆满了当天供应的甜品蛋糕，展柜的上层还摆着几罐曲奇。橱柜的一侧就是大象屋的厨房，穿过厨房与相对的走道，就是大

厅，这里摆满了各式的桌椅，有高有矮，凌乱中透出一种平衡感。从纸巾，到窗台的摆设，还有散放在店内的摇椅，全是大象的造型。形态各异的象群，将这里点缀得童趣盎然。大厅的窗外可以眺望到城堡，当年，罗琳会在哪个桌前坐下，又会观赏着同样的景致寻求着灵感吗？不管何时来大象屋，里面永远是满满当当，这里不单是游客指南上的景点，也是当地人喜欢聚集的小店。因此，常常出现要和不同的人拼桌，不论是吃饭还是喝东西，只要走进大象咖啡屋，就必然能体味到这里的非凡热闹。

海 边

比起那些著名的度假胜地，爱丁堡的海边的确没什么过人之处。5 月份的一天早晨，我和卓然兴冲冲地乘着公交车到了海边，但是飕飕的海风让我们的兴奋瞬间消失，两个不合时节前来游玩的游客冷得发抖。即便阳光灿烂，海边还是一派静寂，仅有两个牵着大型狗晨练的人走过，偌大的海滩，只有寥寥几

个人。

沙滩上没有绵绵的细沙，只有粗大的沙粒，时不时地钻进我的鞋里。呈水纹状的沙滩上成了海鸥的天堂，它们任意行走、跑跳，留下的是一幅海鸥爪子印痕的画作。许多贝壳的残骸也隐在沙中，多数都被海水冲刷，失去了先前的光彩，但大海在阳光的照耀下闪着特有的光芒，骄傲地宣示着自己曾经的岁月。沙滩上残留着一湾湾的海水，略显沉闷。大海显出深海特有的静谧，更加映衬出海滩的寥落。如果是七八月份来，这里应该是人声鼎沸，刷着奶油般绿色的长长栅栏也会站满了游客，沙滩上也会撑着色彩斑斓的太阳伞，酷酷的冲浪板也反射着刺眼的光芒。但是现在的海边，成了海鸥的乐园。

从海滩返回小镇的路上，我们经过了一片美丽的住宅区。虽然只是一栋栋普通的房屋，但都被大团的藤叶簇拥着，或者隐在大片的花海之中，还真有点乡间的田园气息。一只猫咪，从我们面前踱过，隐到另一侧栅栏的背后，透过繁密的枝叶小心翼翼地偷窥着我们，然后又悄无声息地溜掉。它一定在好奇眼前的两位为什么会在这个时候到此溜达。

英国招牌之下午茶

英国的招牌有大巴、邮筒、电话亭和下午茶，只要提起其中任何一个，都能使人立刻联想到大本钟下繁忙的景象。前三个都是裹着红色外衣，在各个街头晃动着眼球，而下午茶的特色也毫不逊色，只要是有人居住的地方，再小的镇子上也一定会有家年代久远的下午茶屋，每天客人会挤得满满的。

和电影里那些绅士淑女精心打扮的赴宴场景一样，传统的下午茶也依旧保留着。在伦敦，比如丽兹酒店（Ritz）和其他很多家老牌酒店中，就以他们的下午茶而闻名。每一位去喝下午茶的人也都会打扮得光彩靓丽，去享受一次下午茶。一般来说，这些酒店的下午茶都要提前至少一个月去预订，每一位的价格也在三十镑以上，在英国，这样的价位已经是不低了。当然，从下午茶兴起就是件贵族的活动，贵族们有他们奢侈的优雅，但下午茶的美味也流向了街头。抛去了繁琐的礼节和复杂的准备，一杯热茶，配上些小点心，和朋友热热闹闹打发着下午的时光。

下午茶通常没有个准确的时间，只要是下午都算数。传统的英式下午茶是三层托盘的，一层比一层小，盛着满满的食物和英式红茶摆放在一起。最底一层是三明治，一般三明治都是咸味的，以芝士，吞拿鱼等最为常见。这些三明治也并非一般快餐店卖的那种大块午餐，而是小巧玲珑，最多两三口就可以吃掉的。第二层就会摆着面包类的甜点，比如玛芬等等，但最出名的莫过于英国的司康饼（Scone）。司康饼其实很像黄油面包，口味却相差很多，有加葡萄干的甜味到芝士的咸味各式各样五花八门。再配上新鲜的草莓酱和软软的黄油，味道真的可以让人心情快活起来。而下午茶的第三层，摆着的就是真正的小甜点，草莓塔，巧克力，柠檬派……每一块茶点都做得精巧可人，让人不忍心去吃掉。三层从下自上而享用，味道由咸至甜，由淡而浓，口味是层层递进，回味无穷。每一家下午茶店，都是自己店专门制作的食物，绝对是正牌打造。所以一家声誉高的下午茶店，应该是祖祖辈辈传承下来的，成为当地人重要的社交场所之一。

而少了茶，有再多的甜点也不能称其为下午茶。英国人的茶文化也有悠久的历史。和国人喜好绿茶不同，英国的茶中，除了花茶，统统是红茶：味道适中的早餐茶，味道浓郁的有伯爵茶，提神的有伦敦茶等等。通用的喝法，是在红茶内加入牛奶和糖块，然后搅拌，待糖都融化之后，再慢慢享用。味道酷似国内街头流行的奶茶，只不过没有那么花哨而已。英国的茶店也很多，以 Whittard of Chelsea 的连锁店最为广泛，不但味道变化多样，而且种类也很齐全，亚洲的绿茶，大麦茶等等全都可以买到。

每一家下午茶店也必有几样特色的产品。比如，在湖区有家下午茶店中，它店名就叫草莓屋，最出名的就是司康饼配草莓酱，再喝个草莓茶。那家的司康饼很是松软，现在还记忆犹新回味无穷。还有牛津的一家老店中，最受人推荐的是三明治，鸡蛋沙拉和熏三文鱼的三明治是明星产品，虽然我不是很喜欢熏三文鱼的咸味，鸡蛋沙拉的确很可口。其他下午茶店的菜单上还有奇怪的名字，便于顾客了解店里特色的东西，不管怎么样，尝尝总是没错。旅行嘛，就是在未知中寻找乐趣。

现在很多人也不去刻意追求下午茶的程序，街头的一家咖啡厅，点一份甜点，再泡一杯热茶，捧着一本书，或是抱着一台电脑，一下午的时间就这么轻松地打发了。再或者，和几个朋友一起，分享一个甜点塔，聊聊最近的生活种种也是很不错的选择。快乐的一杯下午茶，任何事情都觉得简简单单、快快乐乐。

自信由心生

从英国回来了一个多星期，刚好赶上温度飙升，摆脱了阴雨大风的天气，天天阳光灿烂。路人的衣服也轻薄起来，但总觉得哪里有不一样的地方。要说是身材问题吧，英国女孩不是特别瘦，又壮又胖，像国内女孩匀称比例的不是很多。要说衣服款式的不同，国内女孩没有她们新潮，我看也不见得。在街上随便一走，牌子都是一样的，街头小店里面也有很多同样的款式，但为什么看起来就是少了种什么东西，同样的衣服立刻就没了本来的那种味道。终于有一天，我想到了一个缘由，是因为国内一些女孩身上少了种叫自信的气质。

不单单是国内的女孩子，缺少自信是一个普遍的现象。自己相信自己就是自信，可是现在有些人缺少的就是自信，而更多的是自负。套用亦舒作品中的一句话：真正有气质的淑女，从不炫耀她所拥有的一切，她不告诉人她读过什么书，去过什么地方，有多少件衣服，买过什么珠宝，因为她没有自卑感。换作绅士亦然，身边经常有自以为很自信的人，他们喜欢对别人说自己去过哪些地方，爱买什么牌子，自己曾经怎样救场，拥有哪些别人没有的待遇。与那些同样是说这些东西，但是纯属心直口快的人不同，他们在说的时候会带有一定的优越感并且希望听者注意到这些细节。对于那些心无城府者，他们的大大咧咧反而让人喜爱，而那些炫耀者，我则“敬而远之”。

那些想以自己的经历来博取崇拜眼球的人而言，他们是没有自信的。一个人越是爱强调什么，就是越爱掩饰什么。因为他们自卑，他们要掩饰自己的不安，所以才会夸夸其谈，在别人羡慕的眼光中满足自己的内心。大可说他们是爱好虚荣之辈，和他们在一起，也只能是浪费时间，味如嚼蜡。因为即便是再有能力的人，一旦他追求虚荣，和他一起的谈话，必然是三句不离他自己的种种，与其浪费精力在这种人身上，不如自己看一本好书充实一下自己。

自信是种从内而外的气质，并不是说穿什么衣服，开什么车所能培养的。那只能说是炫富，和自信毫无关系。偏偏有些国人就喜欢相互攀比。之前被大家很有同感而传的一个微博：从小我就有个宿敌叫“别人家孩子”。这个别人家孩子从不玩游戏，也不聊 QQ，天天就知道学习，长得好看又听话，回回年级第一，有个有钱的男友，研究生和公务员都考上了，一个月七千元工资，会做饭，会家务，会八门外语，上学在外地一个月四百元生活费还嫌多。孩子看别人家的好，生活也是别人家的幸福，工作还是别人的轻松赚钱，比来比去，就自己事事不如人。别说自信了，自卑都懒了，习惯了自己的生活，然后就在里面挑刺。但有谁愿意和一个满口抱怨的人天天共事呢？结果自然是自己越比越差，别人越比越好。

真正的自信首先是对自己生活的把握，不是不思进取，而是只有从容面对现状，才能看清努力的方向。西方人很少有人说自己这个不行那个不行的，但他们也承认别人的长处。就如买东西来说吧，我也遇到过那样的情形，就是走进一家店去询问有没有我要买的商品，店家会诚实地说他们家的产品不适合我，然后把我推荐给附近的另外一家店。他们自然也知道我如果买了商品，不合适的话也是我自己的责任，与他们无关。但是，能将顾客推荐给自己竞争对手，实际上就是一种自信。我们店的东西是好的，别人家的东西也是好的，没有必要争得头破血流。将顾客推荐给别家了，我家的东西会有下一个顾客来买，不会面对顾客流失的局面。其次，自信是一种信念，知道自己可以去为自己的行为负责。人无完人，为什么老是拿别人家的种种来和自己对比呢？美国人喝牛奶，中国人体质不适合吸收牛奶，但我们很早就有豆浆啊，营养也不比牛奶差，为什么就一定要舍去豆浆来喝牛奶呢？同样的东西，在别人那是好的，放到自己这里就不见得那么适合了，自信就是让自己发现自己的潜力。不是每个人都有聪明的大脑，需要成为爱因斯坦；不是每个人都有经济的头脑，需要成为洛克菲勒；也不是每个人都有艺术的情怀，需要成为莎士比亚，但成为不了这样的人物不是失去自信的理由。

李白不都说了“天生我材必有用，千金散尽还复来”，说得再俗点，就算是为了经济收益更多也得要先有自信的。而人也只有自信了，才能成为别人眼中独特的风景。

塔桥思忆

回国已经数日了，偶尔还会闪过英国生活的画面，但只有今天才真切感觉到我的的确确留下回忆在那个岛国。逛商场，无意间看到摆在家具展示角落里一幅简简单单的画，却让我想起了那个下午的种种。

画，很普通，伦敦塔桥的一个常见的特写。泰晤士河也是依旧的泛黄，画框边沿有半截的双层巴士出现在桥边。

那个下午也很普通。钰新和我从她的宿舍出来，穿过一个长长的通道，走过一条商业街，就到了泰晤士河边，塔桥就竖立在眼前。我们和其他游客一样，漫步塔桥。天空时不时划过一架架飞机，我们就幻想着其中有一架能载着我们回国。如今，我已身在家中，她还在地球的另一端。两个月一晃而过，我们再次见面的约定只能等着秋天的来临。

而在和钰新的几日闲聊中，此时，我却偏偏想起那一句。她说，现在她越来越觉得人生是有安排的。人总会在特定的时间遇到特定的人，然后一起度过

一段特殊的经历，随而转化为一段特殊的回忆。比如，那天下午，我和她在伦敦漫步，之后的傍晚在伦敦眼旁的草地上看来往的人群。这些记忆只属于我们两个人。那个周末之后便挥手说了再见，各自又开始各自的旅程。彼此都是在相互

留下各自的生活轨迹之后，带着对方的记忆离开。

想想，也确实如此。不论是家人，朋友，还是其他，没有谁是从一开始就能陪着你一路走到结束。一路上总是遇见不同的人，一旦离开，可能再相见的机会都没有。任何一次邂逅都有可能留下一个永久的回忆。有的时候，比起强求每一次的交错都要有一个结局来说，感谢那些留下回忆的人则更为重要。更何况，很多的交集间是没有结果的。永远都不能知道生活想的是什么，只能微笑着接受它的安排。好与不好，也没有什么绝对的概念。

晚上，行走在路上，一辆救护车驶过。可以清楚看到里面的医生和护士在给病人采取一些急救措施。又一个生命面临垂危。这个时候，很少有人去关心他做过的选择有多少是明智的，多少是愚蠢的，不会有人去关心他有没有做到一个所谓的成功，更少有人去关心他的一生是循规蹈矩还是富有挑战，也不会有人去关心他的一生是不是一个快乐的人，而这些问题中，只有他自己才能回答他是否是个快乐的人，其余的谁也无法回答。而太多的时候，人们都习惯了用世俗的眼光去评价他人，用耳朵去听他人口中的评判，却极易忽略他人眼神中的无奈和心中想法，但又常常抱怨人生苦短，忽视了身边的不同安排，总是过度去追寻一段故事，并认为那就是唯一。

快乐是自己的选择，即便很多时候在他人看来都是些“错误”的选择。风景时时都在，即便大都被误认为它们不会溜走。但生活总是充满了意外，只有失去的那一天，才发现，原来所追求的交集远远抵不上自己早已拥有的。

六月

水之灵

要是有人问我，如果选择用一种饮品来形容你的话，你希望会是哪种？我肯定会回答，水。

其实，以前也有过很多各种各样的想法。清茶多好啊，淡淡的香气和草本的涩味交织一起，一缕缕引人遐想的茶味就似有似无地融入了体内，清新自然，却让人很难忘怀；咖啡呢？也很棒啊，入口的苦涩，却在后来一点点地被冲淡，反而多了品出甘甜，再加上让人上瘾的咖啡因，一旦上口了，想拒绝都难；再说说啤酒，平实爽口，虽然有着啤酒花的涩味，但是很容易被饮者谅解，依旧称为最受欢迎的饮料；另外，红酒也是个不错的选择，色泽的饱满和入口的圆润，高脚杯里的流动，更像是生命的精髓，能抵得住诱惑的人不多，但是要想喝懂它，却要慢慢的体会；热可可相反，总能在心情最低点迅速地在身体内化开，温暖的巧克力能将沉甸甸的肢体浮起来，坏心情或是外界的寒冷瞬间就被融化；而那些高度烈酒，辣得干脆，辣得不给人反应的机会，只有不介意这种辣度的人，才能品出它的滋味，它总是将自己的醇香留给那些包容它辣度的知己。至于那些调味型饮料或是碳酸饮料，它们只是解渴的一时之需，或者调节口味的饮料，没有什么特别让人沉迷的特性，除非是遇到了忠于某种口味的饮者，它们永远都是替代品的代名词。

与这些饮品比起来，水真的是平淡无奇：没有余味，相同的水，从喝第一口到喝最后一口，味道永远都是一样的；没有特性，喝水从来不需要特定的环境；没有化学反应，解渴似乎是它唯一的用途，其余的情绪变化都与水没有太大干系。水就是这么简单的饮品，你看到是什么样，你喝下去的就是什么，不会带给饮者任何的惊艳，但是生活中缺了它那可真的不行。要泡茶，煮咖啡，加水；要冲可可，果汁，加水；要酿酒，不论是身价上万还是几块钱的街边酒，加水。水是任何饮品的灵魂。它有着强大的包容性，以不变的本真应对变化的环境。饮品最重要的作用不就是解渴吗？水能满足这一需求，那就足够了，因为其他附属的连锁反应也都是在生理最基本的需求被满足的基础之上的。闲暇时，品着茶，聊着天；捧着热可可窝在沙发里听歌；抿着红酒，体味夜的味道；狂欢时，举杯豪饮，但是咖啡因、酒精、糖分也是化学反应的附属品，当一切平静下来之后，早上一睁眼，喝的第一口还是水。

当然水的不变之道也不仅仅是在饮品上的体现。自然界中，也有海纳百川的道理。水，划分出海洋，不同比例的咸度满足了特定生物的需求；划分出湖泊河流，为其他的生物创造了栖息的环境；划出了冰天雪地，为耐寒生物建筑了家园。不同状态的水，带来不一样的感觉，却没有人来否认过它的存在。突如其来的海啸，给人类造成的灾难，也是它表达自我的极端方式。不变是为了更好地改变，在没有了解事情本身的面目之前，草草决定的行动，无非就是些花拳绣腿。水的灵性就是以静观牵制动态，应对得游刃有余。面对环境的改变，根据自己的能量来衡量，是酝酿还是挑战。沙漠中的暗流就是一个例子，既然在地表有着被蒸发的危险，那就潜伏在地下，为生命提供源泉。

水的另一个灵性，那就是执着。滴水穿石，以柔克刚，也就是这个原因。既然没有岩石的硬度，那就一点点的改变。岩石会不经意间在一滴一点的让步，久而久之却发现，水就是在长期的渗透坚持下，完成了对岩石的塑造。钢的最高境界，不是坚硬无比，在一定的熔点下都会化为一摊液体。钢的极限是柔，只有砍得断的钢，没有剪得断的柔。抽刀断水水更流，最愁的还是举剑人，而不是眼前的流水。面对失败，水会选择量力而行。行不通的支流，水分蒸发上天，飘入邻近的河流，提供给河流更强的动力，同样都是以入海为目标，改道而行，将力量用到能发挥效益的地方岂不是更妙。而干涸的河床，则是对失败的承认和验证。对于水来说，只有能接受的失败，没有可以接受的放弃。面对目标，水很难选择退缩，总是匆匆地流向前方。绊脚的岩石或者意外劈下来的利剑，水都能绕过去，继续前行，这种精神恰恰就是它能走到终点的真谛。

韵味，则是水的第三个灵性。水的韵动早就被众人所颂扬，生命的起源，这一点上毫无争议。每每看到水的纹理，总是可以很快的平静下来。水总是可以带给事物灵动。在雨水中，就连日常普通的建筑物都显得有种别样的风情。水中的阳光，时而浮动，时而旋转，时而跳跃于水波之上，时而又隐隐的含苞待放，让人好生羡慕那些水中生灵。在艺术中，水也常常用来比拟声音带来的境界。声音有了水荡漾的波澜，高低起伏，由石子将水面推开涟漪的悠长，到汹涌澎湃的急流，安然或是荡气回肠，一篇篇的乐章就这样的鲜活地鸣奏起来。一幅画，如果能以静制动，观赏的人就能身临其境。从简是水韵味的体现之一，越是简约的画作，越能给人带来更多的遐想，不论是抽象的油画还是中国的水墨画。追求细节的完美，是一种品质，但少了画作的弦外之音，就很难是一幅有生命力的画作。比如熟知的《蒙娜丽莎》，达·芬奇对画面的处理上，精细到了衣物的纹理，但却在眼睛和嘴唇的细节刻画上刻意地模糊表达，从而带给人们百年来神秘的微笑。

水的静，水的执着，水的韵味都蕴含着它的灵动。它可以宁静，它可以热烈，它可以柔软，它可以坚强，它可以对失败低头，它可以对未来发起挑战，它可以纯真无瑕，它也可以神秘莫测，没有人能预料到它的力量。也许，比起其他饮品而言，很多人会认为水没有特性，没有味道。但是，当喝茶、品酒之时，有谁能确定水在此时的味道呢？如此，能将各种饮品的口味都展现得淋漓尽致的水，又有谁能准确地说出它的品行？只能说，这些味道都只是它性格的一部分。

往往看去最是单纯的事物，越是深奥到不可探测。

惜时

刚刚从外面回来，和芳子吃了晚饭，顺便去 KTV 吼了两个多小时。两个无厘头的人一起唱歌也很是无厘头，闹腾是主要目的。回家后，已经过了二十三点，虽是快乐放松，但也隐约感觉到了一些不安。

想起在英国的时候，如果要问我一年之中做得最多的事情是什么，我也一定会说是“思考”。也不知道是不是因为阴沉的天气比较适合一个人安静，这一年内，我经历了毕业，又看着好友就业，听着他们离开象牙塔后的心情，也是第一次发现我的生活将不再是以学校为中心了。真正能让我放松下来的，看一部电影，读一本书，纯粹的一个人安静的不受任何打扰的去做一件事情，那真的是非常安逸。

现代人的生活里，节奏快不说，而且多是各样的应酬。累了就去做个 spa，捏捏脚；烦了就去酒吧喝点小酒；开心了就跑去 KTV 闹闹；实在不知道干什么了就约一群人一起出去吃个饭聚聚。人的身体上是得到了很多的享受，舒舒服服，可是人真的就可以通过这么简单方式快乐起来吗？身上舒服了，可是脑子里还累，或是空空一片，只是及时行乐而已。酒桌上的相互吹捧，渐渐成为戒不掉的毒素，越来越沉迷。一堆人热热闹闹，散去后留下的是独自的寂寞。曾几何时，灯红酒绿的地方成了娱乐的唯一消遣，或者很多人下班后的目的地，在那里逗留的时间长短和频率多少直接和一个人的“好人缘”或者“工作能力”成了正比。曾几何时，家慢慢变成了有些人想摆脱的一种负担，独处也被认为是孤僻的表现。越来越多的人抱怨自己没有时间做自己喜欢的事情，没有时间去享受生活，但是为什么他们却有时间整天在夜店流连，在饭桌上侃侃奇谈。很喜欢陈道明的一句话：“其实把所有该回家的人都召回家，这个社会就会安定许多。现在有多少不回家的人，不是因为事业，而是在酒桌上，歌厅里。如果晚上每个家庭的灯都亮了，也是一种时尚。”

一个社会一旦全部时间都在高速运转，就很容易出问题。白天的上班时间需要高效率、快节奏，晚上则应该安安静静回家休息，享受家中的温暖，这也是符合易经中太极的道理。将夜晚也当作白天的一部分，阴阳失衡，是件很可怕的事情。每个人在工作中和在家中的表现是不一样的，就好比上班时多多少少都需要戴个面具，但日夜不分的时间久了，面具就摘不下来了。一个人为了生计，为了迎合他人，而一点点地丢掉了原始的自己，那是个可悲的结局。直到有一天，工作到了尽头，身边的人也离他而去，有了一大把的时间，自己却不知道自己想干点什么了。只有在平时，留些时间自己去思考，在家中真正地去放松自己，去强大自己的内心，久而久之，面对工作也会自信许多。

但是，外面的世界总是诱惑人多停留一些，可是人的一生，时间却很有限。一些人总是抱怨自己命运不济，运气不好，殊不知正是自己把自己葬送在眼下的抱怨中。自己将要成为什么样的人，都是当下要做的选择。我想有一本记录我自己的书，所以我选择在空闲时间开始写作。每一个选择并不一定都直接关联着命运的走向，但是一个个的选择积攒起来，就造就了你是怎么样的一个人，你的人生轨迹会是什么样子。运气或者机遇自然也有着一定的比重，但是机会往往是给有准备的人的，有些错过机会的人也是咎由自取。可吃不到葡萄说葡萄酸的人现在也不在少数，仇官仇富心理迅速地蔓延也是这种现象之一。先撇开那些奸商和炫富的人来说，对于那些一点点积攒财富的人来说，他们的付出和回报是成正比的。旁人只看到了他们风光的一面，可是他们在底层打拼的时候，又有多少人在那个时候嘲笑过他们的执着和傻气。面对他们的成功，那些嘲笑者早已忘记了从前，转而愤愤不平，满口声声的“假如当初”。如果说这个世界上有什么事绝对公平的话，那就是时间。对于每个人，一分钟就是一分钟，不多不少。

不经意间，看到了一年前准备考研时候写的东西，想起了当时天天背政治题的时候那种对自由的渴望。

我想在傍晚去城墙上骑车，就像两年前一样，简单的快乐

我想窝在床上看温情的电影，感动得一塌糊涂，然后一天都觉得暖暖的

我想去高速路上开车，要开得快快的，就好像没有超速检测的存在一样

我想抱着一盆咸咸的爆米花看喜剧，放肆的大笑，把爆米花扔了一地

我想一个人蜷在沙发里，裹着毯子，听着外面的声音

我想捧着一杯热可可，隔着窗户听着 Kearney 那种“呼呼”的风声

我想扣上帽子在雨中走，没有目的地，只是感到雨滴的温度

我想将音乐声音开得大大的，抓起一块有着满满 cheese 的 pizza，然后疯狂地打游戏

我想翻着一本小说，随着主人公喜怒无常在午后的阳光中

我想在 NE 的大平原上开夜车，看不尽的麦田在明亮的月光下泛着银光

我想早上戴上耳机去跑步，在晨雾中，隐约地看到朦胧的人影

我想一切都很顺利，我可以做我想做的事情，不需要担心太多

我想

我想

想得太多，但能做的太少

但我能记得，在考完试之后，我并没有做到上面的全部事情。是的，我有时间了，但那个时候我只想好好的在家睡上一觉。完成了一项任务后，紧跟着就是学校的期末考试了，几乎没有多少喘息的机会。记得当时我也是直呼“没时间”，不过，在一切都完成之后，我确实将上面能做到的事情都做了一遍，补了回来。虽说在别人看来我有些偏执，但是我知道那些是我真正想去做的事情，为什么不 following my heart（随心所欲）呢?

没时间，那只是借口，是用来给自己制造的空白找的安慰。如果真的没有时间，那也是应该对多彩的夜生活没时间，对自己的惰性没时间，对自己不情愿做的事情没时间。推掉假面舞会般的邀请，看本好书，努力工作，享受天伦之乐，自己来掌握自己的时间，自己来选择自己的轨迹。做生活的主人，而非时间的奴隶。

探寻自我

人生百态，各有千秋。可是真正活过的人又有多少。

忙忙碌碌，此起彼伏。但是面对死亡又有多少人会惶惶不安。

近些日子，时常想起活着的意义。是活着的方式决定了它的价值，还是奉迎功名使它利益化。人人总是恐惧死亡的来临，但却找不到活着的意义。总是觉得时光漫漫，想着明日再去做自己一直想去做的事情。却日复一日，总是等不来那天。有时，又觉得人生稍纵即逝，可还是下不了决心去改变。是我们压力太大选择了顺应生活，还是我们缺少勇气面对生活?

朋友家中的噩耗，又让我再次去正视这个现实。什么时候是所谓的活够了，也不禁引我遐想。有位友人说，活够了就是自身对社会已经毫无价值，整日吃饭睡觉，只为度日，那隐居的人呢? 对社会有多大的贡献本身就很难权衡，不被眼下社会所肯定的人也不在少数。在当时他人的眼中，有些所谓的失败者却有着穿越时空的魅力，而很多人一辈子庸庸碌碌，活着只为着有饭吃，有房住，数年如一日，别无他求。如此生活岂不是过一天就足够? 没有追求更高层次的人生如何谈得上认真地活过。

虽然，所谓生活的追求是仁者见仁，智者见智。没有谁能强求别人去完全认同自己的人生观，但底线至少是要对社会或他人无害的，总不能把自己的追求建立在其他人的痛苦上。

下一分钟的事情也很难预料，如果能在面对死亡的时候，可以坦然面对，没有对过去的内疚，也没有对想做而没做的事情感到遗憾，也算是较高的一种境界了。虽然，做起来很难。就像功夫熊猫里的台词，眼下的选择决定了你是谁。当一个人清楚地了解了自己是谁，自己想要什么，并在生活中去追求，可能才更能感觉到活着的意义吧！

七月

像“贵族”一样生活

英国人总是给人以死板、骄傲的没落贵族的形象，也难怪，皇室的存在有时候真的觉得是为了娱乐小报记者的生意着想。自工业革命之后至今，虽说英国依旧坚挺，但与昔日的辉煌相比，也显露出了疲惫。正如中国的骄傲是历史上曾经辉煌的朝代及民族精英在经济、政治、文化等方面的贡献，比如四大发明，比如中医。提到英国的贡献，很多人都立刻联想到莎士比亚、牛顿等大文学家、科学家等。然后眼前就能浮现出华贵的宫廷生活图景，里面穿梭着忙碌的人们。经过几个世纪的熏陶，即便宫廷生活不再，但英国人对礼仪的看重程度和他们本身骨子里的一种傲气，“贵族”也就成了他们的代名词之一。

不幸的是，很多人都认为“贵族”就一定是享有巨大财富，欺压百姓的残暴形象。虽然，这的确存在，而且是资本主义社会发展的必然结果，但是如果将这种说法说得那么绝对，就确实有点片面。“贵族”最开始的发生是对那些在战场上立过功的人们给予的嘉奖，并给他们享受一定的特权，包括了这种称号和待遇可以世袭。所以，从起源上来讲，当“贵族”也是要有付出的，而且等级与付出的多少是成正比的。但这里，我更想说的是现在社会对“贵族”这个概念的一种追求，一种态度。

先来说说国人，左一个西班牙宫廷，右一个法国凡尔赛，不知道从什么时候开始，国内的楼盘名字都起得一个比一个欧洲，一个比一个贵气。虽然不知道实际楼盘卖得怎么样，但走在大街上，要是只看名字，还真以为到了世博会的欧洲展区。再看看一些商品的宣传语，什么“像贵族一般的”“宫廷般的”“奢华的”等等更是出现频率甚高。学习借鉴国外优秀的东西固然很好，但凡事必须有个度，超过了这个度就不再是学习，而是一种简单模仿了。当一种广告手段可以很适合一部分人消费心理的时候，相应的问题就出来了，为什么这个方式会在这个社会这么适合？而这个宣传方式还不是中国的自产物，是外来的，是曾经一段时间人民都很厌恶而导致各种革命的，这样一来，这个问题就更有意思了，也更应该引起人们思考了！

“贵族”式的各种宣传其主旨不外乎就两种：享受、特殊。自古，中国人大多数看着别人享受，心里就很是不舒服，嘴里念叨着人不该让别人去服侍，心里却希望自己舒舒服服的享受有人服侍。心里实在不平衡了，干脆就组织一帮兄弟“革命”一把，这中间有失败，也有成功，更有甚者的结果虽然是改朝换代了，但皇权始终不变，实则换汤不换药。鲁迅说，中国人有奴性。但是他们

同样有对权利的渴望。与众不同，有的时候这就是成功的最大标准，因为不是每个人都可以功成名就。如果自己和旁人有了权力之分，便可极大地满足了虚荣，而体现自己权力的方法就是去享受，去搞特殊。文化残留下来的个性，不会很快就能消失的。这么一来，商家提供了各种特权或享受的方式，一部分人的虚荣心开始一点点的被诱发出来，自然“贵族”的旗号屡试不爽，便横行开来。

现在来看英国，贵族气息是无处不在，但没有一种实体的包装，而是一种气质。也有很多标榜着“豪华”等字样的宣传，但那些主要是针对中上层社会的人们，英国人尊重真正的贵族。每年，女王都会给有贡献的人授予勋章，也会撤去一些犯了错误的人的贵族称号。对于那些贵族而言，自己对家族的名声看得更是重中之重，宁愿自己受苦，也不愿让名声受半点影响。而且，“贵族”更多意味着是对自己有更高的要求，而不仅仅只是享受前人的成果。

比如伊顿公学，英国老牌的贵族学校，威廉王子与哈利王子都在这里上过学。常理而言，那应该是个纨绔子弟的集中营，天天享受和攀比。而事实呢，伊顿公学的学风严谨，任何来到伊顿的学生都人人平等，没有特权。而等级的区分是按照学生表现是否优秀，和家庭背景无关。天天严格的管理，和高强度的学习、体育训练，比起一般的学校是要痛苦许多，别说是从小优越惯了的贵

族，就是普通学生进去也未必适应得了，但却是上流家庭首选的贵族学校，培养出了不少的著名人物。英国《谈天说地》杂志的迪吉·赫德利·登特见过不少"伊顿人"，认为伊顿具有独特能力，让学生自信由内而发，不会看起来傲慢或自负。"你能辨认出伊顿人，因为他们会去某个场合，带着某个目标，然后径直追求，不管他人看法。"赫德利·登特说。这才是他们眼中的贵族。

还有一个流行的话语形容说，现在吃菜的都是贵族，吃肉的都是平民。一般的理解都是贵族们以前大鱼大肉的吃多了，现在为了讲究健康，多吃蔬菜对身体好。这个解释也没错，但是并不全面。其实，贵族的生活一向也是很简单的，和平民无异，他们现在吃蔬菜，他们以前也吃。他们秉承的是行动上的贵族，生活上的平民。

中国人对"贵族"的理解是富，而非贵。富是物质的积攒，而贵是精神的表现。真正的"贵族"在生活上节俭，在责任上承担，在灵魂上自由。金钱对于他们来说是必需品，但不是无限的囤积。对于资产，捐赠给慈善机构是最主流的做法，创办学校，资助贫苦的人们，很少人将大额资产留给子女。而作为一个人，他们不卑不亢，尊重他人。二战时期英国国王爱德华到伦敦的贫民窟进行视察，他站在一个东倒西歪的房子门口，对里面一贫如洗的老太太说："请问我可以进来吗？"这就是一种给予尊重的精神。当然，那些享有"贵族"名号的人中也并非个个如此。"贵族"不全是贵族，"平民"也不全是平民。

"贵族"的封号不是人人都能有，但是气质却是可以培养的。"贵族"意味着多一份责任，而非享受。如果是为了追求"贵族"生活而住进"凡尔赛宫"，送小孩去"贵族学校"，买所谓的"皇室"牌子，做"贵族"娱乐，整个"贵族"投资包装一新，出来的还是个普通人。因为为了炫耀，为了享乐的动机出发，本身就是和原本"贵族"的概念背道而驰。套用中国的古话来讲，"贵族"制造的唯一途径就是"吃得苦中苦，方为人上人"。老祖宗都留下这么简洁的秘诀，人人从幼时口中就常念叨的一句，为什么长大了反而就不懂了呢?

用一个很古老的笑话来结束本篇。在一个天气晴朗的下午，一位到海边度假的富翁遇到了一位正在睡觉的渔夫。富翁经过渔夫身边的时候，渔夫正好醒来。富翁说："今天正是捕鱼的好天气，你怎么在这里睡大觉？" 渔夫说："我给自己定的目标是每天捕 10 公斤鱼，平时要撒网 5 次，今天天气好，我只撒网 2 次，任务全部完成了，所以没事就睡大觉。" 富翁说："那你为什么不趁机多撒几次网，捕更多的鱼呢？""那又有什么用呢？" 渔夫不解地问。富翁得意地说："那样你就可以在不久的将来买一艘大船。""那又怎样？""你可以雇人到深海里捕更多的鱼。""然后呢？""你可以办一个鱼肉加工厂，那你就可以做大老板，再也不用捕鱼了。""那我干什么呢？""你就可以在沙滩上晒晒太阳，睡睡觉了。" 渔夫说："那我现在不就在睡觉晒太阳吗？"

一个是物质上的贵族，一个是精神上的贵族。

大人物 VS 小人物

如今生活中，什么都喜欢叫“大”字号，喜欢争第一。从全市第一到全国第一，再到世界第一，搞得处处都是吉尼斯纪录的现场版。人们也崇拜大领导、大富豪，个个都希望自己也有朝一日混个“大”资历。但我就想安安心心地做好我这个小人物。

小人物没什么不好，少去了不必要的纷争，有了更多的时间去关注生活的点滴。大人物们忙着运转整个世界，小人物就趁着这个时间去调理自己的生活。今天读本书，明天拨两下琴，后天骑车出去兜兜风，小日子过得不亦乐乎。既然有奥特曼去对付怪兽了，那我就安然地背着相机拍个虫鸟花草，生活安排的却有声有色，不甘寂寞，这才是小人物的生活态度。

但是有人要说，小人物就是不思进取的享乐生活，那可就错了。大人物变革改写历史蓝图，推动者还是要靠广大的小人物。这么说吧，耶稣要是没有那些信徒，他也就不可能死而复活；林肯要是没有那些支持者，也就不可能赢得南北战争。一个大人物的出现，那必须经过小人物锤炼这一关的。如果没有乐迷的认同或是画迷的赏识，贝多芬、达·芬奇也不可能留名千古。从来都是历史环境创造大人物，而小人物决定历史的成败。在《纳尼亚传奇》中，我最喜欢的角色不是狮王阿斯兰，而是那只天性乐观又斗志昂扬的小老鼠雷佩契普。不论个头还是角色的设置，阿斯兰是地地道道的大人物，雷佩契普也是个完完全全的小人物。阿斯兰的一声咆哮可以惊天动地，调兵遣将，雷佩契普总是用它随身佩戴的小剑跟敌人决斗。面对王者的阿斯兰，雷佩契普尊重它的狮王，但并不显得自己卑微，依然是我行我素。阿斯兰也并不因为自己的拥护者是只小小的老鼠，而轻视它的存在。这也是最和谐的大人物和小人物的关系。

在《魔戒》中，甘道夫是个大人物，可以将不同种族的精灵、矮人、人类等团结到一起，可以料事如神，可以出谋划策，但是消灭魔戒的人物却落在两个弱小的霍比特人肩上。比起精灵的灵巧、矮人的力量而言，霍比特人喜好食物，厌恶冒险，喜欢在自己的家园过着田园牧歌式的家庭生活。而就是这样的两个小人物，在高手如林的魔界争夺中，就靠着他们的坚持和对彼此的信任最后实现了成功。

不是每个人都适合做大人物的，人志所向不同，完全不必勉强。大人物天天面对的压力并不是所有人都可以承受的，他们所要舍弃享受生活的很多风景也是必然的。但很多小人物偏偏只看到大人物风光的一面，而不闻不问大人物失去的东西和努力的艰辛。于是趋之若鹜，得不偿失，转而天天抱怨的是比比皆是。既然有些人注定是要当小人物的，能把小人物做好也是件了不起的成就，何必奔着不属于自己的东西而去呢？更何况，如果生活中到处都是大人物了，没有小人物的陪衬，自然也显示不出来他们的高大了。大家都去拯救世界，拯救下来的世界又是给谁去享受呢？

所以，不论大人物也罢，小人物也罢，每个人都精心干好自己的事，就一定会展现精彩的人生。

平常心看失败

“失败是成功之母”这句格言耳熟能详，但是我并不是很完全认同。失败有两种，一种是彻底的失败，一种是有转机的失败。对于第一种而言，上面那句格言只能让人越陷越深；而对于第二种情况下，上面那句格言才是至理名言。

就比如说第一种失败吧，就好比让小猫和小鸟一起学飞行，小猫怎么都学不会，因为它本身就是要爬树的，不会飞的。就算让小猫学上一辈子，也不可能学会。小猫选择放弃才是明智的，然后花精力去练习爬树，效果才会很明显。人也是一样，非要一个有音乐天赋的人去做测量，他可能会做得很好，但是如果他一直都失败，他还要继续做测量还不如换个方向，可能对他自己也是个解脱，对社会也可能才会有更多的贡献。

而对于第二种失败，那是人必须经历的过程，否则成功一旦那么轻轻松松地取得了，也就少了它的意义。再用前面那个例子，小猫转而爬树，但是开始总是爬不好，那它只有一遍遍地练习。如果它再次的逃避，那它只能仰望着别的猫在树上跳来跳去，一旦强敌来攻，这只小猫必然就成了盘中餐了。优胜劣汰，适者生存，自然法则也就是这个道理。

对于这两种失败，应该什么时候选择放弃，什么时候选择坚持是个难题。一念之间，一种是聪明，而另一种就是愚蠢。但抛开最终的选择，面对失败的态度可以体现出一个人的性格。而常见的态度无非就是三大类，好强者，逃避者和中立者。好强者生性好斗，不愿意服输，有了困难喜欢迎难而上，越是有挑战性越有激情。但好强者也分两类，一种是可以俯览全局的傲然挺立的强者，一种则是四肢发达，头脑简单的愚者。而逃避者，也分两类。一类逃避者天生胆小，对于竞争本身就很恐惧，面对失败也坦然接受，在给他人对失败的形容上也是将竞争说得很是困难，让他人觉得失败是必然结果。而另一类的逃避者恰恰相反，他们喜好竞争，但是不能心平气和地面对失败，转而去抱怨竞争的不公或是自己本意并非如此，让他人觉得失败不是他们的错，他们如果想做的话就肯定能成功。而中立者，则是更平静地面对失败，去承认自己的不足。虽然中立者并不一定每次的抉择都是正确的，但是能正视失败就是向困难挑战的第一步。承认失败，并不是懦弱，相反，承认失败也需要勇气。

面对失败，我所喜爱的方式则是平视。不通过俯视它来高估自己的能力。也不因为仰视它而减了自己的士气，平视它，看看它到底有多高，然后再做选择。我是常人，我不会总是竞争中的强者，所以我不会去低估任何一个对手。而对困难的退缩又偏偏不是我的风格，即便是硬着头皮也一定要去面对我成长中遇到的难题。对于对手或者困难的描述，我亦不想夸大或缩小，因为对方的实力在某一方面来讲就是培养和证明我的能力的契机。例如，中国以前的战争影视作品中，总喜欢刻画对手的滑稽和愚蠢，由此来体现自己的足智多谋。而好莱坞的片子恰恰相反，总喜欢以刻画对手的强大和谋略，来衬托自己的胜利。其实，对手的强弱和自己的能力是成正比的，因为只有能力相当的双方，才能互称为对手。用反衬的手法可以起到喜剧的效果，但真的在战争片中，如此不堪一击的对手都对付得费劲，如何来体现自己的强大。只有承认对手的力量和智慧，笑到最后的一方才更有资格享有更高一层的荣誉。对于最后的结局，成就是成，败就是败。现实中哪有那么多的虽败犹荣，就算是，那也逃不过一个“败”字。给自己找再多的理由开脱，也都是没有勇气面对失败的表现。为何就不能大大方方地承认了，至少还保留一点尊严。

八月

新闻小感

前两天看到乔布斯辞职的消息，立马网站上到处都是苹果未来的讨论和各种由此衍生出来的玩笑。乔布斯是个很传奇的人物，而苹果公司也因为他的杰出贡献而业绩一路飙升。现在，大家都更关注苹果以后的走向是否还能依旧卓越。

这些讨论却远远比之半个月前的新《婚姻法》的颁布要来得有趣的多。也许，对苹果的担心是杞人忧天，确实是遥不可及。但是，对新《婚姻法》的各种议论也正是体现了现在人对待婚姻态度的关注，而绝对不是声讨者所说的“公平”。唯一看到的各种评论里，有一句是这样说的：

骂新《婚姻法》不好的女人都是没本事的女人，夸新《婚姻法》好的男人是准备离婚的男人。正儿八经的家庭哪用得着《婚姻法》。

两人结婚，本来就是件复杂的事情，如果在感情之外又加入七七八八的因素，那就干脆不要结了，生活从此开始就上了枷锁。那样的话，两个人要是婚后不离婚那才是个奇迹。新《婚姻法》也就是为了保护一方的财产而已，哪里有必要兴师动众去评判。在中国，更不太可能流行签《婚前协议》，总觉得一旦结婚了，我的是我的，你的还是我的。万一有一天分开，共同的财产至少要五五分才能算得上是公平，却忽略了自己对整个家所做的贡献，是否值那么多的价值。现在，新的政策一变，就突然发现自己的底线被突破了，未来彻底没有了保证。如果，当一个人觉得结婚的保证就是那套房子，对方的任何承诺都无足轻重，那婚姻对他来说就绝对是个错误的选择。他还不如拿着钱去做房地产，这样会更有安全感。

伴着新《婚姻法》出台的，还有两个有意思的现象。一是女人们都瞬间变成了怨妇，觉得自己的未来只不过是男人房子中的借宿者；二是她们都认为自己未来的男友均是有房一族，《婚姻法》对她们今后的生活是有影响的。可问题是，《婚姻法》中并没有说保护的是女方财产还是男方财产。而且现实中，也并不是每一个刚工作的男生都能负担起一套房子的。如果说是女方家有套房子，那还会有这么多怨妇吗？岂不是面对新《婚姻法》的各种称赞，生怕离婚的时候房子被男方分走？而就算是男方家有房，也基本都是男方父母攒钱买的，一家人的大部分积蓄都在一套房上。一个女孩嫁过去，一些年月过后，不得已离婚，就要将对方家财产的一大部分带走，难道这也算是公平吗？人的属性是自私的，但是凡事都要有个度，太过分了就只能一个人过了。

再者说，女人为了房子而和一个男人结婚，事后，男人再因为别的女人而离婚，这也就是正常的事情了。既然，最初是两人在一起就不是因为爱，分开也就是迟早的事情，各有所图，在这个快速而又物欲横流的社会里，更是体现得淋漓尽致。现在的生活，可以说本身对于刚毕业的我们而言就已经是很有压力。先不说所谓的理想或是志向，只要是先能在城市的一个角落里有个栖居的地方，自己能够支付得起日常的账单，又可以在闲暇的时候有着娱乐的心情就已经不错了。这个世界已经不再是以前那个处处满布阳光，可以无忧无虑地去创造的地方。如果说是找一个人，也只是希望可以分担生活的压力，给原本的生活中注入新的活力。但不管哪一方都想着婚后的财产问题，没有谁能有这个心情给耗着。

但是婚姻是建立在爱的基础上的，它只是爱在一定境界的表现形式，让爱更有了责任和道德。任何一个不忠于婚姻的人，很难说他是个忠于爱情的人。他有过选择的权利，他有过他的机会，只是一旦有了承诺，剩下的就是他所要尽到的责任和义务。有人说新《婚姻法》将男人的离婚代价变得更低，这样他们可以更容易做承诺和反悔。但是对于那些为了房产而选择婚姻的女人而言，她们是自己作践自己，让自己爱与被爱的价值瞬间贬值。也有女人们争论，说自己将青春和生活都给了这个家，但结果因为法律的变更而毫无补偿。对于那些自怜自艾的人来说，新《婚姻法》只是说房子属于购买者，但是并没有说购买者不能转让给对方，这只是在于当事人。如果真的是因为某些原因走不下去，人都是有良心的，该怎么做和要不要做都是对当事人的考验了。

从主流上的观点来看，各种对新《婚姻法》抨击的根源，就是大部分中国的女人都缺少的人格与精神的独立。从步入社会开始，就找着安稳的工作，然后找个理想的男友，开始过着幸福的小日子，越是清闲的工作越好，工作日下班可以去幼儿园接孩子，回家有时间准备晚餐，可是之后呢？这样的日子开始的时候是个喜剧，但是之后的走向就各有千秋，有喜剧，有悲剧，有伦理剧，甚至是惊悚恐怖剧等等。因为时间总是向前走，小孩总有离开家的一天，中年危机总有到来的一天。只是，有些人选择共同度过，而有些人因为无法承受义务选择了放弃。这个时候，女孩都成了中年女性，由于大量时间都投入给了家庭，在职场上早已失去了优势，整个的世界就是围绕着男人。突然一天，这个男人从她生活中消失，她在失去她的婚姻的同时也失去了整个世界。这样的她，注定是一个悲剧的主角。试想一下，如果从一开始，她就留下些空间来爱自己关心自己，她最后的关注点就不仅仅在她婚姻上的瑕疵了，也许悲剧就有可能避免了。

从看到报纸上的报道开始，我还真没想到后来会引起这么多的反应。觉得这条法律没有说是缺少人情味或者不公，只是简简单单的保护所有者权益。既然看到了各种评论，我也就抒发一下看法。本来世间就没有绝对的事物，非要在一个问题上纠缠过多，结果也并不以大众议论而改变，何不用这些时间去想想有没有什么更好的解决之道。

航班二三事

虽然在英国学习总共一年多，当寒假和暑假到来时，都成了回国的最好理由。往返英国的航班也不像美国那么单调，有英国的汉莎航空，到迪拜落地顺便可以参观的阿联酋航班，廉价的法国航空及荷兰航空都给乘客提供了多种选择。虽然俄罗斯航空公司的票价也异常的廉价，但是由于安全系数不是很高，很少有人问津。论坛上经常能看到留学生在交流着转机，逛机场免税店，飞机上服务及食物供应等情况，很有趣。就我而言，我喜欢在阿姆斯特丹转机，因为机场内部的方向指向明确，而且不需要坐机场摆渡及再次安检。而巴黎的戴高乐机场内部则是七弯八绕，上上下下，就在一个航站楼中还要坐摆渡去登机口转机。每次在那里转机，我都想说为什么它不能像法国国旗那样简单点。因为价格的优惠，荷航和法航成了中转大不列颠的主要航班。

12 月初寒假，回国的留学生还不是很多，但是因为英国大面积地降雪，原预定星期一起飞的航班，因为机场关闭，一直等到礼拜三我才飞离爱丁堡。那两天，早上起床的第一件事情就是刷机场的网页，给航空公司打电话去更改航班，随时更新网页，查有没有航站楼开放的消息。论文都没有什么心思继续写了，只是看着飞舞的大雪百般无奈。想着寒假的短短一个月里，又少了两天很是郁闷。终于在礼拜三早上，天空放晴，路边的积雪闪着点点阳光，网上几个“机场重新运行”的小字很是鼓舞人心。

登机后，才知道我不是最倒霉的，飞阿姆斯特丹的航班整整停运了一个礼拜。幸运的是很多学校都没有放假，并不是回国的高峰期，所以，我才能顺利地调整航班，没有因为大雪延误更多的时间。

后来，圣诞的临近英国又一次遇到暴风雪。在看新闻报道中了解到很多旅客都在机场滞留。我在回爱丁堡之前，的确担心过天气。听说戴高乐机场晚上不允许有旅客在机场内滞留，万一滞留在巴黎了，而我又没有法国签证，岂不是要在机场楼外的某个角落里忍受呼呼的冷风。巴黎的浪漫则一点都不会因此增色。还好，圣诞之后的天气几乎平稳，很顺利地回到了爱丁堡。

在英国时，尽管希望快点离开这个雨雪交加、难见太阳的地方，但一个月不见，在回到爱丁堡走出机场的那一瞬间，却有了不同于第一次来到爱丁堡的感觉。这里不再是一个新的起点，而是旅途的终点。想到马上就能见到室友，回到属于我们的小公寓，亲切感在直线上升，心里不觉踏实了许多。

暑假回国则没多少天气上的顾虑，爱丁堡 5 月初的天气很是讨人喜欢，虽然还有着凉意，但几乎天天都是阳光灿烂。也许是想到这一趟回国能有三个多月的时间，心里顿觉快活起来。不同于第一次从戴高乐机场匆匆忙忙的转机，即便那个机场的转机路线很是麻烦，但工作人员却都充满了法国式热情。听着他们叽里咕噜冲着我说着法语，我只是觉得很是耳熟，但是却对不上它们的意思，又一次激发了我要努力学法语的兴趣。刚好是在西非政局有些动荡的时候，碰上了中国支援队回国。他们一路上前前后后要坐二十多个小时的飞机，他们的出现让我觉得从英国回去还不是很远。

最有趣的航程，莫过于暑假后的回程。由于我的导师一再表示要面见我后，才跟我交谈论文的事情。可以说，从北京坐上航班开始，我的心情就一直不轻松，在飞往荷兰的飞机上，邻座是个很有趣的荷兰男生，一路上笑点不断很是有趣。十个小时的飞机，竟然没有刻意地去看电影，没有硬逼着自己睡觉，没有开电脑，就轻轻松松地过去了。虽然这么想比较贪心，但如果每次的长途飞行中邻座都有这样的乘客，那就不用每次望飞机却步，考虑如何打发长途飞行时间了。

而在英国国内或者飞往欧洲范围的航班也有很多的选择。比如，价格优惠又拥有很多航线的Easy jet，虽然它的登机条件非常的苛刻。没有食物和饮料的提供，随身包括电脑包也只能带一件行李，任何托运的行李都要收费，而且在网上预订的价钱要比托运当时付的价钱要便宜很多。但依旧火爆，常常订不到临近日期的航班。英航等其他国家国营的航线，虽然登机条件会优惠许多，但是却因为价格高并不是大部分学生的首选。

记得春假的时候，和禹一起去布里斯托。因为她顺道要从伦敦回国，大大小小的两个托运箱，一个登机箱，再加上我旅游准备的登机箱和背包，在机场遭遇着各种尴尬。首先，因为在公寓里用的体重秤和机场的秤之间有偏差，再加上我们遇到了很少见的很负责的地勤，居然多出的一两公斤非要我们拿出来。而取出来的东西，不是扔掉，就得随身背，结果我们在一旁开箱整理了半天，禹扔掉了一些物品，然后我们每人都套着她最厚重的大衣，大衣的口袋和帽子里也塞满了围巾等物品，还不算每人手里抱着一沓子的课本。那个场面如果放到任何一个喜剧场景里面都是可以想象的。登机后，终于脱下了她的大衣，整个人一下子轻了许多，那一次登机的经历，可谓是记忆犹新！

虽然，到现在还是觉得我们那天的运气真的不好，碰到了那么认真的地勤，但是从另一方面来想，这些不必要的麻烦也给我们旅途添加了自嘲的乐趣。每次一想到那天两人狼狈的样子，总是会捧腹大笑，旅途回来后，也和朋友们分享了这一笑料。

机场也总是个充满惊喜的地方，天天发生在机场的趣事，真是可以拍出一部部很棒的电影，文艺片、喜剧片、爱情片、悲剧片，刺激点的还有谍战片，但至于悬疑恐怖片还是没有的好。

爱丁堡艺术节之军乐表演

早早在 4 月份，卓然和我就订了爱丁堡军乐表演的门票。虽然军乐表演是要持续半个月的，即使这样四个月前几乎所有的门票都售罄。再次说明了，军乐表演算是爱丁堡艺术节的灵魂。

军乐表演（Tattoo，一般作为文身的意思），第一次看到这个名字，我还在想为什么爱丁堡的文身会这么出名呢？在网上搜索中，才知道是种表演的方式。

爱丁堡军乐表演始于 1950 年，当时只有八个项目，多年来，它不断发展壮大。而如今，全世界有数百万观众通过电视，定期观看由一千名表演者在爱丁堡城堡（Edinburgh Castle）带来的精彩表演。2004 年爱丁堡军乐节首次邀请中国人民解放军军乐队参加表演。2007 年爱丁堡军乐节还邀请了中国台北第一女中的军乐表演队。

每年都有来自全球的各个角落的人们，为一睹其风采而聚于爱丁堡，与这一活动‘零距离接触’。著名的军乐队表演源自 17 世纪旅馆商店关门的声音，它不仅仅是一件当地的大事，每年，都有很多访问团到此一展他们高超的音乐技艺。1952 年，第一支来自荷兰的海外乐团乐队参加了该节，同年还有来自加拿大和法国的表演者参与。随着时间的推移，已经有超过三十个国家的表演者在军乐表演上亮相。

这个具有苏格兰特色的活动如此盛行，以至于近六年来成为一个很大的亮点。从举办至今，这个活动已经为慈善机构募集了五百多万英镑。令苏格兰人津津乐道的是，即使是在最恶劣的天气，也从未取消过军乐表演，可谓风雨无阻。这个表演的排练通常在兵营进行，当然最后的表演绝对值得一看。

而我当晚的经历也证实了的确风雨无阻！

我们的票期是在提交论文的前一天，因为还有论文上的改动，本来我们约好一起买票的几个同学并没有全部去看。好在是军乐表演的票供不应求，很容易就转手了。那天，整个白天都是阳光灿烂，我还想着真是个看表演的好天气。可是，英国的天气变化真的不能用天来计量，偏偏就在演出中间下起了雨。这一下，基本上一个小时就过去了。我坐在露天的看台上，只好扣着帽子，在阵阵寒风中看完了整个演出。而因为看台是在爱丁堡城堡前原本的停车场上临时搭起的，座位之间间隔甚短。如果旁边的人举着长镜头的相机，都可能挡住视线，更不用说打伞了。所有观众不是穿着雨衣，就是淋着“及时”的大雨，没有一个打伞观看的。很快，就能清楚地看到表演场地上溅起了水花。不论是苏格兰本地的表演团，还是应邀的其他国家表演团，都在雨中给观众献上了完美的演出。

军乐表演以爱丁堡城堡为背景，随着天色渐渐地暗了下来，紧接着响起强烈穿透力的苏格兰风笛声，城堡的大门缓缓打开，穿着格子裙的苏格兰军人每人手握着风笛迈着稳健的步子有序地走向广场。在爱丁堡的一年时间里，听到风笛声的机会是不计其数，但是，不同于一支风笛的孤独，或活泼的乐章，当上百支风笛此起彼伏地响起时，更多的让我感觉到了雄壮威武的激情。仿佛，我被带回到了几百年前的古战场，那时的风笛声是用来唤起人们捍卫自己的国家。他们的每一个动作配合得非常标准整齐，军人的威严随着风笛声展现出来。

城堡在他们身后静静地挺立着，好似也在随着风笛声讲述它的故事。随着曲调的变化，城堡也在转换着各种各样的灯光和图案，有海洋的壮阔，感觉夹杂着点点腥味的海风都迎面拂来；也有欢闹的集市，仿佛都能听到小摊贩的高低起伏的叫卖声；还有张牙舞爪的怪兽，刚好把两只毒牙镶在城堡的大门两侧，再加上里面喷出的烟雾,真的有点像上世纪八九十年代古装武侠剧里鬼门关的感觉。

除了表现苏格兰的特色之外，当晚其他的表演也是很有水准，而且，几乎每一个表演中都穿插着一些情节。我也随着剧情的表演在不同的时期穿梭着。杰克船长（电影《加勒比海盗》中人物）也向观众挥手致意。最让我惊讶的是某一表演的开场，清脆的乐符立刻让我想到了戴着圆圆眼镜的小巫师——哈利·波特，该电影的主题曲竟然出现在军乐演出上，这是超出所有人意料的。场内各种微小的声音都在说着哈利·波特的名字，看来哈利在麻瓜（不懂魔法的人）的世界远远比他能想象到的出名，可能也是为了纪念该电影系列在今年暑假演播结束的意思吧。

当表演接近尾声的时候，各种音乐戛然而止，灯光熄灭。然后在远远的城堡高处有一个光圈，光圈里面矗立着挺拔的苏格兰男人。他独奏着哀伤的风笛，似乎是在纪念一场战役的结束，或者是纪念他逝去的战友。在坚实的城堡下，他看起来无所畏惧，但又无比感伤。风吹着他的裙摆，身上厚重的披风和帽子上的羽毛，那一刻，全场各个角落眨起的闪光灯，就像是湖面上的点点星光，悄然无息地陪伴着风笛在诉说。

表演结束的时候，苏格兰军人和全体的表演人员都出来谢幕，有风笛，有鼓，有长号等等。各种乐器的声音交织在一起，相当整齐又特别的队列方阵，真的是一场听觉和视觉的盛宴。然后全体起立，奏英国国歌。紧接着《友谊地久天长》熟悉的旋律用风笛奏起，大大小小的苏格兰蓝色旗帜在城堡上浮动，观众们不论身边是不是认识的人都交叉着拉起手，跟着风笛的旋律和漫天的烟花齐声合唱着这首歌曲。在这一瞬间，苏格兰独有的热情和坚强在传递，也感染着全场的观众。甚至，我都感慨我很幸运当时求学时选择了爱丁堡。一年时间，让我在这个时刻也有了一种自豪感，因为我选择了苏格兰，而它也用它的方式接纳了我。正如，《友谊地久天长》是 18 世纪苏格兰诗人罗伯特彭斯（Robert Burns）根据苏格兰民间的口传而录下，它所表达的情谊是跨越时间和地域的。之后，乐队一个个地退场，直到只有苏格兰军人留在场地，再之后，他们也沿着出场的路线回到了城堡里，表演结束。

随着最后的风笛声，我带走了军乐表演的美好回忆，也进一步地了解了爱丁堡的美丽。以后每每听到《友谊地久天长》，我相信我的记忆里会又多了一个美丽的夜晚画面，又多了一座城，又多了一份情谊，也多了一种眷恋。

议享受

为什么有的人偏偏喜欢追求不该有的安逸呢?

人各有志，有的时候，我就偏偏弄不懂为什么有些年轻人只愿意享受而不愿意去奋斗。人活着应活出个性，而能活出个性的人也都是那些勤奋努力的人。享受人人都会，享受的方法从奢华到普通，无非也就是把娱乐项目不同的包装，本质上都是一样。所有人也都喜欢彻底地放松，无忧享受。就像放假一般，当这种日子很少的时候，才会特别珍惜，才能更觉得难得。但如果将整个生活都变成了娱乐，那总有一天生活也要娱乐你了。

任何事情都是有前因后果的，没有谁能侥幸逃过。在回爱丁堡的途中，坐我旁边来中国旅游的 Mike 就很好奇地问我："中国的女孩子是不是都很喜欢找老男人。"我真的不喜欢被问到这个问题，虽然我知道我不属于他说的那类，但是这个统称的概念还是让我感到尴尬。一年前，在陪美国的一名教授参观景点的时候，我也被问及同样的问题。那个美国教授给我说，在他接触的学生中，一个男生问他："我的女友觉得我不能赚很多钱，而她觉得凭着她的长相完全可以找到更有钱的男友，所以她和我分手了，你认为在美国也会有很多人因为这样的原因分手吗？"那个美国教授很是惊讶地看着我，好像我就能给他个"说得通"的解释。我当时不知道怎样去回答这个美国人的疑问。因为，这个问题我不能简单地去否认，现实社会中它的的确确地存在。美国人觉得不可思议，我也觉得这个算是家丑了，何必要外扬。所以，对于 Mike，我只能说，那是存在的，但只是少部分人而已，因为她们喜欢物质上的享受，所以她们要找能支付她们欲望花销的男友，但是能有那么多钱的男人一般都不会年轻。但我打赌，Mike 和那个美国教授一样，他们的疑问绝对不可能就这样被说服了。

在这个问题上，我也有些自己的看法想说。对于年轻的女孩去"傍"有钱人，或者有权势人，都是极其可耻的。她们想得到的无非就是金钱的享受，或者是职位的提升。年轻是种资本，那是自己去奋斗去创造生活的资本，而不是当作理由去这样支付自己的资本。更可怕的是，她们永远觉得自己是聪明的，男人被她们玩弄，又为她们的欲望埋单，她们不用繁劳就能安然享受一切。但事实呢？她们永远只是别人身边的短暂玩物，在她们失去男人的同时，她们的生活也会立刻返回原点。而那些愿意为这类女孩埋单的男人，特别是那些已婚人士，只能说是没有跟上进化节奏的动物。因为他们没有道德感，没有责任感，并用他们认为的小聪明来周旋着。一旦东窗事发，自己最先就缩回到了自己的保护壳中，将女人推到浪尖。这么胆小的人都很难称作是男人，女人为了他们手里的那点钱，那点权，搭上几年的青春和名声，这样的选择值吗？

当然，贪图享受的不仅仅是这类女孩，也有其他类型的男生女生会想着办法如何偷工减料地生活。社会上"富二代""官二代"的新闻也屡见不鲜，而且负面的新闻呈现主流趋势。略去"仇富"的态度不说，有的时候也是他们的做法过于挑战群众的心理极限。按照他们的年纪，大可依靠父母的力量然后自己奋斗，但往往却就是有些人选择天天聚会娱乐等等，尽然觉得享受就是生活的真谛。更有甚者，会看不起那些天天为生计奔波的普通人们。

街头艺术

爱丁堡艺术节

人就年轻一回，错过了就真的回不来。而年轻的意义不就是在于享受苦和累中的奋斗历程吗？太甜的生活，会叫人忘记了甜的味道。当国外的同龄人在忙着边上学边赚学费的时候；当他们开始在社会上打拼的时候；当他们假期当背包客或者去做志愿者的时候；年轻的价值就点点滴滴地在积累了。很多名流出身的孩子，也都自食其力地闯荡一番，也称得上是“虎父无犬子”。当然，他们中也有帕丽斯·希尔顿那样的享乐代表，但是帕丽斯只是娱乐小报的对象，基本上是个当作大众笑料的负面形象。真正欣赏这种人的看客，还真是很少遇见到。我身边的朋友，很多人都将他们的青春过得很充实很精彩。我看见过他们的迷茫，他们的失败，他们的拼搏和他们的骄傲，虽然方式方法不同于那些美国学生，但是在追寻理想的道路上自强不息是相同的。

任何一个生命都是一场轮回，该来的总是会来。过早的贪图享受不见得是件值得庆幸的事情，有的时候恰恰相反。在那些人做出享受生活决定之前，先不要只想到未来的一两年，而要想想以后的漫长岁月。金钱，物质，职位都换不来名誉和幸福。只有凭着自己一步步努力实现的成就，才能真正做到坦然享受。

又一个九月

是结束，也是开始

从国内回来没有几天，朋友们都提交了毕业论文。一个个都被折磨得痛苦不堪，最后的几天，连续写上三十多个小时的人比比皆是。定稿打印之后，很明显的每个人嘴角都止不住的上扬，接着就是昏天暗地的补觉。因为暑假有其他事情要完成便对毕业论文申请了延期，这样我的论文提交还有三个多月的时间。按我导师的话说，你这个月还不用着急。也就自然而然地被她们感染了，感觉像交过论文一样浑身轻松。

同学们论文上交日期一过，也就意味着一年的留学生活的终结。大家计划欧洲旅游的，订机票回家的，等待爸爸妈妈来英国玩的等等，各种各样的有趣计划打破了之前沉静的场面，似乎是毕业论文的种种“难忘的”回忆早已忘记，大家也都不约而同地提前了离开爱丁堡的日期。去年 9 月份还是个充满新鲜感的开学时间，可到今年 9 月，却是个地地道道的离别时刻。在接受着新生各种羡慕的小眼神中，毕业生也是仰天长叹“终于啊”，一面给新生传授“经验”，一面低价处理着生活物品。一年的生活结束得热热闹闹，9 月 20 号之前也成了

留学生来英和回国的高峰期。

前天，倩韵最先离去，让我在异国也体验了一把离别的伤感。因为她在回国前还要去伯明翰暂住几天，爱丁堡的火车站也头一次成了我毕业送别的场所。熙熙攘攘的人群在车站穿梭，广播里叽里咕噜的英文，都冲淡了送别的气息。我觉得更像是在地铁站挥手说再见，而倩韵不是要去伯明翰，而是要去爱丁堡另一端。我和维将她送到站台，嘴上依旧说着“回国后，见面机会还多”“很快就能见到”。可是，大家心里都知道，那是一种离别时万能的缓冲剂，只是最简单的愿望和最朴素的安慰。但现实中真要说什么时候见面，没有一个人能说出“很快”到底有多快。特别是经历了大学时期的离别，真正在分开后一年内能再次见面的，真的是寥寥无几。最有意思的是去年送娜去北京实习的时候，离开的最后一秒我们还都像往日般的打打闹闹，没有一丝眷恋。因为我们都以为她实习之后，会分回到西安工作，只不过是半个月的小别而已，但事与愿违，实习刚结束，她就被分到了其他地方。别说见面了，她留在西安的行李都没有时间来取，直接让我帮她寄了过去。结果，一年多都过去了，我们也一直没有见过。早知道这样，当时就应该在车站煽情一点。

头一次觉得一年的时间居然可以如此之漫长，感觉只用这一年就能填满所有的记忆。想起当时大四的毕业季节在车站为同学们送行，居然觉得是好久好久之前的事情。时间仿佛无限地被拉长，一年的时光就已将原本没离开校园的学生都演变成了一个个行业的雇员。常常听说朋友们的现状调整，工作跳槽，新的岗位，地点的变更，目标的改变，生活也在我们的面前展露出更多的真实面目。今年暑假和大学宿舍的室友小聚，突然发现她们都在说着工作中各式各样的趣事，讨论会计考证或者审验的时间，再或者是账务上的处理。我突然间就好似一个局外人，甚至有的时候不能完全了解整个谈话的中心。因为我们关注的对象有了区别，原来除了学校之外的共同话题就变得越来越少。有时和过去同学聊天，会发现我们更多的在谈回忆，因为学校生活的回忆是我们交流的唯一交集。渐渐的，回忆也变成了一潭死水，由于从事职业各异，关注点分散，谈话的无趣，我们也慢慢疏远。而那些同学，不过是熟悉的陌生人，因为我们以前没有发觉我们原本的陌生距离，后来则在回忆中淹没。

签证轶事

回到爱丁堡的一周里，前前后后发生了许多事情，心情就像是坐过山车，悲喜交加，任何一条信息都可能让随后的计划发生改变。

还好，签证的材料准备得很顺利，周四早上递签，然后就等待领事馆的电话。这也让我联想到一年前准备来英国的签证情景。

从来都觉得签证是件很头疼的事情，各种材料很是麻烦。第一次签证去美国，因为是“1 + 2 + 1 交流项目”，所以很多材料都不用自己去准备，就觉得省了不少心。但是从决定来英国学习开始，申请学校，联系住宿，再到后来的签证，全部要自己去办。也有些朋友他们直接找中介去办所有的手续，这在个人简历和推荐信上面也确实提供了很多帮助，其实更重要的就是花钱买安心。就说推荐信，大家都知道很少会有大学老师给一个学生写这种证明，所以几乎所有推荐信都是学生自己效仿三种不同的语气写出三封推荐信，然后再找老师签个名。而中介的服务里一般都会包括提供推荐信，但中介的收费也是高得让人惊叹。

一般而言，英美的学校大部分都是免费申请，偶尔有收申请费的，也不会高得离谱，大概在五十镑左右。在所要申请学校的网站上注册个账号，然后找到想要申请的专业，跟着网页上的步骤提示，一步步地填表和上传文件。至于每个专业的要求，对应的网页上都有很详细的说明，看过一遍基本上就知道自己的把握如何。主要条件无非是本科四年的平均成绩，雅思或托福成绩，GRE或GMAT的成绩，找到是很容易的事情。不过，英国学校对于申请人是先来先处理的原则,即便你再优秀,一旦学校的名额录满了,学校也只能给你封回绝信。

申请签证那天，也很有意思。一大早乘飞机到了北京，然后一路奔到签证处，抽了号，排队，直到把材料都交了上去那一刻，才觉得突然轻松了许多。即便是在准备的时候，将材料一遍遍地看了好几遍，但不到最后的确认，一直觉得不是很踏实。而英国使馆对于签证的受理速度，也着实让我紧张了一把。可能是开学日期的临近，在一个礼拜后收到签证那一瞬间，才真真正正地踏实下来。

比起去年的签证，准备欧洲的旅游签证相比较就容易多了，也就是几个小时的时间，就全部准备好了。旅游签证就是要额外提供预订的机票和住宿。即便是欧盟，但是每个国家的要求还是有所不同，就是申请表上都有着细微的差异。虽然在投币的照相机上照出来的证件照很是奇怪，但是比起每次去照相馆照证件照的那种不自在，感觉上要好很多，至少不会因为一点点角度的问题就要调整半天。因为爱丁堡有很多国家的领事馆，所以签证也是非常方便，大可不必跑到伦敦去大使馆签证。将签证材料递交领事馆后，再由他们转寄给大使馆,因为荷兰的领事馆没有签证权,所以时间相对其他签证要多两至三个星期。

于是我提前了一个星期打电话预约了时间去递材料。荷兰领事馆的工作人员也很负责，他在问过我计划旅行的时间后给我安排了见面时间。见面那天早上，慢悠悠地走过去，找到了领事馆的地方，可是，除了牌子上写着几个字之外，连国旗都没看到，而且领事馆还在地下一层。这么低调的领事馆还是头一次见到。也许是刚刚上班，领事馆里除了我和一个工作人员，空空旷旷。递交了护照，从领事馆出来后又成了没有 ID 的人，现在唯一能做的就是等着电话，期盼能快点拿到我贴着签证的护照。

拿到护照是两个礼拜后的事情了，着实还虚惊了一场。虽然荷兰签证不要求有机票证明，但是为了保险，我还是提前订了机票。去阿姆斯特丹的航班是礼拜五晚上的，而我在该周的礼拜二上邮局网页查看护照是否已经寄出的时候还是没有一点动静。于是，我按捺不住地给爱丁堡的荷兰领事馆打了电话，可他们说现在他们也无能为力，我只能等到礼拜四了，如果护照还没有任何消息，再给他们打电话，因为他们每个月的第一个礼拜三放假，刚好就是明天。我也试着给伦敦的荷兰大使馆打电话，可是那边工作人员操着极其重的中东口音告诉我，因为我不是在伦敦申请的签证，没有申请编号，他们没有办法给我提供信息，我只能联系领事馆。就在礼拜四一大早，我没抱任何希望的顺手打开邮箱，点了包裹查询的链接。让我还没睡醒的眼睛立刻睁大了的是邮局说他们已经接到了包裹，等着投递的信息。结果，早上十点不到，领事馆的一个电话，

告诉我护照已经到领事馆了，我可以随时来取。这时候我对英国邮递的速度佩服得五体投地，根本看不进去任何文献了，立刻换了衣服飞奔乔治街 127 号，去领我久盼的护照。这样礼拜五，我就能顺利地踏上了欧洲大陆的第一次旅程。

在和荷兰使馆接触的过程中，再次证明了他们的英语远远比苏格兰口音的好懂很多，而且工作人员态度都很好也很负责，工作效率也很高，他们领事馆或者大使馆邮件速度基本都赶上在线聊天的速度，这在使馆中着实不易。而且在我的签证日期上，荷兰使馆在我申请的 11 天逗留期上又延长了近半个月。因为在我知道的朋友签证中，法国大使馆的效率不仅低，很吝啬签证有效期，一般来说只会提供往返机票上的确定时间的往返期，而且态度也不是很好。一位室友的爸妈在申请法国签证的时候，因为签证下来的当天正是他们要飞往英国航班的那天。不幸的是，航班是早上的，而签证是下午才拿到的。于是，他们不得已退了机票，重新买了晚上的机票飞了过来。幸运的是，她的爸妈还是在旅游团发团去欧洲之前赶到了伦敦。

但至少，我现在可以说我觉得准备签证不再是非常困难的事情，特别是两次的签证都在最后一刻拿到，与使馆的电话、邮件过程中，也发现签证远远没有那么难。只要是使馆要求的资料准备齐全，让使馆了解你出行的明确目的，就没有什么太大的问题了。

44号，想说“再见”不容易

去年8月31日，我惊喜地接到爱丁堡大学的无条件录取读研通知书，才开始准备留英的基础工作。今年的8月31日，我收拾着行李，送走一个个室友，然后自己也搬出了充满回忆的公寓。人这东西也怪，去年的这个时候，我还不认识禹，更没有收到她征室友的邮件。今年的这个时候，我们却一起在厨房忙着清扫，讨论着如何去应付难缠的房东。

昨天下午，坐在楼下的 Noodle Bar（面条店）里，和维一起看着过往的路人，才发觉一年期间，发生了不少的事情。简单的吃了晚饭，我们出门右拐，然后开门上了楼。去年刚来的时候，楼下的 Noodle Bar 还是一家租房的公司，冬天的时候倒闭，一直看着里面空空的摆着一些木条。天气微暖，下面叮叮咚咚的开始装修，很快我们收到了一封向楼上用户询问对即将开业 Noodle Bar 的询问信。于是，在夏天，Noodle Bar 开张了，那个时候我在国内。一回来，就听说卓然和维在写论文的时候常常到楼下买海鲜面或者海鲜饭，被店里面的服务人员认下后，再也不好意思去了。今天，因为整理了一天的东西，又不想再叫没有什么选择的外卖，就顺便下楼。坐在小店里面，就更感觉去年离我是那么的遥远。

在将近一年的时间里，不论是银行账单、网上购物，还是填写表格，44 South Bridge（南桥 44 号）被用了无数次。后来，只要一提到英国，就想到爱丁堡，一想到爱丁堡，就立刻浮游到了这个地址。一年时间，它从一个陌生的概念，变成了各种回忆的聚集地。各种煎熬的时期，各种有趣的事情，厨房里各种的香味都是回忆。因为临着爱丁堡主干道，安静的时间几乎是稍纵即逝。白天嘈杂的人声，夜晚偶尔呼啸的货车声，清晨忙碌的公交车声，再加上周末深夜酒吧的喧闹声，那绝对算不上一个适合人居住的房子。再加上苛刻的房东，真可谓是糟糕的公寓。比如，一个浴室从坏了到修好，前前后后用了三个月的时间，还是因为我们找到政府人员督促给房东下了最后期限；再比如，热水器坏了，我们在没有暖气的房子里过了至少一个星期才等到维修工姗姗而来，要知道爱丁堡的天气，就算是我刚回来的这几天，8 月份都能用上暖气。唯一一次房东主动联系我们来整修房子，还是因为政府的人要来考察他的房子在我们合同到期后是否符合继续出租的条件。9 月 1 号，合同到期，我们都迫不及待搬了出来。

就是这样一个事事不如意，问题一大把的公寓，也确实因为它楼下就是车站，不远处就是 Tesco 超市，十分钟就能走到火车站，十五分钟就能走到学院的绝佳地理位置，我们住了下来，而且一住就是一年。但禹因为受不了噪声，暑假从国内回来后就搬走了。我也因为暑假回国三个月的时间，就将我的那间房子租出去了。莎莎搬进来，又搬走。前前后后，有不少人住在这屋檐下。昨天在厨房清理物品的时候，发现我们都是它的过客。很多之前收集的调料，漂亮的餐具都不得不丢掉，它们原本不属于这个房子，最终也要离开这里。我们也是一样，只不过，我们多些回忆罢了。如果若干年后，拿着这间公寓的照片，还能清楚地指出每一件物品曾经的位置，还能记得起当初墙上贴满各种海报和便条的样子，还能闻到厨房里无数种不同的香味，还能想起每天早上还有些迷

糊地在洗手间和各自房间穿梭，还能感受到我们聚在餐桌边等待外卖的心情，还能看到每次倒完垃圾随手在墙上值日表上的随意涂写，如此都说明我们曾经属于这里。而我们也都会永远属于 44 South Bridge，只不过是换了种形式罢了。

和以往回国前往机场一样，我依旧叫了出租。26 公斤的行李真的不是我能拖着穿过偌大的 Meadow Park（草地公园）。和以往不一样的是，这是我叫出租车最后一次用这个地址。下一次将会是 Gilmore Place（街名），但是它对我而言只是个暂住的房间，更像是旅馆一样。虽然，两个地点走路仅用三十分钟的时间，但却感觉我到了一个完全不同的地方。小小的房间，更像是我在美国时候的宿舍，只不过没有室友而已。

街道外面要安静许多，一排的房屋外侧都种满了鲜花。午后，去附近的 Tesco 买些食物，觉得比经常去的那家要拥挤一些，收银员也不如那家热情。走回房间，看着地上的箱子，想着不到十天又要开始新的旅途，一个让我充满期待的一次旅行，荷兰，比利时和巴黎，单是说巴黎这个名字，就能让我兴奋不已。早上，当称完我的行李箱时，突然发现我身边的全部家当就是 26 公斤！我感觉就像是在一个摇滚乐团四处巡演途中对未知的未来无所忌惮，或者是街头艺人居无定所地发掘生活不同的美、不同的惊喜。我觉得我可以去任何地方，我能去做任何我想做的事情，我可以去实现我做的梦。那是一种很年轻很无所畏惧很有激情的感觉，我很喜欢。

对于回国前的这段时间，也容不得我有太多遐想。不计其数的文献要看，对论文的设想，对签证的等待，还要适当地温习早都遗忘的法语，还要享受在爱丁堡最后的日子。看起来，剩下的这个星期还真不会闲着。

只是，对 44 这个门牌号，想说“再见”真的不太容易。

午夜漫步

昏黄的路灯亲吻着图书馆旁的砖路面，被小雨打湿的青色石砖反射着淡淡的灯光，呼应着，也驱走了我周围孤冷的夜。我喜欢将近午夜时分在室外散步，如果有朋友陪伴，固然会将这段时光变得非常有趣，如果一人独行，我也会享受这一刻的宁静。我喜欢在走路的时候让各种想法到处飞舞，有的时候也是做“白日梦”的绝佳时机。虽然我没有胆大到在任何地方都敢肆意地独自游荡，在所到过的地方中，至今也只有在 Kearney 和爱丁堡才能觉得夜晚是安全的。

砖之间的缝隙很大，路面也微微拱起，听着自己踏在砖路上的声音，浅浅深深，高高低低。很难想象如果穿着高跟鞋，能在这样的路面上保持形象。刚刚结束的夏天，我也曾踩着高跟鞋在西安穿过大街小巷，可惜它们都不在我来这边的行李单上。我喜欢穿平底鞋，简单的套衫和牛仔裤也绝对是我的最爱。但这并不是说夏天的我，是被动地去做个看起来更女孩的女孩。有的时候我的想法，连我自己都感到意外。我喜欢在法国转机的时候听帅气的安检人员称赞我的靴子；我喜欢裹着小裙踏着高跟鞋和好友一起聊天；我喜欢拖着长裙去看余晖的灿烂；我也喜欢在抽屉中翻腾许久只为了找到合适的耳环。但如果有一天我登上了帆布鞋，穿着牛仔裤（对于破洞的牛仔裤我从来都无法拒绝），套着能表达我当天心情的短袖，那么我绝对会好好地享受这一天。单一的形容词是无法形容我的心情，因为我不会一直是个高跟鞋女孩或者帆布鞋女孩。

从某种意义上来讲，我觉得这是表达自己的一种方式。我崇尚自由，我觉得如果一个人失去了自由，生命就毫无意义了。好友瑞曾说，她觉得我绝对是个“神秘”的天蝎座，但是在对自由的偏执上却很像她的射手座。对于星座，我并不是很感兴趣，如果有好的信息我就当真，负面的运势就选择忽略。也有人研究过，青少年之所以喜欢奇奇怪怪的装扮，是因为他们需要让外界看到他们的存在，继而寻找到认同感。青少年时期也许是人生中最开始感觉到迷茫和未知的阶段，但也是自我表达最真实的时期。成年人，特别是上班后的人们，更喜欢通过淡化自己的特性来寻求归属感，何尝不是自己对自己的束缚呢！

我所谓的自由，不是说简单的行动上肢体上的灵活，更多的是心的自由。当心被一层层添加了枷锁，行为上的自由只能是最低级的自由了。我们有太多的时候都在抱怨是社会不给我们自由的权利，社会是我们套上枷锁的原因。但是，上锁的那双手是自己的双手，支配那双手的正是自己的心，我们只是不愿意承认罢了。而自由也不是为所欲为，而是去追求自己理想的生活，虽然现在理想对很多人来说只是个空幻的想法。那我也只能遗憾地说，他们对自由的执着也在随之下降。他们中不乏自认为自己这样的做法很聪明，也许短期来看的确如此，但他们只是在错过一些生命中更亮丽的风景，比如说追寻自由的过程、偶尔失败的尝试或者看着想法变成现实的快乐。坦白来说，在这条路上，失败者远远要比放弃者更让人尊重。

“你的时间有限，所以不要为别人而活。不要被教条所限，不要活在别人的观念里。不要让别人的意见左右自己内心的声音。最重要的是，勇敢的去追随自己的心灵和直觉，只有自己的心灵和直觉才知道你自己的真实想法，其他一切都是次要。”——史蒂夫·乔布斯苹果能有今天的业绩，是他们一个团队的执着追求。最近，我身边的朋友们也发生了不少事情。有对于大家都看好的实习单位因为对其销售方式不满而辞职的，也有对国际排名很好的新学校失望而考虑退学的，还有想去一个连该国的官方语言都不通的地方生活的等等。可能对于很多人来说，他们的做法不可理解，至少这些看起来都不会有经济效益，甚至都是些冒险的决定。也有人觉得很不屑，可我的朋友们也都不是那些所谓“无后顾之忧”之辈，他们只是有勇气去选择他们想要的，他们是在为了自己的理想生活而愿意冒险。他们是自由的，是真正意义的自由，忠于自己的心，我也真的祝愿他们能赢回这场筹码。

对于我的生活，我体验有着70%的自由，至少这70%生活方式的选择权在我，剩下的30%则不在我的控制范围之内，但并不意味着我不能完全沟通说服。相反，我喜欢这30%的牵绊，因为我知道这是爱的表达方式。当然，爸妈和朋友的关心也绝对远远高于区区30%，只是他们会给我留出空间，这是爱的另一种方式，也是更高一层的方式，因为这里面包含着真诚的挚爱理解信任。我也在很肆意地去享受这美妙的30%。虽然，一般的法则是20/80，但我真的很乐意享受额外的10%，因为我从内心和情感上也很想和他们维持亲近的距离。

就像我暑假迷上骑车一样，大热天里和瑞哼哧哼哧地骑了三十公里到秦岭汤峪，之后就立刻打消了明年和她们骑川藏线的念头。但是，我喜欢黄昏在河边慢悠悠地骑车，喜欢突然的加速听风在头盔里盘旋的声音。也许暑假里，我只是因为高跟鞋穿太久了，想念帆布鞋而已。也许，我现在只是想骑骑车了。

随性些，何必自己把自己禁锢起来？自己给自己找累受？让心自由，追随它，即便有的时候，它只想让你做做白日梦。

最有效的心情调节剂之冰激凌

在英国的一年中，如果想用日照长短来调剂心情，那抑郁的可能性会大大增加，但不管是狂风卷地，还是整星期的连阴小雨，或者漫无尽头的大雪天，只要是咬一口冰激凌放入嘴中，待口腔的温度将其融化，记忆中欢乐的夏日就不再是那么遥远了。每次在王子街上闲逛，总是在思考要不要去买个甜筒啃着。王子街的两侧也非常配合地开有两家 Thorntons 巧克力店，里面也随时都会有冰激凌供应。

说到 Thorntons，它是英国本土大名鼎鼎的巧克力品牌。创建于 1911 年的巧克力店，虽然没有吉百利在世界范围的热销，但在英国人心目中有着不可动摇的地位。Thorntons 的巧克力不仅是糖果，更是打出“巧克力的艺术”的口号，创造花样口味繁多的巧克力。每次走进店内，仿佛得了临时的选择恐惧症，完全没有办法可以在短时间内选出想要尝到的味道。特别是遇到打折的时期，看到人们大盒大盒地抱着 Thorntons 巧克力挤出店面，简直就是太正常不过的事情了。曾有新闻报道，在贝尔法斯特，就有一伙犯罪分子从他人账户上诈骗

一万五千镑，就是为了购买一卡车的 Thorntons 巧克力，足以想象出它的魅力了。相比起巧克力而言，Thorntons 的冰激凌一点也不逊色。虽然没有芭斯罗宾或者 TCBY 那么繁多的冰激凌口味，但也拥有不少口味的 Thorntons 做出了超赞的冰激凌。薄荷巧克力和奶油山核桃味一向都是我的最爱，看着店员熟练地滚出胖嘟嘟的冰激凌，然后叠加在一个华夫筒中，再插上一根夹心的巧克力棒，别说是逛街中途了，就是刚吃饱美味大餐，我也会抵不住诱惑地咬下去。薄荷的清凉唤起的夏日记忆冲淡了店外的寒风，巧克力也变得清淡起来，在口中跳跃着，像是夏日里青草的芬芳。而山核桃的微咸和坚果的果木香，在黄油的围绕下，巧妙地平衡了甜腻，瞬间就漂移到了阳光暖暖的怀抱。当然，朗姆葡萄干的醇香、或者经典香草味道的甜美都是值得尝试的。在 Thorntons，不论是挑选巧克力还是冰激凌，永远都不会有错的选择，甚至连最佳的选择都变得艰难而模糊。可惜的是，Thorntons 店只有遍布在英国大大小小的城市，而在海外则没有直销点，不知道是不是英国人自高的性格，难道把好东西都留给自己来享用?

除了 Thorntons 这样的举国连锁，还有很多咖啡店、茶室或者专门的冰激凌店都有着不同美味的冰激凌。快放假的时候，没有太多作业的压力，恰好又是阳光充裕的春天，下午的时光自然是最适合四处走走的。Meadow 草地一侧，有家小有名气的咖啡店。由于周围就是爱丁堡大学的主校区，学生在课余闲暇之时自然就爱过来坐坐，喝杯咖啡，配块新鲜出炉的蛋糕，写写作业，或者进行小组讨论，是个轻松、安静的地方。随着春天的到来，这家咖啡店在离主店五十米左右的地方，开起了冰激凌店。和 Thorntons 的冰激凌不同，这里的冰激凌多是沙冰。橙色的芒果、红色的树莓、白色的酸奶……依然是难以选择。无论是怎样挑选，看着各种高饱和度的彩球一个个地垒在一起，五彩的太阳伞、咸咸的海风、热情的阳光、沙滩的嬉戏，仿佛仅仅是一步之遥。比起传统冰激凌的奶香和厚重，沙冰也更为多汁，一口下去，直接滑了进去，酸酸甜甜的，甚是清凉。

除此之外，旅游时也是品尝各地冰激凌的大好时机。温莎城堡外的甜筒，奶香醇厚如同那里的欢乐；伦敦 Wasabi 寿司连锁店里的抹茶软冰激凌，浓郁的茶香层层回味；卡迪夫美人鱼码头的大份华夫饼冰激凌，软软的华夫饼将丝丝的焦糖升温，暖暖的冰激凌更是有着诱惑力。但是，当窝在房间的时候，冰激凌也是冰箱里的必备品。虽然，哈根达斯在英国的超市里远远比国内的便宜，而且还常常是买一送一，但是比起 Ben&Jerry’s，哈根达斯只能委身于 No. 2 了。Ben&Jerry’s 总是能将单一的口味变化的内容丰富，棉花糖，或者是小鱼模样的巧克力块，可爱得让人无法拒绝。不论是餐后大家一勺勺的聊天分享，还是看电影的时候抱着一盒尽情地享受，或是机场因天气关闭，回家的航班不确定之时，便一口气舀空了半品脱的百利甜酒口味的冰激凌。不管心情怎样，只要不去考虑吃太多冰冷甜食的后果，不论是给好心情锦上添花，或者是改善一下一团糟的情绪，冰激凌总在那里扮演着绝佳的心情调节剂。

英国的雨天

从进入 10 月以后，一直到来年 5 月，阴沉的刮风、雨雪天气就从未离开过大不列颠岛。想想这样的天气也不得不说是英国特色了，偶尔遇到一个晴天，都觉得那是碰上了不可思议的好运。

说下雨，总能唤醒人的很多记忆。看着雨滴打湿了街道、浸透了灰色的墙壁和一排排黄褐色的烟囱，远处教堂模糊的棱角只残留下一座大致的轮廓，顺着雨伞也流入了行人的心里。想起从前雨鞋仅是当雨鞋穿的时候，每次套着雨鞋横穿满是泥水的操场，如果当天有体育课的话，心里还是窃喜又可以省了绕着操场跑步。当然，从前也有对下雨不喜爱的时候，虽然可以逃过了体育课，但是要是遇到春游或是开运动会的日子，结果早上一睁眼看到的是雨从天降，自然是望着一旁塞满零食的书包，虽知道出游的可能性为零，还是不愿意承认现实，只是不情愿地将课本扔进书包，还怀着雨会奇迹般停止的想法去了学校。到了学校以后，大家都眼巴巴地看着没有丝毫停止迹象的雨点，便各自从书包里掏出零食，开起了室内的野餐会。而现在雨鞋变成了潮品，特别是在英国，出现的频率和雪地靴几乎相当，下雨的时候有人穿，大晴天的时候也依然会出现在大街上，材料也不仅仅是防水材料，有些雨鞋的内部还添加了抓绒，外界雨水的冰冷丝毫不会影响脚的温度。

进入雨季以来，似乎就对英国的晴天没有抱任何希望，即便出门没有下雨的迹象，依然会将雨伞放入随身包里。这里的天气说变就变，一片从海上飘过来的云，就能在一眨眼的工夫浇下一场大雨。一天间断地下上两三回都是常有的事情，有时路面刚将上一场雨的湿气蒸发掉，就噼里啪啦地又下了起来，比定点的洒水车还要勤快。雨伞在这里并不是最佳防雨备选工具，因为下雨时少不了强风，经常举着雨伞会感觉寸步难行，雨衣应是更佳的选择，来这里以后就越来越喜欢带有帽子的衣服，如果再是防水的，那就是更方便不过了。

如果有心情和时间在雨中漫步，也是个不错的选择。一般来说，雨中散步不仅能享受雨前残阳照射及细雨初降时所产生的大量“空中维生素”——负离子，有助于降低血压，提高大脑的运转效率；此外，还有助于消除阴霾天气容易引起的情绪抑郁。就单是减少抑郁情绪这一点，在英国简直就是太重要了。在我还没来英国以前，就经常开玩笑说“这一年里，天天在不见天日的阴沉天里闷着，一年后不得抑郁症那就是最好的结果了”。不幸的是事实的确如此，大半年的时间里很少能看到太阳的真面目，特别是在冬天，早上九点之后，天才开始泛亮，下午三点以后就开始了黄昏，要是遇上个乌云堆积雨却下不来的天气，那就可以直接跨过傍晚进入黑夜了。运气好的话，能有三四个小时的日照，而且很有可能是苍白的阳光。当我寒假回家时，下了飞机坐上机场大巴，已经下午五点了还看到一轮冬日斜斜地倚在天幕上，甚至都不敢相信那是太阳，第一反应那只是个很像太阳的物体。对于个把月都没机会看到过太阳的我来说，抓起电话一阵激动像是发现新大陆一般兴奋。

而雨中的散步，也是体验英式氛围的最好办法。大概就是因为大半年的时间里，太阳都很少光顾，这里的一切在雨天中总是那么的和谐。不论是灰色调子还是黄色主调的街道，在雨水的冲刷下更显出其气质。一辆辆从身边驶过的传统出租车，圆鼓鼓的车形和黑色的喷漆，身后留下特有的贵族气息。雨水滑过树叶，带走了最后的浮尘，似乎流下的水滴都染成了饱满的绿色。走近，还能闻见泥土与雨水混合后的特有气息，无法捕捉，却异常的熟悉。水滴打在青砖路上，溅起小巧的水花，打破了道路的静谧。镜头的一个随意特写，就像是老电影的还原，即便黑白胶片的拼接不再，潮湿的怀旧感还是扑面而来。

这种天气，总能够引发各种遐想，虽然不会像是晒着太阳做着欢愉的白日梦，少去了那种可以托起思绪并带其漫游的动力，安静下来的想法则可以沿着墙角流荡在空空的城市中。如果不是卧室的窗子临着繁忙的街道，如果不是楼外的行人可以一抬眼就看到窗口的一举一动，我倒是很乐意在窗台上铺满蓬松的靠垫，披上绒绒的薄毯，盘着一条腿坐下，抱着一杯热饮，在那里欣赏雨中的街景。看着街角的咖啡店的霓虹灯关掉，看着一趟趟的巴士载走了下班、放学的人们，看着雨水打在窗户上，聚成一道道水柱，流到窗底融化在了花岗岩地面中。随着天色变暗，玻璃上可以倒映出房间里的模样，然后看着房间窗户玻璃上的镜面像在雨中冲刷，也是件有趣的事情。楼下的街灯散发着微光，在雨中则更加昏暗。雨水凝结住了灯光，带它坠向地面，却又无情地打碎橙色的温暖，将残留的碎片揉进了石缝间的积水。悬空的灯光便在地面散开，印着雨的夜，还是那么的不经意。没有雨打蕉叶远离凡世的脱俗，听着雨滴敲击着窗、石壁、路面，高低参差，时而清脆，时而圆润，将它的故事讲得绘声绘色。此时，什么都不用去想，就这么单单观着雨的轨迹、倾听雨的变奏，感受雨的冲洗，杂乱的想法一点点地沉寂下来，腾出清澈的空间，未尝不是进行了一场无意识的冥想。

从英国回来后，第一个想到的不是伦敦的繁华，也不是爱丁堡的气息，而是下雨的街。没有专门的场景，没有固定的模式，没有特定的观察点，或有撑伞的行人，或空无一人，或专注于迂回在青砖小道的积水，或眺望雨雾中的塔楼，只是一切基于灰色的调子，湿漉漉的空气和不见尽头的雨天。

美食盛宴

英国无美食，几乎成了一个众人皆知的定论。现实中，也基本如此，除非运气极好，碰上了精细烹调的佳肴，英国的食物在脑海中的印象总是各种豆子、土豆、面包、黄油以及它的名菜炸鱼薯条。虽然相比而言，英国并不是个美食的产出国，但是英国人的口味从来就没有单调过，从近邻的欧洲大陆到遥远的亚洲，再到大洋一侧的北美，这里汇集着各种美食佳肴，足够满足不同口味人的各种需求。所以，美食既可以在全英的品牌连锁餐饮品牌内品尝，也可以在家庭式的小餐馆内寻觅，还可以在不定期的食物集市上尝试各种不同的食物。只能说，英国人也许不直接烹饪，但他们一直会追寻并享受着美食。

印度菜

印度菜在英国占有相当的市场，多是价格低廉。不论在英国的哪个城市，经常能看到有人举着大大的标牌，上面画着箭头，写着诸如“6 镑午餐自助，前方 100 米”的文字，多半指的是印度餐馆。此类的自助，很少有繁多的菜品，

米饭和饼作为主食，摆着五六道菜供客人选择，多数情况下会是一道牛肉主菜，一道鸡肉主菜，一道伴有豆子的主菜和一道蔬菜，印度料理中对豆子的喜爱和英国人不差上下，但是味道上却南辕北辙。自助的菜品大都不会有特别美味，但也不难吃，只是对得起广告上的 6 英镑。茶或咖啡的饮品是包括在其中的，但是如果想喝别的饮料则是要单独付费，往往还要面对是选择免费的茶还是免费的甜点，有的时候还真要纠结一下。可以说是低价自然有低价的原因，也算得上是实至名归。

当然，除了廉价的印度餐厅，大街小巷也有不少高档的印度菜。味道与价格成正比，再一次体现得淋漓尽致。浓郁的咖喱裹着嫩鸡块，辣得干脆爽口，再配上带着面香的烤饼，吃过后大呼过瘾。往往由于很难在爱丁堡找到一家正宗湘菜或川菜的中餐馆，想吃辣椒了，便去印度餐馆靠着咖喱解解馋。印度菜大多以烤、炒、烩和炸为主，点菜也不费劲。虽然面对我最钟爱的咖喱，不管是点牛肉还是鸡肉，端上来都是一盘黏稠的食物，外形看起来并没有太大差别。与日式料理的讲究配色与视觉艺术相比，真的是相差甚远，但是一旦入口享受着各种香料带来的味觉快感，让人心满意足。

中 餐

面对再多的美食诱惑，中餐在我心中一定是排在第一位的，先不说横跨整个欧亚大陆对中餐的想念，客观对比起来，中餐也在众多菜系中出类拔萃。之前看过这样的评价：日本菜是用眼睛吃的，美国菜是用胃吃的，法国菜是用心吃的，中国菜是用舌头吃的。在各地美食云集的英国，这个结论再一次被验证。

比起几年前在美国的留学经历，在满足对中餐的需求上，爱丁堡简直就是天堂，当然，与曼城、伦敦有着大量华人居住的城市比起来就小巫见大巫了。王子街一侧的西贡餐厅被我们誉为“爱大食堂”，里面永远都有爱丁堡大学的学生来此用餐。正是因为西贡在味道上已经非常的中国化，没有一般中餐厅的中材西用，所以大家也愿意时常去捧场。每逢过中国的节日，大家都会不约而同选那里作为聚餐点，多多少少沾染点遥远的节日气息。酸辣粉和流沙包是我们每次的必点品，到现在还时不时地想那里的流沙包，黄色的松软小包里面藏着热乎乎的细腻咸蛋流沙，一口下去，微咸的馅料顺着嘴角淌入舌尖，淡淡的甜味回旋在齿缝之间，回国后再也没吃到过能与之相媲美的美食了。最让我意外的是爱丁堡还有火锅店，一个类似小肥羊的火锅店，因为传闻不卫生便没有光顾过，另一个就是海鲜自助火锅。说味道，如果没有自己调的酱汁，不论是麻辣锅还是三鲜锅都没有什么滋味，但是无限量的海鲜确实很吸引一群食客。但这家火锅店离我们的公寓有二十多分钟的路程，而且只在每天晚上营业，有时我们不得不穿过大街小巷奔着肥嫩的大蛏子而去。

爱丁堡的中餐店与英国的其他城市相比，真的不算是最好。记得当时前去利物浦时，蕾带我去当地的一家中餐馆，一份水煮鱼吃得我心满意足。在伦敦时，钰新带我逛唐人街，那里有着无比好吃的麻辣粉，别说我是几个月没吃到如此辣的正宗麻辣粉了，即便是在国内，也会在众多的麻辣粉中排在榜单前列。钰新还说那家麻辣粉对面的包子也是非常棒，但是我的胃实在是没有那么大的容量，便只能眼巴巴地看了几眼冒着热气的白胖包子，走进了麻辣粉店。

日本料理

日本料理一向都以它独特的清淡和生食招揽着顾客。中餐与印度菜多以平价为主，日式料理则划分成了快餐店和贵一些的餐厅。快餐厅多以寿司为主，顾客可以自己在货架上挑选，然后拿着托盘在收银台结账。在伦敦遍地开花的 Wasabi 就是一个典型的例子，里面不但有各种配料的寿司，还有热菜、炒面、米饭一类的快餐，很难说是纯日式的快餐店，更像是中式快餐和日式快餐的结合体，一到吃饭时间就被挤得满满的。我很喜欢他家的海草寿司，虽然是快餐，但是味道的确不错，还有浓郁的抹茶冰激凌，比哈根达斯同款要好吃很多。

而那些不算便宜的日本料理则更注重食物配色。每一道菜都可以算得上是小型的艺术品，颜色的配比和食材的摆放都有着刻意的人工痕迹。一道道菜拼在一起，就是个视觉盛宴，看着总是比放到嘴里后要美味无穷。

韩国料理

在英国，韩国料理并没有中餐和日餐那么普遍。烧烤一类的几乎是不可能在这里见到，只是些炒菜、拌饭类的菜品，不过味道却引人入胜。

在爱丁堡新城远离市中心的地方，有一家地下韩式餐厅，很是招人喜爱。每次在点完菜后都会送上可口的韩国小菜，清脆的豆芽、卤汁的豆干、入味的土豆和多汁的香菇。每一次在主菜上来之前，我们必定会把这些小菜一扫而光，还会觉得意犹未尽。如果要将所有吃过餐馆的免费开胃菜进行评选，那一家绝对是最棒的。不论是香辣的海鲜饭或是炒年糕，浓浓的韩式辣酱总是能愉悦着味觉，不过，最值得称赞的是这家的三文鱼拌饭。和热乎乎的石锅拌饭不同，三文鱼拌饭为了不破坏三文鱼生冷的口感盛在丑陋的不锈钢盆中，虽然盛器很是不雅，毫不夸张地说就和一般的洗菜盆没什么区别，特别是当邻桌摆着精巧的食具，自己却要在众目睽睽之下抱着铁盆大吃，很不协调，真的希望这家餐馆能换换食具。但是开吃之后就不会因它挑剔餐具了，冰冷的不锈钢会将大块大块三文鱼的鲜美发挥出来，拌着黄瓜丝、萝卜丝等新鲜多样的蔬菜，褪去热气的米饭和大勺的辣酱，不但不会有生食三文鱼的不习惯，而且还会吃到鱼肉与米饭的完美融合，少了鱼肉的油腻，多了清爽和鲜辣的口感，一口紧接着一口欲罢不能。

其实，在此之前，我是坚决不会生吃三文鱼的，每次看到端上桌的刺身都想不通为何会有人喜欢冒着冷雾，嚼着如同脂肪的生肉，也曾试着尝过几次，但都以失败告终，便将它划分在“与我无关”的食物列表里。到英国后，在三文鱼狂热爱好者室友卓然的倾力推荐下，我也决定给三文鱼一次平反的机会，便尝试了这里的三文鱼拌饭，一口之后，就瞬间当了味觉俘虏，从三文鱼的厌恶者立即成了和卓然一样的爱好者。

泰国菜

这里的泰国菜也是非常受欢迎，大街小巷随处可见。虽然价格上会略微偏贵，但是喜爱的人依然是趋之若鹜。泰国餐馆里几乎都会摆放着一尊修长的佛像和金灿灿的大象，挂着闪亮的窗帘，播着轻快的泰语歌曲，充满了泰式的东方格调。

泰国菜的味道甜而不腻，香而不辣，酸而不涩，很受英国人的喜爱，也同样合乎我们的胃口。虽然泰国菜肴里也有大量的咖喱使用，不过咖喱的辛辣并没有完全的张扬，而是隐没在椰奶的香甜之中，和印度的浓郁相比，吃在口中别有风味。爱丁堡一家剧院对面的街上有一家挺好吃的泰国餐厅，虽然我们在8月的时候才发掘出来，在临回国前的一个月内，又去了两回。而我和禹在巴斯旅游，歪打正着地走进一家泰国餐馆，里面的食物也是异常的好吃，后来我

们也知道了那家泰国菜在当地是很有名气的。

泰国菜的菜单经常是分为头盘、汤、咖喱、炒和主食几个大类，但往往没有自己特色的甜点，都是将冰激凌写在菜单上补充它的完整性。头盘里通常是油炸、煎烤类的食物，比如沙爹串、泰式春卷、炸虾球和鲜虾角。虽然一大盘油汪汪的头盘端上桌，明知道不是什么健康食品，但还是会吃得津津有味。那些油炸食物，虽然外表看起来炸到金黄，吃起来也的确香脆，但是里面裹着的馅料则是熟得恰到好处，不会过老而失去原味，也不会过嫩而难以下咽，而是刚刚好的熟透、刚刚好的美味多汁。主菜中，虽然泰式炒菜也很是好吃，但印象中椰奶、咖喱似乎成了泰国菜的主打调味，而海鲜和菠萝的组合就成了泰国菜的招牌。大盘的菠萝炒饭总是挑逗起视觉和食欲，菠萝的香甜和大虾的鲜嫩都融汇在饱满的香米里，米香伴着细碎的果仁和各式的调料，炒饭端上来更像是一道主菜而非主食。品尝泰国菜，就犹如听着耳边绵绵的泰语，虽没有味觉上的大起大落，但温和的味道中突出酸、甜、辣的一种或多种特性，轻易地让舌头去给味觉归类。

意大利菜

比起法国菜在英国的贵族化和高端化，意大利菜在英国可以说是上得了庙堂，下得了江湖，很受各个阶层人们的欢迎，光是全国的连锁店就数不胜数，而且家家生意火爆，足以见得这些英国人有多喜欢比萨和意大利面。

一年时间里，我们也在吃意大利菜上有了心得。意大利面和提拉米苏一定要吃 Zizzi 的，虽然是一家大型的连锁餐厅牌子，但是味道却是没得挑剔；披萨还是多米诺的好吃，不但味美而且价廉；稍微好一点的餐馆里比萨都会很薄很薄，一人是能吞下一张饼的；必胜客也是最好不要去的。在旅游中间，也会看到各地好吃的意大利小餐厅。虽然每家店的比萨、意面在菜单上分享着同样的名字，写着大致相同的配料，在端上来的成品中总是能吃到不同的味道，所以每次点菜后都是一次次的期待，永远也不会将意大利菜吃到无聊。

西班牙菜

和意大利菜同样来自欧洲大陆的西班牙菜，在英国虽然没有前者那么随处可见，但也很受欢迎。一走进西班牙餐馆就立刻能感受到火辣辣的热情。和墨西哥餐厅类似的，两者都刷着橙黄色的墙壁，似乎将餐厅化作一团团散着暖意的阳光。

西班牙海鲜饭、腊肠还有多种精致的餐前小吃 Tapas。和意大利菜一样，西班牙菜在英国也有着全国的连锁品牌。因为每一次我们都是几个人一起前往，所以直接点个套餐，既能尝各种特色佳肴，还省去了面对美食抉择的犹豫不决。通常，套餐里包括了各类小吃，也有小份的正餐餐品。多汁的猪肉丸子，浓浓的番茄味从略焦的外层一直渗入柔软的内部；鲜嫩的虾仁，在橄榄油的煎制下

透着柠檬汁的酸味和干辣椒的呛辣；腌制的腊肠，各种调料的随意搭配居然吃出了中国腊肠的味道；色彩鲜亮活泼的海鲜烩饭，筋道的粒粒米饭里融着海鲜的鲜汁和香料的独特香味，再以小火慢炖之后的的确确散发着海洋的气息。

除了美食之外，西班牙餐厅的美酒也很是出名。一罐向外散着冷气的玻璃器皿中盛着粉色的气泡酒，上面还覆满了各种小块水果，喝起来不仅没有酒精的辣味，而且冰冰甜甜如饮料一般，不知不觉就喝下一大杯。后来，我们有时在公寓聚餐，也会自己去调制这样的饮料酒，味道上虽有差别，但也大致相同，而方法却是很简单：

一瓶蔷薇酒（Rose，葡萄酒的一种，如果想调出靓丽的粉色，那么这种酒是最佳选择），一筒雪碧或七喜，柠檬必备，苹果、梨或其他水果可以随意添加。在调酒前一定要将雪碧放入冰箱冷藏，之后按个人口味配比酒和饮料的比例，再加入柠檬汁并摇匀，最后将喜爱的水果切成小丁状放入酒中。如果再给器皿装饰上鲜花或者柠檬片那就更有热带风情了。

尽管如此加入饮料调后的葡萄酒将本来就不算高的酒精度数进一步稀释，但是如果只贪图嘴上快感豪饮，那喝醉只是时间问题。

土耳其菜

与中国菜、法国菜并称为世界三大菜系之一的土耳其菜，在英国也是随处可见。从烧烤快餐店到高档的餐馆，当地人们生活里少不了来自土耳其的芬芳。

一提到土耳其菜，就想到硕大的烤肉串（Kebab）、垂涎三尺的切片烤肉（Shawlma）、模样惹人喜爱的土耳其软糖、从嘴一直能甜到脚尖的果仁蜜饼（Baklava）还有各种各样的糊状食物。传统的土耳其菜以饼和抓饭为主食，烤制的牛羊肉为主要菜肴，而且他们的嗜甜程度比起英美人来说要上升好几个档次，所以为了缓解胃部压力和甜腻，土耳其的酸奶和咖啡也是出了名的浓重。烤肉串在英国也是常见的街头小吃，将腌制好的牛羊肉或鸡肉煎至外焦里嫩，有的餐厅会直接以烤肉串的形式端上来，有的餐厅则将肉剥下来伴着酱汁和蔬

菜卷入饼中。而一般能看到竖立一个大大的烤肉架，架子上重重叠叠地串着肉块，有鸡肉、羊肉，但以牛肉居多。肉块约有碗口粗，被炙热的炭火烤着不断往下滴油，随铁架不紧不慢地转动着“嗞嗞”作响。烤熟一层，店伙计就往下削一层，新鲜热辣，香脆可口。

土耳其著名的果仁蜜饼也是不得不提，一层层的黄油酥饼中间夹着核桃或者开心果等磨碎的果仁馅料，再浇上甜丝丝的蜜糖汁，不尝一口绝对想象不到它的甜度竟可以如此浓郁。面对这样的甜品，我还是忍不住诱惑，有时和卓然从超市买来一盒蜜饼，一定要放入微波炉里转一圈，待看着蜜饼嗞嗞响冒着热气，表层的酥皮上鼓着一个个蜜糖泡泡，这时候，我们才心满意足地给蜜饼上面喷上松散的奶油，奶油立刻就趁着温度化为一阵阵的奶香诱惑着鼻子。土耳其的其他甜品在味道上也是同出一辙的甜，但是我们总是舍不得和它说再见。

希腊菜

一直都很想去希腊旅游，虽然在英国期间没有时间去，但是看到希腊餐厅还是很有兴趣去尝一尝。第一次去尝试希腊菜是在泰晤士河边，那天晚上，本来和钰新没有打算去希腊菜馆吃饭，只是从圣保罗大教堂回她宿舍的路上，沿着河边散步，看到这家装修清新的希腊菜馆，便来了兴致。餐厅内延续了爱琴海的蓝和城市的白色，户外撑着太阳伞好似在海边一样，小桌上也点着一根根的蜡烛。菜单是由希腊语翻译过来的英语及大段大段的解释，我们点了套餐。上来的菜肴很是精致，头盘都装在三层的套碟上，很像是下午茶的茶点盘。上层叫 pita 的面饼、中层类似于豆糊沙拉、下层则是调味小菜。有着典型的地中海食物的特色：清淡、新鲜。后来在威尔士又品尝过一回，也是突出了橄榄油的多变用途，海鲜和肉类在料理中的鲜嫩和蘸料的各异。但客观讲，希腊菜味道并没有想象的那么好吃，除了环境幽雅以外，真的没有什么可以推荐的了。

不过，在英国的一年里，我没少喝“希腊酸奶”。超市里的酸奶有英国特色的 Muller，也有超市自己的牌子，还有就是统称为“希腊酸奶”的不同牌子。味道比起其他类型的酸奶更加酸而黏稠，不论是直接舀食，或是当作调味料拌些沙拉或是配着肉类食用，都是很不错的。

说到希腊菜，虽然对精细菜肴的

做法并不感兴趣，但是希腊的一种街头快餐 Giros 却很合我口味。Giros 是烤肉卷，在软软的饼中放入刚煎熟的鸡肉，然后包上生菜、洋葱等爽口蔬菜，满满的挤上特有的酱汁，若解决它吃相可绝对不会优雅，但是为了美味这点牺牲值得了。

美式快餐和英式快餐

也许是因为英国菜单调的缘由，英国人对美国的快餐也是非常推崇的。五步一个肯德基，十步一个麦当劳，什么汉堡王、赛百味三明治、多米诺比萨也是林立在各个街头。其实，最让人想不通的是必胜客，在这里受欢迎程度远远高于它在美国本土，不管什么时候经过它的店面，都能看到里面有着极高的上座率，火爆程度和国内的必胜客可以相媲美了。说来也是有趣，我们公寓里的几位，没有一个喜欢必胜客的比萨，每次都是上网叫多米诺的外卖。先不说多米诺比萨每个礼拜二都会有买一送一的超值活动，单就味道而言，也胜出必胜客许多。厚厚的芝士中裹着不同的配菜，加上涂在面饼上浓郁的酱汁，配上烤得松脆的薄饼，怎么吃怎么有味。相比之下，必胜客比萨厚重的面饼和少得可怜的酱汁，我们都弄不明白为什么它会在英国和中国那么受欢迎。

而炸鸡、汉堡的快餐店里，顾客也是络绎不绝。说来也怪，在家的时候，每过一段时间，必定会去麦当劳买个汉堡解馋，但是自从出国，进这些快餐店的次数加起来仅用一个手都能够数得过来。快餐店以它强大的适应性著称，英国的肯德基里配餐茄汁黄豆这点一直让我印象深刻。不过，不论是英国还是美国的肯德基，比起中国的肯德基完全就不是一个档次，同样的名称对应着不同的味道，中国的肯德基不仅产品种类多样，在味道上绝对要比英美的好吃得多。这也是为什么在国外的时候，即便想啃个快餐，也一定会绕着肯德基走。这一点在必胜客也是一样适用。

但是，如果要赶时间，想找地方上网，或者歇歇脚，再者要在大清早找个地方解决早餐，这些快餐店则显示出了它们的优势。特别是在周末旅游，一般商店和餐馆都在十点以后迎客，去快餐店里买个早餐补充体力就成了最便捷的方式。

其实英国也有着当地的快餐，而且不仅仅是炸鱼和薯条，更多的是派。不同寻常的甜点派，英国派则类似于国内包子的主食。在面包内填满不同的食料烘烤，奶酪蘑菇、培根鸡肉、洋葱牛肉等等，在酥脆的黄油壳下有着各种口味的选择。有些是小店买卖，有的则是街头的快餐车，去晚了很有可能喜欢的味道就卖光了，只能在剩下的口味中选择。一块厚实的热气腾腾的派下肚，饥饿感立即被赶走了。比起这里的汉堡来说，派则更受我们的喜爱。特别是公寓楼下就有家可爱的派店，经常就有一股股刚出炉的派香顺着墙壁攀入窗口，特别是饥肠辘辘的时候，不一会儿就可能手捧着松脆的派回到房间。

墨西哥菜

墨西哥菜在英国远远不如在美国那么受欢迎。虽然随处可见，但在人气上根本比拼不过土耳其菜，墨西哥餐馆有全英连锁也有家庭式小店，但是如同麦当劳的连锁快餐厅几乎是不见踪影，看来地理变化会营造一定的“化学反应”。从美国回来的一年多，很少吃到墨西哥菜，既然到英国了，那就要解解馋。看着裹着面粉炸出来还嗞嗞作响的青辣椒，咬下去，一不留神就可能被里面流出来的热奶酪烫着舌头，但丝毫不影响我对它的喜爱程度。可爱的 taco 饼，西红柿与奶酪的配合，冒着热气的墨西哥菜总是很足量，牛肉酱或是鸡肉块也将馅饼塞得鼓鼓的，生怕人吃不饱一样。每每将色彩斑斓的墨西哥菜吞入肚中，整个心情也会随之灿烂起来。

别了爱丁堡

9月份临近毕业也意味着爱丁堡艺术节的闭幕。那天晚上，我和禹在她的厨房里，最后一次吃她做的可口饭菜，观赏着窗外闭幕的烟花。教堂的塔尖在烟花的映衬下显得有些诡异，好像是霍格沃兹的最后一战。烟花高低交错，颜色也变化缤纷，虽然远远比不上国内烟花的变幻多端，但我们也很满足。关掉宿舍顶灯，在爆竹的脆响声中，我们聊着曾经、现在，也憧憬着未来。

人和人之间真像是安排好的一样，什么时候遇到什么人继而发生什么事情，就像是有种力量在操纵着。当人一直留恋在记忆中时，自己将看不到现实中的快乐；当人活在时下时，却有可能碌碌无为；当人一直向往未来，更不懂得生活的乐趣。人人都在追求生活中的乐趣和意义，就是没有任何一个统一的答案，也许这样生活才会更魔幻、更丰富、更有意思。

我曾经也幻想过，离开爱丁堡的最后一刻该会是多么雀跃。终于将一年的学习结束了，是时候可以好好松一口气了。虽然，我对英国的气候依旧厌烦；虽然，我也迫不及待地想开始欧洲大陆的旅行；我觉得对于爱丁堡没有太多的眷恋，但是，真的到了离别时，才发觉自己已经喜欢上了它。马上要走了，还真的有些伤感，特别看着朋友一个个的都离开了这座城，瞬间它就变得陌生起来。掏出电话，却没有人可以相约，那些曾经在这里的回忆，也不可能再次出现了。对于一座城市的记忆，更多取决于对人的印象。就算是在一个自己最不喜欢的地方，如果碰到了聊得来的路人，也有可能改变对那里的看法。我幸运在爱丁堡遇到了很棒的室友，她们让我的这一年变成了美好的回忆。在搬出旧的公寓那天晚上，我们照着各式各样的照片。仅仅是想再多一点回忆的佐料。

当我搬到新的住所，我真切感觉爱丁堡的生活都变了。

在爱丁堡的最后一天，我拖着20公斤的箱子穿过Meadow那大片的草坪，穿过爱丁堡大学的主图书馆，也最后一次在王子街上逗留，最后一次再看一眼屹立的城堡。街上，依旧传来风笛的声音。不同于第一次听到风笛声的好奇，现在却更觉得风笛声里包含了很多很多的眷恋。因为它对我来说不只是一种乐器，而是一个城市的象征，一段回忆的记载。坐在大巴上，看着大巴穿过了王子街，掠过了球场，经过了动物园，最后到达了机场。大巴在到达机场时依旧放着苏格兰风笛的音乐，然后司机提示大家带好随身物品，这一次突然觉得非常亲切。换了登机牌，在黄昏时分我站在登机口，看着天空异常晴朗的傍晚，视线在9号登机口的数字上跟随着阳光缓缓地移动，一点一点余晖映照着整个数字，渐渐挪动到了9的中间，我知道这是一种道别的方式。真正离开爱丁堡的时候我心情感觉复杂起来，这倒不是说我难舍难分，总感觉我不会离开它太久，想着可能我还会回来，将会在未来的某一天。

后续：

十来天之后，我坐在巴黎戴高乐机场候机厅，等待着回国的飞机，突然又想起了离开一个多礼拜的爱丁堡，没有原因，只是很想那个地方。一样的黄昏时分，我坐在落地窗前，习惯性的要了杯红茶。不知道从什么时候开始对红茶有了特殊的偏好。热乎乎的红茶可以瞬间暖和整个身体，加点奶的红茶多了丝回味，夏天用凉水泡茶包又是非常解渴的饮品，爱丁堡的记忆已一滴一点地影响到了我的生活。也可能是习惯吧，我认识的每一位友人在欧洲大陆旅行之前都是无比的欢欣雀跃，但接近旅途的尾声却都格外地留恋英国。这也许就是英国的魅力吧！它就像一个慢热性格的人一样。喜欢上它要花时间来了解它，而离开它却要用时间来品味它悠长恒久的美丽。

独旅欧洲

虽然之前也有过几次独自旅行，但是相比在美国大陆的旅行，这次的欧洲计划更是具有挑战性。那些早已遗忘的法语，能想起来的就是那几句日常用语，基本上可以说到了一个完全不知道身边人在讲什么的环境。面对任何一个对我叽里咕噜说了一长串法语的人，我都只能来句“sorry”，而法国人的英语也很是难懂，基本上就要靠着地图找路。但不得不说，一个人的旅途也是乐趣无穷。

一个人旅游对于很多人来说，都面临共性的问题，那就是碰到再好的景都担心没有人帮忙照相。天天打扮得漂漂亮亮，走到喜欢的名胜景点面前，除了大脸的自拍，没有一张完整的纪念，那岂不是太可惜了。在我计划一个人旅游的时候，就头疼过这个问题。但是到达景点后，看到大群的游客都举着相机，心里必然痒痒，于是就请个看起来和气的人让他帮忙照相。这样一来，照片里面就有自己了。基本上开口之后，大部分游客或者当地人都愿意为你照相，而且，随便你怎么摆 pose 都可以，完全没有必要觉得不好意思什么的。因为，没人知道以后还会不会再来这个地方，而且大家都是游客，谢谢之后谁也不会再见谁了，大可不必照相的时候正儿八经弄得和照证件照一样。

但是，我绝对没有想到的是偶尔看到中国游客，找他们帮忙照相却是最困难的，特别是那些中年人。他们虽然不拒绝，但是感觉很是不情愿。虽然我不明白为什么他们会如此表现，但是显然他们并不愿意给陌生人帮忙，即便是同一个国家的人。在我碰到过几个中国游客，都表现很是冷淡之后，随后的旅途除非是不得已，我绝对不去找说中文的人帮我照相。同时，我也发现对于有些人，我极其肯定的知道他们是中国人，为了不出错，还是讲英文让他们帮忙照相的时候，他们的回应绝对要比我说中文来得友好。类似的情况也发生在回国后，不仅仅是我深有体会，我的很多朋友也都有同感。还好在找人照相的时候，他们没人问我是哪个国家的，即便我是一张说着英文的亚洲面孔。反正都是要找人照相，还不如找个微笑的人帮你照相，照完后还礼貌地问你是否满意要不要重照。另外，在找人照相的同时，也有可能认识新的朋友。

当我在卢浮宫一人溜达的时候，特别想隔着阳台照胜利女神，刚好看到一个女孩举着相机在自拍，就直接走过去问她能不能帮我照相，因为我感觉她也需要人帮忙。正如我所料，我们相互帮忙照相，然后在我转身离开一会儿后，那个哥伦比亚女孩跟了过来，然后问我想不想和她一起逛卢浮宫。随后，我们不仅逛完了卢浮宫，吃了午饭，穿过塞纳河，还登了埃菲尔铁塔，傍晚时分才留了邮箱，说了再见，照相的问题便是极其容易的解决了。

正像是我认识 Natalia——那个很热情的哥伦比亚女孩一样，一路上我也认识了不少新的朋友。在凡尔赛回程的地铁站，我碰到了那个刚刚在凡尔赛花园里帮我照相的女孩，然后因为我们顺路要去香榭丽舍大街，所以就搭伴走了一段。她是在巴黎的最后一天，给了我很多不错的建议，随后去参观的巴黎歌剧院确实如她推荐的一样，很是奢华。同时，住 hostel（青年旅馆）也是认识朋友的绝佳地方。刚到巴黎那晚，我预订的四人间里有一个美国女孩，一个加拿大女孩和一个越南女孩。随后的几天，每天早上我们一起去楼下吃早餐，晚上回来相互询问着对方今天的情况，接着又各自安排第二天的行程。在我住的倒

数第二天晚上，一个印度女孩搬了进来，一大早就翻腾着箱子在找搭配的衣服。真的，所有的女孩都一样，我们买了喜爱的东西，都会很兴奋地相互展示，然后在早上也会为了如何搭配衣服交流看法。虽然，我们都是在这旅游暂住几天，但当其中一人离去的时候，都会相互祝福，难分难舍，也会留下联系方式，再去认识新的“室友”。

旅途中，还发生了很多很有意思的事情。比如说，我从布鲁塞尔到巴黎的火车上，好不容易把箱子塞到了行李架的空位上面，挤进车厢里找座位。突然听到身后有人在问：“你是中国人吗？”还没等我反应过来，旁边另一个人说：“看来不是。”接着另一个女士说：“早都说了她不是中国人嘛。”等我找到位置坐下之后，我就一个劲地犯嘀咕，我哪点惹他们了，没事干吗讨论我的国籍。他们像是一个单位的，参加旅行团出来玩的。每人面前的小桌上摆了一排啤酒瓶，还真会享受。后来，他们知道我是中国人后，第一句话居然指着一位人说：“这是我们处长。”我也懒的看过去，就“哦”了一声径直走到我的座位上，我心里在想你们处长和我有什么关系，完全没有必要给我介绍。那些人的思维真是奇怪，冲着不相干的人来表现他们对“处长”的尊重和他们间的等级，真是无聊可笑。

特别是在巴黎，发现我的国籍总是被人弄错。很多人都以为我是日本人或韩国人，当我回答不是的时候，他们都很惊讶地问那你是哪里的，好像除了这两个国家就没有其他国家存在一样。当我说我是中国人的时候，他们又一脸恍然大悟的表情，好似在说怎么刚才没有想到呢。先不管其他的，我觉得他们判断国籍的一部分原因是因为看见我是一个人在旅游，而中国游客大都是和旅游团一起，常常是大群人蜂拥而至。但如果到奢侈品商店里面，店员们接待的也多是中国游客。像路易斯·威登这类奢侈品牌的店面内，大多都是中东国家和亚洲人的面孔，而国语则是从各个角落此起彼伏。有的时候，真为部分同胞感到羞愧，感觉他们出来旅游的目的就是购物购物再购物，除了展示他们的财大气粗，别的就所剩无几了。而我面对这样的商店绕道而行，毕竟那里的同胞已经够多了。

一个人旅行，自然都希望照片上的自己看起来不错。我也喜欢在衣服上稍作挑选。比起牛仔裤和 shirt，我更喜欢穿些不同的衣服。因为，当你举着相机，看着地图的时候，你就是一个旅游者。稍微打扮一下，会让我觉得我不仅仅是个游客，而且我是在享受这个城市。更何况，当你想找人帮忙照相的时候，他们有时也会乐意帮你，甚至会问你想要照什么样的。因为，对于外表的重视，有一部分是对他人的尊重。虽然，行李里面的衣服多是休闲的衣服或者夏天的裙子，只能试着去让自己看上去不那么像个背包客。夜晚的时候，牛仔裤绝对是最佳选择。我可不想给自己找麻烦，巴黎的晚上并不是非常让人放心，所以看起来越是大众越好。游客众多的地方完全放心，但是在路上总是小心为好，特别是在地铁站。晚上，除了去听演唱会和看埃菲尔铁塔的夜景，我都不出门。那两天晚上外出，也是穿得很休闲，走路飞快，只有在地铁站里面才会看地图找路，在街上就装作是对巴黎很熟悉一样，绝对不看地图。不同于白天的参观，晚上也收起了四处游荡的目光，就看着前方，不随意到处打量，装也是要装得像一些。值得高兴的是，这样做还可以很容易避开叫卖的小商贩，也省了不少麻烦。

而我觉得很享受一个人旅行的最成功的秘诀，不是别的，而是微笑。没人能拒绝一个微笑者的请求，没人会对一个微笑者说不，更何况大部分人也会回报微笑。特别是游客们，每个游客都希望自己有个愉快的假期，所以他们会喜欢接受他人的微笑。即便我不懂飞快的法语，但是只要微笑地告诉讲话的人，他们都会用英语来给我解释，而且并不觉得我在浪费他们的时间。所以，我的旅途几乎都是很棒的。即便是在语言不通的地方，我还是得到了很多乐趣。

如果想去旅行，就开始做计划吧。即便是一个人旅行，也可以非常有趣。你可以碰到不同的人，看到那些你容易忽略的事物。一个人绝对不是一个取消行程的借口。而且，生活本身就是一场冒险，一个人旅行只会让你发现自己原来可以走得更远。在习惯了安逸不变的生活之时，人还是要提醒自己生活的乐趣。至少，这次旅行，我收获了不少。

别样阿姆斯特丹

如果不是因为荷兰签证方便，如果不是在飞往爱丁堡的飞机上认识了有趣的 Mike，我可能就不会想着去阿姆斯特丹了。因为，印象中的阿姆斯特丹并没有什么特色，只是座城市，而且是一座以“红灯区”和大麻著称的地方。然而，在阿姆斯特丹的三天时间中，却远远超出了我的想象。一个城市立马多元起来，立体起来，而我也不得不说它的确很迷人。

如果真要说景点的话，阿姆斯特丹还真的是没有什么著名的标志，但是，它却有很多很有意义的博物馆。例如我所去的，安妮·弗兰克的故居、梵·高博物馆、钻石博物馆和喜力啤酒厂。在小学我就读过《安妮日记》，记忆中的安妮是被德国人抓到犹太人的集中营中，之后被杀害，也就一直误认为安妮是德国人。直到这次旅行，我才更正了自己的记忆，明白了安妮的国籍应该是荷兰。整个

博物馆的气氛很压抑，大家都默不作声地观看录像、安妮的遗物和相关历史的资料。每间展厅的墙上都书写着从她日记中摘录的话语，一个活脱脱的女孩子就立刻展现在眼前，但却在临解放前一个礼拜离开了这个世界。房间内的楼梯狭长而拥挤，每一个房间也都不大，而且窗户很小，特别是在安妮他们藏身的阁楼，那里入口隐藏在一个可以旋转的书柜后面。走过窄窄的楼梯，就是安妮的卧室、起居室、厨房等等。墙上还保存着她当年贴的海报，还残留着记录她身高的画线。安妮曾在日记中写道，每天她只有特定短暂的时间在那里逗留，而那个时刻则是她一天中最开心的时间。楼下的展馆也展示了不同国家版本的《安妮日记》，整个世界都在为安妮叹息！她曾说她想以后当名记者，但是却没有实现梦想的时间了，但我相信，每一位看过她日记的读者都会认为安妮应该是一名出色的记者。

比起安妮·弗兰克博物馆的压抑，其余的博物馆则是各具特点。因为很是喜欢梵·高的作品，所以决定去参观平时不是很感兴趣的艺术博物馆。梵·高的博物馆中收藏了他著名的《向日葵》《吃土豆的人》《自画像》及其他许多作品，但偏偏没有我最喜欢的《星空》，留下了遗憾。而正如玛丽莲·梦露所说“钻石是女人最好的朋友”一样，荷兰虽然并不出产钻石，但是由于拥有高超的钻石加工技术，自然就有了钻石博物馆。博物馆里各种璀璨的钻石，令人目不暇接、惊叹连连。世界上最小的戒指，要用放大镜才能看到上面钻石的真面目，工艺也做的是毫不含糊。博物馆还包括参观钻石切割的现场，技师则需要十年以上的工作经验才可以做。加工时要戴着放大镜，用类似镊子的工具夹住打磨的钻石，然后在飞速旋转的打磨转盘上切割着钻石的棱角。一颗钻石的加工并不比它的开采来得容易，这也许更增加了它的价值吧。

而我最喜欢的博物馆，莫过于喜力啤酒厂。和可口可乐博物馆一样，整个啤酒厂将啤酒的制造过程设计得很有新意，到处都是喜力标志的绿色瓶身和红色的五角星。整个博物馆中也弥漫着啤酒发酵的味道，不同于最后的苦味，相反发酵时期是浓浓大麦的醇香味，很是好闻。快到参观结束时候，还有各种参与的项目，比如如何品尝啤酒，怎样当个合格的酒保，当然自然也少不了品尝免费的喜力啤酒。整个参观过程就像是在游乐场一般，非常有趣。

至于阿姆斯特丹的“红灯区”和

大麻，我则都没有涉足。尽管如此，走在大大小小的街道上，也能闻见大麻的味道。这里的包容性随处体现着，提醒着这座城市的与众不同。各种商店里面也出售着大麻的香烟、种子甚至是棒棒糖。而且这里的咖啡店也不是普通的咖啡店，而是可以吸食毒品的地方。路边的商店里也经常能看到出售吸食大麻所用的工具。单从空气中散发的大麻味道，我很难说那是个让人欢喜的味道，甚至在阿姆斯特丹的一天我闻到普通香烟的味道都觉得要比大麻味好闻很多。

即便如此，阿姆斯特丹更像是威尼斯，是一座水上的城市。它的建筑一个连着一个，都各有千秋。屋顶更具艺术，很多都是像中世纪欧洲法官的帽子一样，弯弯的有着弧度。游客们也都租着各种船，可以自由在水面划行。大大小小、造型各异的桥也一座座地横在河面上。即便是什么事情都不做，就是随地坐在河岸上，看着过往的船只，也是一种乐趣。进入秋天的阿姆斯特丹，河道两旁的树叶开始泛黄，偶尔随风飘落在路上，在水中。大部分的街道狭长安静，就算是一个人安静地待着也仿佛是在欣赏一幅动态的油画。当然，坐着船参观这座城市也是个非常棒的选择。就像是画卷慢慢的为你展开，任由你欣赏，仿佛人在画中游的感觉。

由于荷兰没有什么特色的食物，听 Mike 说几乎就是各种土豆，和英国食物应该是差不多的。我也就没有再去尝试，再加上我也没有吃到唯一特色——新鲜的薄华夫饼，不得不说给我的阿姆斯特丹之旅留下了一点遗憾，但是又有谁能想到偌大的阿姆斯特丹却没有一家做新鲜华夫饼的甜品店呢！虽然商店里

面买的华夫饼也很不错，但是听说刚出炉的华夫饼更是香脆。荷兰的华夫饼和一般所说的华夫饼有很大的区别，它更倾向于饼干，薄薄的两层脆饼夹着软软的焦糖，整个厚度不过一块饼干一样，吃多了，会感到甜腻，但是刚入口的时候却是香甜无比。而另一个不得不提的荷兰美食就是奶酪：山羊奶酪、小羊奶酪、熏奶酪、芥末奶酪等等，数不胜数。走进奶酪店里，我就挪不开脚步了，慢慢享受那一块块浓郁的美味。另一方面又苦于奶酪的保质期和重量，不得不打消了购买的念头。如果下回从荷兰转机回家的话，倒是可以在机场满足我的愿望。

不管怎么样，我还是会说我很喜欢阿姆斯特丹，因为我的确是这么感觉的。后来，在巴黎住的时候，临时的室友计划去那里，向我询问的时候，她很惊讶于我的答案。看来不仅仅是我一个人对它的印象只限于了红灯区和大麻，但幸运的是它和我想象的完全不一样，而且要好很多，还能带给我很多惊喜。在悠闲的午后，找家露天的咖啡店坐下，喝着茶，看着来往的行人和游船，这里就是这么安然惬意。

巧克力之城——布鲁塞尔

我对比利时，或者说布鲁塞尔的印象，其实不过是两样：巧克力和撒尿小男孩的铜像。直到计划要去布鲁塞尔时，才发现他们还有著名的华夫饼、薯条、白酒蒸贝以及被称作“最美丽的广场”。从阿姆斯特丹坐火车到布鲁塞尔，普通车也就不到三个小时。

当我拖着箱子，到了预订住宿的地方，已经是晚上十点多了。房间比我想象的 hostel 要温馨很多。它在一栋独立的房子里，一开门迎接我的就是一只硕大的金毛狗。它很是温顺地在房间里踱来踱去，很少能听见它的叫声。后来的几天，我常常能看到它在客厅卧着，每天早上也会到早餐桌边来和我们套近乎。旅店房间也很宽敞，我选了靠窗的床位，好好的休息了一个晚上。直到第二天，照射进来的阳光和带点秋意的微风拂过我的面庞，我才迷迷糊糊地睁开了眼睛。接着，悠闲地吃了早餐，便带着地图开始了布鲁塞尔的旅行。

布鲁塞尔本身就是个不太大的城市，如果不去城边的原子塔或者近郊的滑铁卢，一天时间步行就够用了。我看着地图，冲着大致的方向走去，根本不用

着急，只是慢慢感受它的清晨。街道上，人不是很多，直到看见有一团人聚集在一个街道的转角，而且都面冲着一个方向，那就到了撒尿小男孩的铜像了。他确实很小，小到用相机拉了焦距都不会显得大。他的周围也远远地用栅栏隔开，游客们都举着相机“咔咔”和它合照。随后的一天中，我无意中发现了另一个铜像，一个小女孩撒尿的铜像。之前，我记得在游记的介绍中看到过，戏谑那个女孩的铜像是著名小男孩的女朋友，只是她的所在地在一个小巷子中，并不是很显眼。

而布鲁塞尔的大广场，其实也并不大。只觉得广场最大的特点就是每个方

向的建筑风格迥异，要说是“最美丽的”，也只是主观的形容。但我确实才知道，在啤酒大厦旁边的天鹅餐厅，是马克思起草《共产党宣言》的地方，很是容易忽略的地方。听说里面有张桌子上标着马克思的名字，而餐厅依旧在营业，并没有任何当作博物馆让人参观的意思。

除了这些主要的景点，随后我就自由自在地在街上溜达。街道不宽，但是甜品店、巧克力店还有薯条、华夫饼店是一家挨着一家。我还顺道参观了巧克力博物馆，只有三层展厅，看到了巧克力最后定型的过程，也尝了各种可可含量比例的巧克力。面对各种巧克力的诱惑，想一路走过去而不受干扰，对我来说简直太难了。于是，我就折服在巧克力的香味中，买了几块继续参观。不得不说，这里是巧克力的天堂。橱窗里的巧克力也是

各种样式，也因为这里是蓝精灵的故乡，所以各种形态的蓝精灵都做成巧克力摆在盒子里，更不用说还有撒尿小童了。而且，巧克力的味道也是应有尽有，只有想象不到的，还真没什么是做不出来的。光是黑巧克力就分了很多种类，我的确在挑选巧克力上用了不少时间。

比起荷兰没有什么特色食物来说，比利时简直就是美食的天堂。午饭，我随便走进一家小餐厅，点了他们著名的Mussels vin blanc（白酒蒸贝）。不一会儿，一锅满满的贝就端了上来，随着还有一小份薯条。不知道为什么，比利时薯条的名气是出了名的。一般来说，都是法式薯条，英国又是以炸鱼薯条著称，但比利时的薯条却出名的莫名其妙。诚然，薯条毕竟是薯条，不管我吃了哪一种，其实这三个国家的薯条口味都差不多。当然，他们粗粗的薯条绝对是比一般快餐店里面的好吃很多。一口下去，我能吃到新鲜土豆的香味，刚出锅的时候还带着油的温度，脆脆的有着淡淡的盐味，即便不用任何酱料，都已经很是美味了。而且因为薯条的个头都比较大，基本上一盒薯条是可以顶正餐吃的。但如果要我细细地分出它们的不同，那我就真的辨别不出来了。

再说白酒蒸贝，肥硕的贝肉在张开的壳中散发出阵阵的香味。除了能看到一些碎叶的香料，锅中的酱料几乎是透明的。我将一块贝肉从它的壳中叉了出来，然后放入口中，白葡萄酒的味道带着贝肉的鲜嫩顺着流出来的汤汁都渗到我的舌尖，只能用惊艳来形容它的味道。葡萄酒的涩味和海鲜的腥味相互中和，再加上贝肉的新鲜多汁，和各种淡淡的香料味道混合，即使现在想想都口水直

流。一小锅的贝壳让我花了不少时间，但最终是无论如何都吃不完了，只能可惜的对它说了 byebye。

而我的美食之旅并没有就此结束。晚上回旅馆前，我专门跑去吃了比利时华夫饼。华夫饼有两种，一种是椭圆形的，更厚更松软一些，更像是蛋糕，可以直接当甜品吃，或者在上面放上不同口味的冰激凌当作一道甜点；另一种是长方形的，更脆更薄更清淡，直接吃的话没有什么味道，一般都是喷着满满的奶油摆着各式的水果吃的，而长方形那个也就是比利时华夫饼。我选了一盘草莓的，草莓在华夫饼上很是可爱，单是摆在那里就食欲剧增。因为中午的贝还没有完全消化掉，我就免去了奶油，就试试清淡点的华夫饼。撒着糖霜的草莓在华夫饼上很是惹人喜欢，略带酸味的草莓陪着脆脆的华夫饼是道不错的下午茶选品。想想一个礼拜之前，我和禹突然都很想吃冰激凌华夫饼，就专门跑去超市买了盒冰激凌和华夫饼。然后自己把华夫饼加热后，大勺大勺地挖着冰激凌放在上面，然后我们围桌而坐看着电视打发着下午的时光。虽然华夫饼不尽相同，但两个下午是别有风味。

在布鲁塞尔的最后一个早晨，我悠游地收拾了行李，然后下楼去吃早饭。不知道那是什么名字的奶酪，但绝对是很浓郁的奶香，让我情不自禁地吃了两片。小小的厨房被吃早餐的人挤得满满的，大家围着桌子坐下，随意地聊天，谈着各自的旅行计划。一个早上就自然的开始了，没有什么陌生人间的隔阂，只是凑巧碰见的几个人，虽然都来自不同国家，但并不碍于交流。在布鲁塞尔这个小城里，大家的脚步也都慢了下来。本来打算草草地吃个早餐然后就去火车站，结果前后用了一个多小时才准备动身。旅途，没有必要安排得太过于紧张，随时都可以感悟精彩的一部分，慢下来，去体会它，应该会更有意思。

多样巴黎

如果说一定要给巴黎一个形容的话，那就是白色。也许只有这个形容可以使大部分人达成共识。巴黎的形容词太多太多，可是褒贬不一，但只有白色是我对它的第一印象。当站在埃菲尔铁塔的顶端，眺望四周，除了感到白色与绿色的交织画面，就别无他感。一起游玩的 Nat 突然一句“Paris is all white!（巴黎是白色的）”就概括了我的所有感受。很多人都说，巴黎是时尚的，而地地道道巴黎女孩的时尚，并不是流行的撞色或是明亮的糖果色，而是纯粹的黑、纯粹的白和纯粹的灰。就像是巴黎的优雅可以在层层叠叠的黑白灰间不经意地流露出来，巴黎永远是个谜，也总让人着迷。

搭着火车从布鲁塞尔到巴黎南站，不得不说光在布鲁塞尔的火车站里就游荡了快一个小时。到处都是法语的指示牌，买票的大厅被划分成一块块，指示牌却又用着几乎一样的名字。找到卖跨国车票的窗口，我发现我不是唯一一个走错大厅的游客。最有意思的是，跨国车票的大厅是在离车站门口最远的大厅。如果不是赶时间，光是坐在车站里，看着来来去去的人从第一个大厅进去出来，

绕到第二个，再到第三个大厅，很有意思。庆幸赶在火车到站之前，我买到了票，找到站台，在确认了几遍是这趟火车之后，安心地上了火车。一个多小时，到了巴黎站，我的第一感觉就是，怎么那么像伦敦的国王十字火车站。突然就想到了离开快一周的爱丁堡。

好在，那天天气异常的晴朗，和布鲁塞尔的宁静不同，巴黎明显要嘈杂很多。虽然英法两国间有各种纠结，但是巴黎车站附近和伦敦车站却是让我找到了很多相像之处，一排排看起来不错的小餐馆和咖啡厅，熙攘的人群，川流的车辆，最抢眼的还是白色的建筑物。初到伦敦的时候，也是好奇为什么到处的建筑物都是白色的，后来发现了黄棕色的大本钟和国会大厦等等，但是在巴黎的几天中，除了白色还是白色。不管怎样，巴黎暂时还由不得我随意地游玩，我看着地图，拖着箱子，第一个任务就是找到旅馆。除非是在晚上，或者有两个箱子，否则我很少会打的。对着地图找到每个想去的地方，本身就是旅行的

乐趣之一。而巴黎的住宿非常贵，只要是熟知景点附近的旅店很少有一晚上少于六十欧元的，好在巴黎的地铁很是方便，我完全可以将旅馆订到相对远些的区域。结果歪打正着，我订的旅馆居然离圣心教堂只有短短五分钟的路程，离红磨坊也不过是十几分钟的距离。在巴黎的唯一遗憾，是没有买上红磨坊的门票，太热门，虽然作为补偿，我看了艾薇儿的巡演。

关于巴黎的影片，我还真没有看很多，因为太多挂上巴黎名字的电影都是所谓的法式文艺。常常是看完了都找不出头绪。《巴黎，我爱你》《红磨坊》《日落之前》《午夜巴黎》《天使爱美丽》等等都是以巴黎为背景的不错的影片。

《巴黎，我爱你》开始了全球的城市之旅，各个大导演献上一部几分钟的短片，表现出他们眼中的爱在巴黎。从各种写实的生活片段，到半夜吸血鬼的出现，无疑都是电影在片段间体现共性的方法。几年后，类似的《纽约，我爱你》也许是审美疲劳，觉得少了很多感动。巴黎的开启篇，取景也是分布在巴黎的各个角落，不经意的一面墙，一个路口就是整个故事的一个主题。想要找到每一个场景的实景还真不容易，但同时也是很简单的。巴黎的任何角落都有可能是电影的布景，在其中漫步，自己就是电影的主角。

新一些的《午夜巴黎》，由于布鲁尼的客串一直就炒得沸沸扬扬，至于电影怎么样，还真是仁者见仁。艾伦·伍德用他特别的方式在一开篇就给巴黎一种忧愁的文艺美。小雨中的广场，湿漉

漉的路砖，空空无人的塞纳河边，伴着轻轻的音乐，巴黎就这么简单地展现在世人面前，就仿佛随着几个镜头就逛遍了巴黎街头。结果一对美国游客的到来又让巴黎充满了神秘。午夜的漫步，就连男主角都抓不住巴黎的性格，对于巴黎，除了接受它的变化,改变它却不是什么有趣的想法。它固执地在那里，不喜欢大可不去招惹。几百年下来，巴黎依旧以它的神秘而吸引那些真正喜欢它的人们。

类似的还有《天使爱美丽》《日落之前》，虽然两者的风格一个活泼怪异，一个如纪录片的平淡记录着一天，但是都有着文艺片的特性，没有太多的铺垫、台词或者明了的情节。却有着非常应景的背景音乐和看完后引发的各种联想。虽然我并不是很喜欢《天使爱美丽》，虽然整体的画面感很强，而且不同于有些文艺片，整个暖色的色调和跳跃的细节，却总是看得云里雾里。圣心教堂和底下的旋转木马就成了影片里面很有标志性的场景。几乎在我看完那个电影后，就一直有个错觉，认为巴黎是旋转木马的狂热爱好者。尽管并没有我想象的那

巴黎美食

on appetit

么夸张，不过木马在巴黎也确是常见。就像是红色电话亭是伦敦的标志一样，旋转木马也在一定程度上代表着巴黎。而《日落之前》是在《日出之前》几年后的一个续篇，虽然大多续集都是以惨败告终，但是《日落》却是个例外。比起《日出》里面文艺篇特有的浪漫和对人性的讨论，《日落》更体现了人事变迁和更深层的探讨。两者的结尾都没有任何确定性，但是过程远远比结果更让人关注。《日落》中，两位主角从小书店、咖啡厅、在塞纳河上泛舟、再到小巷子里的一个房间，几乎将巴黎典型的步游路线就这么随意地表现了出来。

《红磨坊》则与之不同，它虽然是在巴黎发生的故事，但是并不是实景拍摄，不得不提的是它将红磨坊作为景点推动了一把。比起大部分电影都会以埃菲尔铁塔、塞纳河等巴黎浪漫的标志作为主题，《红磨坊》却选择了以前社会底层人们生活的地方。以往一个杂乱的区域，现在也挤满了参观的游客。一排白色的建筑中，突然竖立了一个鲜艳的红色风车，再也没有比这个更为抢眼的了。

在这里，你可以想象到巴黎以往的奢华与堕落；在它外面，却是一个冷酷的现实。我看这部电影是在从巴黎回来之后的事情了，不仅对里面的音乐着迷，而且觉得一部歌舞片可以将现实用很荒谬又带有幽默的方式表现出来，真的是很不容易了。也第一次发现为什么妮可·基德曼会让那么多人着迷，她的演技绝对与她的美丽成正比。

除了电影之外，音乐中的巴黎也是多彩多姿。我只想说的是ABBA乐团的《Our last summer》(去年夏天)，也是音乐剧《妈妈咪呀》的曲目之一，虽然整个音乐剧发生在希腊，也并没有提到任何与巴黎有关的事物。仅仅就这么一首歌，却让人联想到巴黎浪漫的夏天。慵懒的清早，一杯咖啡，一块散发着黄油香味的牛角面包，顺着塞纳河悠闲地漫步，没有一句刻意的浪漫，就这么一幅画面浮现在了眼前。

没有任何一个镜头能完全捕捉到巴黎的个性。没有人能对巴黎有着相同的见解。只要是在巴黎，每个人都是电影的主角，都是诗人或者音乐家。巴黎的美，美在它的固执，美在它的随性，美在它的多样，美在它的包容，美在它的很多很多……

44号公寓的美食菜谱

我们在日常生活中也自己制作一些菜品，以充实调剂紧张的学习生活，下面给大家提供几种，分享我们的生活点滴。

虾仁白酱焗意面

做法：

1. 煮意大利面
2. 奶油小火加热，加面粉
3. 加牛奶继续搅拌，调味加盐，胡椒粉，料酒，香草调味料，蒜粉
4. 酱好后，加入滤水后倒煮好的意面，小火入味
5. 炒虾仁，培根，调味加辣椒粉

6. 将5放入4加奶酪搅拌
7. 入盘，撒奶酪，放入烤箱，180℃烤至金黄即可

牛肉球

做法:

1. 洋葱剁碎
2. 牛奶倒入面包粉中拌均匀并放置10分钟，让面包粉充分吸收水分
3. 将2和洋葱，牛肉馅，鸡蛋混合，并调味加盐，胡椒粉，香料，辣椒粉等
4. 反复将3拍打增加牛肉馅筋性
5. 将拍打好的牛肉馅撮成肉球
6. 倒到油没底，小火油炸

可淋白酱

将奶油小火加热，加面粉；随后倒入牛奶，继续搅拌，调味加盐，胡椒粉，料酒，香草调料，蒜粉

微波炉牛肉干

做法:

1. 牛肉切块，过水
2. 调料腌制
3. 放入保鲜盒中，盖子上戳孔
4. 放入微波炉，3分钟一翻，至干为止

珍珠糯米丸子

做法:

材料：猪肉馅，糯米，盐，生抽，料酒，胡椒粉，油，淀粉、鸡蛋，葱，姜

步骤：

1. 糯米提前洗净浸泡一夜，捞出沥干水分

2. 猪肉馅里加盐，生抽，料酒，胡椒粉，油，淀粉，鸡蛋混合均匀，沿一个方向使劲搅打增加筋性，再加入葱、姜末搅拌均匀

3. 将拌好的肉馅撮成圆肉球

4. 将做好的肉球均匀地裹上一层糯米，裹糯米的时候稍微用点劲揉两下，让糯米粘得更紧些

5. 蒸笼里刷一层薄油，放上做好的珍珠糯米丸子下锅蒸，水开后继续大火蒸 10 分钟左右即可

南瓜派

做法:

派皮：

1. 黄油切小块，自然融化

2. 加面粉（低），充分和黄油混合

3. 加鸡蛋，盐／糖，均匀混合

4. 放入冰箱 20 分钟，完全冷却，擀开，放入模具中，派底戳洞

5. 将派皮烤至发黄，八成熟，取出

派液：

1. 蒸熟南瓜，压成泥

2. 加蜂蜜，肉桂，牛奶，盐，姜粉，混合均匀

3. 将 2 倒入派皮，放入烤箱，200℃烤 10 分钟，调制 170℃，25 分钟左右，不粘刀为止

苹果肉桂球

做法:

1. 黄油 / 橄榄油 + 蜂蜜搅拌
2. 加鸡蛋打均匀
3. 加高筋面粉，泡打粉打均匀
4. 苹果切碎，拌入 3 中，加肉桂粉
5. 取 10 克左右搓团放入烤盘
6. 放入烤箱，180℃，20 分钟左右即可

香蕉面包布丁

做法:

1. 面包切块
2. 香蕉切块
3. 面包，香蕉，葡萄干等均匀混合
4. 鸡蛋，牛奶，蜂蜜均匀混合
5. 将 4 倒入 3 中，尽量盖过大部分面包
6. 铺保鲜膜，放火上蒸到鸡蛋凝结即可

苹果派

做法:

1. 黄油，低筋面粉，鸡蛋，做派皮
2. 冰箱冷藏 20 分钟，放入模具，叉子戳洞，蛋液涂边
3. 苹果切块
4. 黄油放锅中融化，加糖均匀搅拌
5. 放入苹果，加糖，肉桂，柠檬汁均匀搅拌，并小火收汁
6. 苹果馅倒入派皮
7. 做派皮剩余面，切条，做编织盖放在派上，并涂蛋液
8. 放入烤箱，200℃，20 分钟左右即可

朗姆果仁烤苹果

做法:

1. 苹果挖空
2. 杏仁、核桃、葡萄干磨碎
3. 在 2 内加朗姆酒或白兰地，肉桂，蜂蜜搅拌均匀
4. 将 3 填入 2
5. 放入烤箱，190℃，20 分钟左右即可

后记

与《632个最美的日落》不同，作为新的一本书，我是在还没去英国之前就有动笔的想法。就像是暑假自己刚开始在市区里开车一样，总觉得每次开车出门就像是完成一件大事，而到达目的地都会觉得很有成就感。渐渐的，从对开车有点抗拒到喜欢开车。写作可能也是一样，是可以培养的。从第一本书出版到集中精力开始动笔写第二本书，中间隔了两年多时间。这期间，我大学本科毕业，然后爱丁堡大学研究生毕业。可以算得上是过得很充实，再加上我学会了做苹果派，如果按满分是10分的话，我会给自己打8分。唯一的缺憾是身不由己花费了不少时间在做我不喜欢的事情上面，本来是还可以多看几本书的，或者和好友一起share冰激凌的。

不管怎样，这次的创作时间较上回要更长。因为，我没有上回那样长达近四个月的假期，现在却要忙着学校的事情。整个写作的过程大体分为了三阶段：英国求学期间的日记写作，暑假回国期间对想法的一些梳理和来年春节后对全书的一个规划和创作。在最后的一个阶段中，茶和棒棒糖成了我写作的催化剂，在不知道喝了多少茶，舔了多少根棒棒糖后，初稿终于形成了。另一方面，这本书和上一本也有了明显的不同。如果说《632个最美的日落》讲述的是我生活的点点滴滴，通过我的视角来介绍在美国学习生活的趣事，更像是一本日记，一本游记。其中的短文，有我看到的和听到的，也有我所想到的。这本书中，虽然也包含了这些内容，而更多的是侧重我所想的，我的思考，对于英国亲身经历的感悟。所以，我觉得《橱窗》更是一本通过认识周围世界的同时也来认识自我的书。

如我的日志中写道："……就像我永远都是那个做不到100%文艺，100%叛逆，100%乖乖女，100%朋克，100%city girl（城市女孩），或者100% country girl（乡村女孩），甚至都不能说100%nice的人。喜欢对好友偶尔的幸灾乐祸，喜欢在陌生人面前隐藏自己，喜欢恶作剧，但也能和交流默契的陌生人聊得热火朝天，有的时候情感泛滥了就玩点小文艺，玩完了，第二天出门却可能装得酷酷的试下小朋克……" 在这本书中，我更专注于对我内心的探索。可能是由于英国的天气更适合于思考吧！大部分时间都是阴沉的天，压抑得让我不得不去想自己的生活。值得庆幸的是，在我思考后，我发现从前的生活并没有虚度，至少还是充实而有意义的。

在英国一年的时间中，我学习了，旅游了，娱乐了，思考了，可以说是挺丰富并快乐着。这本书中，有我在英国期间所写的日志，也有我对一些当时的热门话题的一些看法；有游记的叙述，也有对美食的描写；有对英国生活的介绍，也有我经历的特殊日子等等。可以说是内容并不单调的一本书，但也不是很系统有逻辑顺序的一本书。说实话，在目录的编排上，我是很难决定的，没有一个最佳的方案，目前这个是我觉得更能体现这本书个性的编排。

至于为什么要用这样一个书名——《橱窗里的下午茶》，表面上看并没有意义，但是自从我想到这个书名那一刻，我就很钟情这个名字。其实，在还没开始动笔写书的时候，我就幻想过很多个书名，但自从这个名字闪过我脑海时，我就预感应该是它了。首先，下午茶是英国的特色，一手托着精致的茶杯，一手捧着精美的茶点，可以说是人们对英国或是英国贵族的传统印象。其次。下午的时光在英国是惬意的，而下午的时光可以是和家人朋友欢聚的温馨时刻，也可以是独自小憩的安静时段。也不妨在慵懒的午后，窝在一个角落里，总是有说不尽的故事和心情。至于橱窗里的人们，没有谁能轻易体会到对方的精神世界或者心情。

这本书里的每一个字都经过了我的大脑，带着我的气息，载着我的情感，而我不能说我表述的就是能够准确传情达意的，我也总会有不经意间忽略的地方。就像我因阅历及认识有限不可能全面的来介绍英国，更不可能对某些事情有非常明了的看法或者解读。同样，每个阅读我文字的读者，也不可能完全了解我当时的心境。就像是隔着一层玻璃，你觉得你看到了，了解了，但总是有被你忽略掉或不可能了解到的地方。

英国有我的下午茶，我感受着它，记录着它。我也期望这本书能成为你的下午茶，用你自己独特的方式来体会英国、认识英国、思考英国和描绘英国，这样它才会更有意义。

最后，祝，下午茶愉快！

2012年3月10日完成初稿于西安

2012年10月17日修改成稿于临潼

2012年12月30日最终定稿于西安

致谢

在成书过程中，得到了父母一如既往的关心鼓励并修改瑕疵。感谢与我一起分享生活并给予肯定的朋友们。特别要深深的感谢中国作家协会副主席、陕西省作协名誉主席、著名作家陈忠实为该书写了热情洋溢，寄予厚望的序。深深的感谢中国书法协会副主席、陕西省书协副主席、著名书法家钟明善为该书题写书名。还要感谢太白文艺出版社负责出版的高薇编辑,从整体的设计到具体的文字校对都付出了辛勤的劳动。

谨以此书献给所有关心支持我成长和发展的人们！

我没有专门或系统学过文学，也不善于咬文嚼字，所写的内容、用词、修饰等可能存在很多不妥之处，敬请读者批评和指导！

路惠捷